पाँचवाँ दस्ता
और
सात कहानियाँ

पाँचवाँ दस्ता
और
सात कहानियाँ

अमृतलाल नागर

लोकभारती प्रकाशन
पहली मंजिल, दरबारी बिल्डिंग, महात्मा गांधी मार्ग, इलाहाबाद-1

लोकभारती प्रकाशन
पहली मंजिल, दरबारी बिल्डिंग, महात्मा गांधी मार्ग
इलाहाबाद-211 001
वेबसाइट : www.lokbhartiprakashan.com
ईमेल : info@lokbhartiprakashan.com
शाखाएँ : 1-बी, नेताजी सुभाष मार्ग, दरियागंज
नई दिल्ली-110 002
अशोक राजपथ, साइंस कॉलेज के सामने
पटना-800 006 (बिहार)

प्रथम संस्करण : 1970
वर्तमान संस्करण : 2011

मूल्य : ₹ 225

इण्डियन प्रेस प्राइवेट लिमिटेड
36, पन्नालाल रोड
इलाहाबाद-211002 द्वारा मुद्रित

PANCHVAN DASTA AUR SAAT KAHANIYAN
by Amrit Lal Nagar

ISBN : 978-81-8031-601-2

क्रम

पाँचवाँ दस्ता और सात कहानियाँ

पाँचवाँ दस्ता

पाँचवाँ दस्ता

सिमरौली गाँव के लिए उस दिन दुनिया की सबसे बड़ी ख़बर यही थी कि संझा बेला जंडैल साब आयेंगे।

सिमरौली में जंडैल साब की ससुराल है। वहाँ के हर जोड़ीदार ब्राह्मन किसान को सुखराम मिसिर के सिर चढ़ती चौगुनी माया देख-देखकर अपनी छाती में साँप लोटता नज़र आता था। बेटी के बाप तो कई धनी-धोरी किसान थे, मगर जंडैल के ससुर एक सुखराम ही हो सके। लड़ाई की चढ़ती में जो किसान चेत गये थे, उनमें एक सुखराम भी थे। कच्चे घर पर नया फैंसूफी चेहरा बनवा लिया था, सो अब तारा का ब्याह होते ही आठ महीने में दो पक्की मंज़िलें भी चुन गयीं। 'नखलऊ' से ठेकेदार आया, मकान में अँगरेज़ी फैसन बना गया। गुसलखाना और डेरसरूम—जाने कैसे-कैसे डिज़ैन ऊपर की मंज़िल में निकाले गये हैं। सुखराम के घर तो मानो कलजुग से सतजुग आ गया।

तारा के लिए कहा ही क्या जाय? उसे तो भाग ने आसमान से सात सखी का झुमका ही ला के सजा दिया है। जितनी ब्याह के लिए भारी पड़ रही थी, उतनी ही फूल-सी सुहागवंती बनी। शहर से नित नयी चीज़ें आती हैं; हर महीने डेढ़ सौ रुपये का मनीआर्डर सरकार से आता है। तारा की साड़ियाँ रखने के ख़ातिर ऐने जड़ा हुआ बड़ा भारी कपाट आया; सिंगारदान और बढ़िया मसहरीदार पलंग, उस पर हाथ भर ऊँचा गद्दा, और फोनूगिराफ बाजा, हरमुनिया बाजा, सिट के सिट जड़ाऊ गहने—रानी-महारानियों के भी ठाट-बाट और क्या होते होंगे? तारा के लिए मास्टरनी आयी। मास्टरनी का कमरा-गुसुलखाना बना। मास्टरनी के साथ किताबें आयीं; और अब तो पण्डित सुखराम मिसिर के घर के आगे लोटनेवाला कुत्ता भी एबी सीडी भौंकता है।

जंडैल साब के घर नहीं है। ज़िंदगी लड़ाई के मैदान में ही बीत गयी। अब पचास की उमिर में ब्याह किया; सो भी ऐसे जंडैली ढंग से कि दिन में दस बजे की लगन निकाली गयी, दोपहर में सुहागरात हुई और तीन बजे का टिफिन खाके जंडैल साब चले भी गये। उसी दिन उन्हें हवाई जहाज़ में बैठकर कश्मीर की लड़ाई लड़ने जाना था। ये सब बड़ी-बड़ी बातें गाँव में

सुनी गयी थीं। इसके बाद अख़बारों में ख़बर छपी थी कि उन्होंने कश्मीर में एक लड़ाई जीती है, उन्हें बड़ा इनाम-ओहदा मिला है। फिर एक बार अख़बारों में उनकी फोटू भी छपी, लड़ाई के मैदान में पण्डित जवाहरलाल उनसे हाथ मिला रहे थे। कुछ दिन हुए, तब ये ख़बर आयी थी कि एक नये मोर्चे पर उन्होंने दुश्मनों को तो बड़ी बहादुरी के साथ मार भगाया, पर आप बहुत चोट खा गये। जब तक अस्पताल में रहे, रोज़ तारा के पास कश्मीर से तार आता था। अब सुना कि एक महीने की छुट्टी पर तारा से मिलने के लिए आ रहे हैं। यह भी सुना है कि यहाँ एक रात रहकर सवेरे तारा के साथ मोटर में लखनऊ चले जायेंगे। वहाँ से हवाई जहाज़ पर उसे बम्बई-कलकत्ते की सैर कराने ले जायेंगे। बड़े लोगों की बड़ी-बड़ी बातें हैं, और तारा भी अब रानी है—रानी-बहू कहलाती है।

झुटपुटे बखत से गाँव में हरेक के कान बजने लगे कि अब जाने मोटर का 'हारन' सुनायी दिया। सुखराम के घर तो मानो हर एक को दलेल बोल दी गयी थी। ऐसी दौड़-भाग कि जैसे एक पूरी बारात की अगवानी का इन्तज़ाम हो। कड़े-धड़े, बाले-बेसर में मढ़ी हुई मलकिन को रसोईघर के पकवानों के सिवा दुनिया की सुध नहीं; सुखराम महाराज को सवेरे से घड़ों पसीना चू गया। बड़कऊ बहनोई की अगवानी के लिए लखनऊ गये हैं; छुटकऊ को सीसा-इलामारी और दरवाज़ों को कपड़े से रगड़ते-रगड़ते आज पूरे पाँच रोज़ हो गये, मगर अभी भी संतोष नहीं होता। और रानी बिटिया तो आज ऊपर से उतरी ही नहीं।

तारा के ध्यान में आहट बँध गयी थी। 'उनकी' सुध में सब कुछ बिसर गया—'वो' भी। बस एक ध्यान बना था और वह उसी में रम गयी थी।

सूरज पीपल के पार उतर गया और पत्तों की झिलमिलियों से सुनहरी किरनें फूट पड़ीं। काले-धौले बादल पच्छिम में सिमट आये और ढलते सूरज का सिंदूर लेकर रंगीन हो गये। पीपल की चोटी पर बाँस से बँधा हुआ बजरंगबली का मटमैला झण्डा अन्धेरे को रफ़्ता-रफ़्ता अपनी ओर खींचने लगा; और पीपल के बसेरे आबाद होने लगे। तारा देर तक इन सबको देखती रही थी, पर सूझ कुछ भी न रहा था।

'तारानी!' मास्टरनी दीदी ने कमरे में आकर आवाज़ दी। पेड़ पर कौओं की काँव-काँव, चिड़ियों की चहचहाहट, और नीचे के खन में दद्दू, अम्मा और कामकाज के गुल-गपाड़े के साथ-साथ दीदी की आवाज़ तारा के कानों में पहुँची। हाथ तुरन्त सिर के पल्ले पर पहुँचा और

घूँघट सरकते-सरकते रुक गया। उसने सिर उठाकर दीदी की ओर देखा, परेशानी और थकान पर लजा कर मुस्करायी, तन और सिमट गया।

दीदी हँसने लगीं। दीदी की हँसी तारा को न भायी। आज उसे कुछ भी अच्छा नहीं लगता। वो आ रहे हैं। इतने महीनों में पहली बार आ रहे हैं। कहीं घूँघट फिर आड़े न आ जाय। वह उन्हें कैसे देखेगी? कैसे बात करेगी? इसी सोच में उलझते-उलझते तारा खो गयी थी और उसी खोयेपन में वह सब कुछ भूल गयी थी। अब फिर कलेजे की धुकधुकी से मन की लाज सिमटने लगी।

दीदी हँसते हुए पास आयीं। उसकी साड़ी के पल्ले को सिर से गिराते हुए कहा :

"घूँघट के पट खोल री...."

"नहीं दीदी, इस दम जाओ!"

आदत के ख़िलाफ़ और होश में पहली बार तारा ने दीदी को झिड़क-सा दिया, और उठकर खिड़की के पास जा खड़ी हुई। दीदी को बिजली के करेंट-सा धक्का लगा। उन्होंने महसूस किया कि उनकी गँवार-दीहाती सखी और चेली में भी हुकूमत का रोब आ गया है। हालाँकि आवाज़ में परेशानी का कम्पन भी पहचाना। दीदी को जलन और डाह भरी ख़ुशी हुई। मगर ऊपरी तौर वह और भी ज़ोर से खिलखिलाकर हँस पड़ीं, और तारा की ठोड़ी का चुम्मा लेती हुई कमरे से बाहर हो गयीं। वह सोच रही थीं कि इस फूहड़ को घूँघट से परेशानी है। मजा हो जब कि कर्नल तिवारी आते ही इससे बेरुख हो जायँ। चार दिन की चाँदनी की तरह इस दीहातिन गुड़िया की हेकड़ी सदा के लिए हवा हो जाय।

मन-ही-मन दाँव-पेंच खाती हुई दीदी तारा के कमरे से निकलकर अपने कमरे की तरफ बढ़ गयीं।

●

●

ब्याह के बाद से तारा अपने-आप के लिए एक उलझन बन गयी थी। ब्याह के पहले वह अपने-आप के लिए भार थी। उसकी उम्र सोलह की जवानी को पार कर चुकी थी और उसका ब्याह नहीं हुआ था। नाते-गोते, टोले-पड़ोस की चार उँगलियाँ उसकी उम्र पर उठने लगीं थीं। सुखराम मिसिर के बड़े बेटे और लड़की के अब तक कुँवारे रहने के पीछे एक भेद था जो दुनिया के लिए अब हँसी-ठट्टे का साधन बन रहा था।

सुखराम जरा पैसे की तरी में आ गए थे। पहले वह गाँव के औसत लोगों में भी ग़रीब ही माने जाते थे, इसलिए नये धन का मद डबल तरी ला रहा था। बड़कऊ के लिए सुखराम ऐसा रिश्ता चाहते थे, जहाँ समधी उनके चढ़ते मद को सुहला सके। कुल के हेठे, अकड़ के बीर बिक्रम बहादुर। गंज में सट्‌टे की दलाली करते थे, सो शहर तक घर-आँगन के समान उनका डोलना होता था। मन के नक्शे बढ़ गये थे, इसलिए सुखराम की नज़रों में आसपास के गाँवों तक अपनी मेल के गोतों में सब की कुल-मरजाद छोटी हो गयी थी। मगर शहर से कौन आवे? बड़कऊ के ब्याह की उमर खिंचने लगी। तारा का ब्याह भी इसी फेर में रोक रखा था। लड़के की ससुराल की रकम से दूने होकर सुखराम तारा का रिश्ता शहर में करना चाहते थे, जिससे मरजाद में चार चाँद लगें।

जब ब्याह की उमरें चढ़ने लगीं तो चक्कर में पड़े। खास तौर पर बेटी भारी पड़ने लगी। सुखराम की सारी अकड़ हवा हो जाती, जो गंज में माधो गुरु से भेंट न होती। माधो गुरु जंडैल साहब के लिए कन्या खोज रहे थे। जंडैल साहब का 'अडर' था कि गाँव में ब्याह करेंगे, सो देहात के ब्राह्मनों को समधी बनाने के लिए, माधो गुरु इस अकड़ से खोज कर रहे थे, जैसे वह खुद ही जंडैल के बाप हों। सुखराम महाराज की अकड़ को इनकी अकड़ की चरण-शरण पाने में ही अपनी गति दिखाई दी। दुम की तरह माधो गुरु के साथ जुड़ गये। किसी तरह मना-मुनू कर उन्हें अपने घर लाये। छप्पन बिंजन का भोजन करा के एक गिन्नी दक्षिणा दी। तब लड़की को दिखाया। सुखराम के बच्चे गोरे हैं। सहज शील और लाज ने तारा की सुन्दरता को और भी सँवार दिया था। गिन्नी की चमक में तारा उन्हें साक्षात् लक्ष्मी जैसी दिखायी दी। ऊपर से मलकिन ने अपनी सोने की बड़ी नथ के बेसर को हाथ से घुमा-घुमाकर यह भी बता दिया कि उनकी बिटिया सब कुछ पढ़ी-लिखी है। रामायन बाँच लेती है, चिट्‌ठी-पत्री कर लेती है; और दोहे-चौपाई तो ऐसे राग से सुनाती है कि पाँच गाँवों की औरतें इसकी बलइयाँ लेती हैं।

मलकिन के बखान से नहीं, अपनी समझ से माधो गुरु को यह विश्वास हो गया कि जंडैल साहब का जी हर तरह से भर जायगा। इत्ते बड़े फ़ौज के जंडैल हैं—कमांडर-इन-चीफ—लाख अपने मन से गाँव के गरीब ब्राह्मण की कन्या का उद्धार करना चाहें, मगर माधो गुरु की निगाह में जाँचने के लिए तो जंडैल के ससुर की कुछ-न-कुछ अच्छी हैसियत होना जरूरी था।

अपने मीठे बोल और बुद्धि की चतुराई से, सुखराम गंज की दलाली के नये धन्धे में गाँव के एक हल से बारह हलों के किसान हो गए थे। शहर में सफलता पाकर उनके मीठे बोल गाँव से ऐंठने लगे। अपनी हैसियतवाले दूसरों को यों तो जथाजोग मान-सम्मान देते थे, उनके सौदे-पट्टी में धेले-पौने का ऊँचा मुनाफ़ा भी करा देते थे, मगर इस अहसान के बोझ से, औरों को हलका समझकर, अपने बड़प्पन को भारी-भरकम भी बनाना चाहते थे। लड़ाई की चढ़ती में गाँव के कई घरों के चेहरे पक्के बने; मगर वह पुरानी मरजाद के ऊँचे फाटक और पक्के चबूतरों तक ही, जूने-पुराने मेमार कारीगरों के हुनर के भरोसे, घराने की मरजाद बढ़ाकर रह गये। सुखराम शहर के कारीगर लाये। घर का चेहरा फैंसूफी बनवाया। आगे के दरवाज़े पर सिरीमिंट का चौखटा बनाकर उस पर फूल-बेल काढ़ी गयी। तोता-मैना के डिजैन बने। दरवाज़े के दोनों तरफ़ गुलदस्ते बनी टैलों के पत्थर जड़े गये। दोनों तरफ बड़े-बड़े आले, एक में शंकरजी की फोटू की टैल, दूसरे में राधा-किसन की जोड़ी और दरवाज़े के ऊपर गनेसजी। बैठकों का नया चलन किया। यह किसानों में बड़ी बात थी। सुखराम के बोलने में तो करीब-करीब वही बात थी, मगर चलन और रहन-सहन में बहुत फ़र्क़ आ गया था। उन्होंने अपने मकान के ऊपर दो शेर और जंगल की कारीगरी का काम बनवाया। उसके बीच में 'ॐ' और 'मिश्र निवास' भी लिखवा लिया। पटवारी बैजनाथ का घर दो मंज़िल का था, इसलिए गाँव की मरजाद में उस घर का शुमार था। सुखराम मिसिर एक ही मंज़िल में ऐसे-ऐसे कर्तबों से चढ़ गये कि चार के चर्चे में किसी-न-किसी बहाने उनका नाम आना जरूरी हो गया। बराबर वाले सब मन-ही-मन उनसे कटते थे और छोटे लोगों को भी 'सरकारी हजूरी' में एक और नये 'मालिक' को जुड़ते देखकर कोई खुशी नहीं हुई थी। जलन इस बात से और ज्यादा थी कि सुखराम अपनी तरफ़ से किसी को भी लड़ाई का छोटे-से-छोटा मौका नहीं देते थे। गंज के सफल दलालों में सुखराम का आदर होने लगा। कुल के बड़े और पुराने धाक पर निभनेवाले घरानों से गाँव की परम्परा में जो नेग-जोग और राम-जुहार की मरजाद कायम थी, सुखराम उस लछमन की लकीर को लाँघकर गंज और शहर से अपनी सफलता के लिए नयी मरजाद लाये थे। सुखराम के बैठके में एक-न-एक व्यापारी या दलाल मेहमान बना ही रहता था। सुखराम अपने नये हौसले को गाँव की पुरानी मरजाद पर लाद रहे थे। ऊपर से सब अमनचैन था, मगर मनों में ज्वालामुखी भड़क रहे थे।

पैसे से हैसियत बनाने की चढ़ा-ओढ़ इतनी मुश्किल, सख़्त और तेज़ हो गयी थी कि हर शख़्स एक-दूसरे से सदा एक हाथ आगे बढ़ जाने के लिए ही उतावला और दीवाना बना रहता था। जो चढ़ न सके, पिसते ही चले गये। उनकी गुलामी उतनी ही मुश्किल, सख़्त और तेज़ हो गयी। जो जितना बड़ा पैसेवाला है, वह उतना ही अपने से छोटों पर अपनी खुदपरस्ती का बोझ डालता है। वह आमतौर पर ख़ुशामद को आदर समझता है; और इस झूठे रोब में अपनी जीत मानकर ज़्यादा से ज़्यादा उसकी माँग करता है। हर छोटा आदमी अपने से बड़े आदमी की ख़ुशामद को मजबूर हैं; और हर बड़ा आदमी किसी न किसी से छोटा भी है। इसलिए हर आदमी दूसरे की ख़ुशामद करता है और दूसरों से अपने लिए वही चाहता भी है।

लड़ाइयों में पैसे की चढ़ा-ओढ़ बढ़ जाती है। पहली लड़ाई में बहुत से लोग तरह-तरह से बन गये थे और दूसरी लड़ाई के ज़माने तक तो पुराने इज़्ज़तदार हो गये थे। इससे दूसरी लड़ाई में औरों का हौसला बढ़ा, क्योंकि इस बार लोग पहचान गये थे कि लड़ाई में व्यापारी लाल हो जाता है। लोग-बाग दस-दस बरसों से दूसरी लड़ाई की मनौतियाँ मान रहे थे। और जब दूसरी लड़ाई आयी तो धड़ाधड़ लोग लाल बनने लगे। जितनी कशमकश बढ़ती गयी, उतनी ही चिढ़, थकान और पैसे के जोर पर हैसियत की प्यास भड़कती गयी। नीति, कुनीति, धरम, अधरम सब भाड़ में गया और स्वारथ की दौड़ हर एक के साथ हवा-सी लग गयी।

लड़ाई के छह वर्षों में और उसके बाद व्यापार अब धन्धे की भावना से नहीं होता। एक दूसरे को खिझाने, चिढ़ाने और कुचल देने के लिए ही दीवानगी के साथ हर एक अपनी बुद्धि-चतुराई का प्रयोग करता है। सुखराम संस्कीरत का यह श्लोक जानते हैं कि 'ब्यौपारे बसती लच्छमी।' और माधो गुरु जैसे धर्मधुरन्धर पाधा-पुरोहित ही अपने जिजमानों को ऐसी संस्कीरत के बेद-शास्त्रों का प्रमान दे-देकर बढ़ावा देते हैं।

कलजुग के चौथा चरन धर देने के कारन धरम-करम धरती से लोप हो रहा है। ब्राह्मण महाराजों की पहले जैसी धाक अब नहीं रही। पहले ज़माने में जिजमान को जरा-सा डर दिखाते ही ब्राह्मण-पुरोहितों की पाँचों उँगलियाँ घी में पड़ जाती थीं। अब कोई उतना डर नहीं मानता। अँगरेजी राज ने माधो गुरु जैसों की पूजा छीन ली। बाबा के जमाने में आठ गाँव पुन्न में मिले थे। सोने, चाँदी और पीतल के बर्तनों से घर की दो कोठरियाँ गँजी हुई थीं। बाप ने सारे कोठों की नथें चुन-चुनकर उतारीं और घर-फूँक तमाशा देखा। माधो गुरु के चार भाई पच्चीस घरों की जिजमानी के

हिस्सा-बाँट में सिर-फुड़ौवल कर शास्त्र के बजाय शस्त्र का प्रमाण देने लगे। उनके लड़के अब पत्रे में विश्वास नहीं करते, पान, शरबतों की दूकान करते हैं। माधो गुरु ही किसी तरह धरम करम सँभाले बैठे हैं। धरम-पुन्न करने वाले पुराने जिजमान भी अभी एकदम से लोप नहीं हुए। इसी से धरती अभी भी सँभली हुई है और माधो गुरु को साल में चार-पाँच सौ की आमदनी जैसे-तैसे हो ही जाती है।

ऐसे परम घोर कलयुग में जंडैल साब जैसा महारथी जिजमानी उन्हें पुर्बले जनम के पुन्न-परताप से ही अकस्मात् मिल गया।

●

●

कर्नल तिवारी घर बसाना चाहते थे। घर के बिना उनका हर तरह से भरा-पूरा जीवन घुने हुए बाँस की तरह खोखला हो रहा था। दस की उम्र में सौतेली माँ के अत्याचारों से तंग आकर वह अपने घर से भागे थे। तंगदस्ती में बेसहारा और फटे हाल भटकते-भटकते लखनऊ आये। एक .फ़ौजी, हिन्दुस्तानी कप्तान के बँगले पर नौकरी मिली। अपनी मेहनत और ईमानदारी से सब को भा गये। इनके ब्राह्मण होने और मुसीबत के मारे होने की कथा ने कप्तान साहब की धर्मात्मा बहू को इनसे छोटा काम न लेने की बुद्धि दी। कप्तान साहब इने-गिने हिन्दुस्तानियों में थे, जिन्होंने ख़ुशामद के बल पर फ़ौज में अफ़सरों का ओहदा उस ज़माने में हासिल किया था। रोब और दबदबे के आदमी थे। उनकी निगाह हो जाने से ये पढ़े-लिखे; और जवान होने पर फ़ौज में भरती हो गये। पहली लड़ाई देखी, फिर दूसरी लड़ाई देखी। फिर घर बसाने की इच्छा उनके मन में सैलाब के पानी की तरह तेजी से बढ़ने लगी।

घर का न होना, किसी अपने का न होना, उनकी सारी सफलता को निकम्मा बना देता है। और अपने से उनका मतलब है अपनी पत्नी, अपने बच्चे। उम्र और ओहदे बढ़ाने के साथ-साथ उनकी यह इच्छा भी बढ़ती गयी। अपने देश से दूर, लड़ाई के मैदान में हर एक को अपने घर की याद आती थी। उनके मातहत छोटे से छोटा सिपाही भी डाक के दिन घर से चिट्ठी पाने के लिए बेचैन रहता था। हर एक ने ख़र्चा भेजने के लिए, अपने घर के किसी न किसी रिश्तेदार का नाम लिखवाया था। फ़ौज में भरती के वक़्त कप्तान साहब के मार्फत ही उनके घर का पता दिया गया था। और वह घर अब मिट चुका था। कप्तान और उनकी पत्नी के दुनिया

में न रहने के बाद उनके दोनों लड़कों ने इनसे कोई सम्बन्ध न रखा। अपने सौतेले भाई-बहनों के साथ फिर से नाता जोड़ने की इच्छा कभी-कभी होती तो है, मगर मन को किसी तरह का उत्साह नहीं मिलता। अलावा इसके जाने कौन कहाँ होगा? चालीस बरसों से कोई ख़ैर-ख़बर नहीं। दुनिया से उनका जो कुछ भी नाता है, वह नाश और प्रलय का है। स्त्री से उनका जो भी नाता है, वह फ़ौजी चकलों और सोसायटी की तितलियों के आवारा तन तक ही सिमटकर रह जाता है।

लड़ाई के दौर में उनके बहुत-से साथियों ने अपनी शादियाँ भी कीं। किसी ने किसी फ़िल्म-स्टार से, किसी ने गोरी चमड़ीवाली मेम से। कइयों ने 'इलस्ट्रेटेड वीकली' में तस्वीर छपाने लायक सामाजिक विवाह भी किए। मगर कर्नल तिवारी ऐसा घर नहीं चाहते थे। उनके ख्याल में ऐसा घर घर नहीं रहता, चकले का दूसरा रूप बन जाता है या फिर नासमझी का घिरौंदा। वह घर चाहते थे, जैसे कि 'भले लोगों' के होते हैं। वह घर चाहते थे, जैसा कि उनको पालनेवाले कप्तान साहब का था। वह घरवाली चाहते थे, दुनियादारी चाहते थे, नाते-गोते और रस्म-रिवाज चाहते थे।

मगर चाहने से ही सब कुछ नहीं मिल जाता। वह दुनिया को आबाद करना चाहते थे और उसे बर्बाद करना उनका फ़र्ज़ था। इंसानियत और राजनैतिक आदर्शों के नाम पर यह विनाश ही उनके ईमान के लिए सबसे बड़ा सत्य था।

कर्नल तिवारी मोर्चे पर मोर्चे बढ़ते चले गये, साथ ही साथ उनकी उम्र और घर बसाने की इच्छा भी दिनोंदिन तेज़ी के साथ ज़ोर पकड़ती गयी। जर्मनी, जापान पर साथी देशों की विजय उनके लिए महज़ एक साधारण घटना का ही मूल्य रखती थी। अपने सैनिक जीवन के अनुभव और दुनिया की राजनीति के रवैये से वह यह ज़ानते थे कि लड़ाई अभी ख़त्म नहीं हुई। बिजलियों की रोशनियाँ, आतिशबाजियाँ, शराब, जलसे, सम्मान, तमगे और ऊँचे-ऊँचे ओहदों के हुजूम में उन्हें महज़ लड़ाई के नए नक्शे ही दिखलायी देते थे। शांति कहीं भी न थी। फिर भी यह चेतना उनके मन में बहुत साफ और उभरी हुई न थी। ऊपरी तौर पर उन्हें इस बड़ी जीत में अपने हिस्से का अहसास था, और राजनैतिक रूप में अपने देश की गुलामी को ही वह अपनी उदासीनता का कारण मानकर सनके हुए थे।

लौटकर देश आये। उनका देश हलचलों से भरा हुआ था। उनका मन भी हलचलों से भरा हुआ था! देश और मिट्टी का प्यार उनके दिल में सच्चा होते हुए भी खोखला था। समुन्दर पार पराई धरती पर देश के ध्यान

से अपनेपन का नाता जुड़ जाता था। देश आने पर वह अपनापन भी खो गया। उनका कहीं भी अपना ठिकाना न था—अपना घर न था। छुट्टी लेकर बड़े-बड़े शहरों में घूम-घूमकर वह अपने को बहलाते रहे। दोस्तों के यहाँ मेहमान हुए, दोस्तों के बच्चों के चचा-ताऊ बने, उनकी बीवियों को भाभी कहकर पुकारा; मगर मन का नाता न जुड़ा।

कर्नल तिवारी एक उलझन में गये। पचास की उम्र हुई, शादी करके घर बसायें तो कितने रोज़ के लिए? अपनी ढलती उम्र में किसी जवान जहान लड़की का पल्ला बाँधने में उनके दिल को एक झिझक महसूस होती थी। लेकिन वह झिझक इतनी बड़ी कभी भी न हो सकी कि शादी का ख्याल उनके मन से उतार दे। उलझन में दिन गुज़रते गये और उनके बंगाल जाने का हुक्म आ गया।

नोआखाली के दंगे दबाये जाने के लिए फ़ौज की ताकत माँगते थे। नोआखाली का अनुभव कर्नल तिवारी के लिए दुनिया की दो बड़ी लड़ाइयों से भी ज़्यादा तीखा साबित हुआ। उन्होंने लड़ाई के बड़े-बड़े मैदान देखे थे। बमों से उजड़ते और जलते हुए और बेबस इन्सानों के तड़प और चीख़ भरे मौत के नज्जारों को भी, खुद हिस्सा लेकर देखा था। और उसमें हिस्सा लेने के वजह से उन्हें मान-सम्मान और इज़्ज़त-ओहदा मिला था। वह लड़ाई थी और यह दंगे। उन लड़ाइयों के लड़ाकुओं को बहादुर, देशभक्त, राजभक्त और इन्सानियत का पुजारी माना जाता था; जबकि इन दंगों में लड़नेवाले गुंडे कमीने और हैवानियत के पुतले माने जाते हैं।

कर्नल तिवारी के बहुत से साथी हिन्दू अफ़सरों को सरकारी तौर पर अपनी ड्यूटी बनाते हुए, गैर-सरकारी तौर पर मुसलमानों से नफ़रत थी। हिंदू और तो और—बच्चों, बड़े-बूढों और जवानों के ऊपर ढाये जानेवाले जुल्म हर एक का ख़ून खौला रहे थे। कर्नल तिवारी का अनुभव दूसरे क़िस्म का था। घर और रिश्तों के नाश को इतने नज़दीक से और बेलाग होकर वह पहली बार देख रहे थे। उनके दिमाग में धर्म, जाति और देश का अहसास न था। वह तो महज यही देख रहे थे—जलता हुआ घर और तरह-तरह से तबाह होती हुई जानें, यह नरक का नज्जारा दो-दो बार सारी दुनिया को हिला देने के बाद भी आज तक कायम है। वह दृश्य उनके दिल पर बोझ डाल रहा था। उनके दूसरे साथी जब कभी दबी ज़बान से अपनी क़ौमपरस्ती प्रकट करते, तो उन्हें कर्नल से जवाब मिलता, "दरअसल हमें जो बुरा लगता है, वह बेबसों का तबाह होना, घरों का उजड़ना। देश, जाति, धर्म और आदर्शों के नाम पर हम हैवानियत की तसवीर को कभी

उलटी और कभी सीधी देखकर महज अपने-आप को धोखा देते हैं। जो बुरा है, वह हर हालत और हर रंग में बुरा ही रहेगा। निहत्थे हिन्दुओं पर मुसलमानों के जुल्म, निहत्थे मुसलमानों पर हिन्दुओं के जुल्म अगर बुरी चीज़ है, तो हिरोशिमा और नागासाकी पर अमेरिका के एटम बम गिराने को भी उतना ही बुरा मानना होगा। जर्मनों को अँगरेज़ों-रूसियों के नगर उजाड़ना और रूसियों-अँगरेज़ों का जर्मनों को तबाह करना—यह सब एक ही किस्म के तराजू पर तौलने लायक घटनाएँ हैं। मैं इन बेबसों को तबाह करनेवाले गुंडों से बदला लेने के लिए तो हर वक़्त मुस्तैद हूँ, मगर हिन्दू के नाते मुसलमानों से बदला लेने का ख्याल भी मेरे सपने तक में नहीं आ सकता।''

कर्नल तिवारी लड़ाई से चिढ़ते चले गये। जितना नाश देखा, जितना चिढ़े, उतनी ही उनकी घर बसाने की इच्छा लौ की तरह ऊँची उठती गयी, उन्हें घर चाहिए। दुनिया में हर शख़्स को घर की भूख है। ज़िन्दगी घर की भूखी है—चींटी से लेकर इन्सान तक।

कर्नल तिवारी का घर इक्यावन बरस की उम्र में अट्ठारह साल की देहातिन तारा से आबाद हुआ। जीवन की सबसे बड़ी साध पूरी करते हुए भी कर्नल को चैन नहीं मिला। बसंत पंचमी की लगन धरी गयी थी, ब्याह की तैयारियाँ हो रही थीं कि एक दिन अचानक कश्मीर जाने का हुक्म मिला। कर्नल तिवारी मन में खीझ उठे। मगर ज़िन्दगी-भर की आदत और फ़र्ज का ध्यान उनके अन्दर मुस्तैदी का दम भरने लगा। देशसेवा भगवान् की सेवा से भी बड़ी वस्तु है, पर निजी जीवन की सबसे बड़ी माँग भी अपने हक़ के लिए विद्रोह करती थी। कर्नल तिवारी को ऐसा लगता था कि उनकी शादी अगर इस बार न हुई तो ज़िन्दगी-भर के लिए उनकी यह सबसे बड़ी साध भी उनसे दूर हो जायगी। उन्होंने तय किया कि वह शादी करके ही अपनी ड्यूटी पर जायेंगे। उनके पास अड़तालीस घंटे का वक़्त था। उसके अन्दर ही उन्हें शादी करनी थी। और शादी कितनी ही जल्दी में क्यों न की जाय, बरसों से दबे हुए हौसले ठाठ-बाट ही से पूरे होंगे।

तुरन्त माधो गुरु के नाम सम्मन भेजा गया और माधो गुरु उसी रात के आठ बजे जंडैल साब की मोटर पर बैठकर सिमरौली गये, और यह जंडैली हुकुम सुनाया तो सब के हाथ-पैर फूल गये। एक दिन में क्या-क्या हो सकता है? फिर शहर के बड़े-बड़े अफ़सर आयेंगे, सैकड़ों मोटरें आयेंगी, सबका इंतज़ाम एक दिन में कैसे हो जायगा? और फिर पूस में

ब्याह, सो भी दिन में दस बजे के भीतर लगन धरी जाय—यह सब कैसे चलेगा?

लेकिन जंडैल के हुकुम से सब चल गया। दूसरे दिन मोटर ट्रकों में भर-भरकर कुर्सियाँ, मेजें और कनात शामियाने पहुँच गए। होटलवाले का तम्बू कनात अलग लगा। सुखराम महाराज चार पैरों से दौड़ने लगे, अपनी तरफ से भी कुछ कर दिखाने का जोम था। श्रीरामपुर के ठाकुर साहेब के यहाँ से हथिनी माँग लाये। शहर से नफीरी और झइयम-झइयम बाजेवालों को भी बुलवा लिया। नाई अलग न्योते की सुपारी बाँटने चला गया। गैस के हंडों की रोशनी में काम-काज और तैयारियाँ करते-करते ही रात बीत गयी। जैसे-जैसे दिन चढ़ने लगा, सुखराम की नब्ज़ छूटने लगी।

चालीस मोटरें आयीं। जंडैल साहब के हुकुम से रस्में तो सब हुईं, मगर ब्याह डेढ़ घंटे में ही निपट गया। मेहमानों की चाय हुई। बड़े-बड़े फूलों के गुलदस्ते और चाँदी-सोने का सामान मिला। बारह बजे तक ब्याह की सारी भीड़-भाड़ निबट गयी और ऊपर वाली कोठरी में जंडैल साहब के आराम के लिए पलंग बिछा दिया गया।

●

●

तारा ब्याह के पहले अपने-आप के लिए भार थी और ब्याह के बाद एक उलझन बन गयी।

उसने अपनी शादी को आँखों से नहीं, कानों से देखा था। घूँघट से ढँकी हुई मंडप में उसके साथ बैठते हुए, भाँवरे फिरते हुए, गँठजोड़े से कुलदेवता को प्रणाम करते हुए तारा का मन सँकरे-सन्नाटे में गुम था। पत्नी होना, और इतनी बड़भागनी पत्नी होना देहात में रहनेवाली तारा के लिए बड़ा विचित्र अनुभव था। दिल का सन्नाटा अपने-आप से दहल रहा था। यह गुम्मी, यह दहलन और भी सख़्त हो गयी, जब कर्नल तिवारी ने उसकी कोठरी में कदम रखा। तारा सहमी सिकुड़ी गठरी सी पलंग पर बैठी रही—अन्त तक! मन "क्या होगा?—जो हो!" की धुकधुकी लेकर गहरे में जा समाया। उसके क्षण बहुत तेजी के साथ सिमटने लगे।

तिवारी अपनी पत्नी को चाहते थे। तारा के महावर लगे गोरे पैरों में बिछुए और मेंहदी लगे गोरे हाथों में अँगूठियाँ, आरसी अजीब क़िस्म से कर्नल तिवारी को तारा के बहूपन का एहसास करा रहे थे। तारा उनकी थी—उनकी अपनी। अपनी तारा के गोरे मुख को वह देखना चाहते थे।

घूँघट हटाने के लिए बार-बार कहते रहे; पास बैठ गये, कंधे पर हाथ रखकर घूँघट पर आये और उनका हाथ रुक गया। वह चाहते थे कि तारा खुद ही घूँघट हटा दे। ज़िन्दगी-भर उन्होंने औरत की लाज से खिलौने की तरह खेला है, मगर अपनी दुलहिन के घूँघट में उन्हें नारी लाज की वह पवित्रता दिखायी दी, जिसके बिना उनका अब तक का जीवन सूना था। कर्नल तिवारी अपनी पत्नी का घूँघट न हटा सके और तारा की लाज अपने-आप को छोड़ न सकी। कहते ही चले गये, बिना मुख देखे ही चले गये, मगर तारा की गुम्मी न टूटी।

जाते वक़्त अपने ससुर से कह गए, "आज से आपकी साहबजादी के आराम और खर्च की सारी जिम्मेदारी मेरे ऊपर है। यों तो मैं अपने दोस्त कैप्टेन वर्मा के बँगले पर उनके लिए सब इंतज़ाम कर जाता, मगर चूँकि उस माहौल के लिए वह एकदम नयी हैं, उन्हें वहाँ परायापमन महसूस होगा। फिर भी जिस हैसियत की ज़िन्दगी उन्हें आगे चलकर बितानी है, उसके लिए यह ज़रूरी है कि उनकी तबियत रवाँ हो जाय। कैप्टेन वर्मा सब जरूरी इंतज़ाम कर देंगे। और हाँ, ससुराल की तरफ से मैंने आपकी साहबजादी का नाम रानी बहू रखा है।"

दूसरे दिन से सुखराम उसे ताराराानी, कभी रानी बिटिया और कभी रन्नो कहकर पुकारने लगे। भैया रन्नो कहने लगे, छुटकऊ रानी जिज्जी। एक अम्मा और सिउ नरायन की दद्दा को छोड़कर धीरे-धीरे सारा गाँव उसे तारो या तारा कहने के बजाय अब रानी, रानी बिटिया कहने लगा। इससे तारा को बड़ी शर्म आती थी। और उस शर्म से जो घुटन होती थी, उसे वह कभी भी सहन नहीं कर सकती थी। यह उसे बर्दाश्त नहीं होता कि उसका अपना नाम भी उसके लिए पराया बना दिया जाय। लोग अपने लिए ख़ुशामद क्योंकर पसंद कर लेते हैं, यह सवाल उसके लिए एक बेहूदा पहेली की तरह न हल होने वाला और दम घोंटनेवाला बन गया।

ब्याह के बाद से इस घर में जो कुछ भी होता, उसके लिए होता। काछी के बगीचे से दोनों बखत भाजी आने लगी, बकरी का दूध कढ़कर आये तो सबसे पहले उससे पूछा जाय। भैया, दद्दू छुटकऊ—किसी ने भी चाहे खाया हो, चाहे न खाया हो, उसकी थाली पहले परोस दी जाय। तारा को लगता कि धरती फट जाय और उसमें समा जाय। क्या बिटिया के लिए किसी घर में भी ऐसी हाजरी साधी जाती है? उसके लिए तो मैका, मैके का गाँव ही ससुराल बना दिया गया। यह अनहोनी भी होनी बदी थी। पैसे और ओहदे की ताक़त जो चाहे सो करा ले। पैसे और ओहदे की सारी

शक्ति उसके हाथ में सौंपकर एक अनजान आदमी उसे अपनी बनाकर—सब अपनों से बिराना बनाकर—चला गया। लेकिन वह इस शक्ति का क्या करे? अपनेपन को अपने-आप से क्योंकर मिटा दे? तारा के प्राण आठों पहर के लिए हवा में टँग गए। वह नहीं चाहती कि कोई उसे बदला हुआ समझे।

सारे गाँव के लिए तारा का ब्याह एक चमत्कार था। दूसरों की सफलता पर डाह करना दुनियादारी का नियम है। यह डाह देखादेखी में एक-दूसरे को नयी-नयी सफलताएँ पाने के लिए उकसाती है। मगर तारा की तक़दीर ने उसे जो सफलता बख़्शी थी, उस नहले पर दहला कोई क्योंकर चढ़ाए? लोगों के मन में जलन निकम्मी हो उमड़-घुमड़कर बैठ जाती थी। इसीलिए सुखराम की बेटी उनके हर जोड़ीदार के लिए ऊपरी तौर पर बड़ी ही प्यारी हो गयी। यह प्यार बहुतों के घर में सुधार का शौक बना। सिमरौली में तारा के ब्याह के बाद नीलाम की अमेरिकन फ़ौजी पतलूनों और बूटों की खपत जवानों में बढ़ गयी। सस्ते क़िस्म के पाउडर और वैसलीन का चलन भी ज़्यादा हो गया। तारा का मरद जब उसके लिए नित नयी अनोखी चीज़ें भिजवाता है तो हिर्स में गाँव के जवानों की जोरुओं को भी कुछ न कुछ तो फैशन में रहना ही चाहिए। यों तारा के ब्याह से पहले भी गाँव में फैशन बढ़ने लगा था। लड़ाई की महँगी में बहुत से जवान गाँव छोड़कर शहरों में चले गये थे। जब वे गाँव लौटते तो अपनी हेकड़ी जताने के लिए शहर के चलन लाते। अब उनकी माँग सिमरौली के घर-घर में ज़्यादा हो गयी। अपनी-अपनी आमदनी का तंग दायरा लोगों के मनों में ख़र्चे की उमंग को रह-रहकर छेड़ने लगा। छोटे लोगों से बड़े लोगों तक, सभी एक न बुझने वाली प्यास से तड़पने लगे।

तारा की मास्टरनी ने जब बगैर फीस लिए गाँव की लड़कियों-बहुओं को पढ़ाने का मंशा ज़ाहिर किया तो कइयों की इच्छा जागी। पढ़ने वालियों में घमंड जागा; न पढ़नेवालियाँ कलह करने में अब 'एमे-बीए' पास करने लगीं। टहोके मारना, ताने कसना, बड़प्पन और फैशन की शेखी पहले से ज़्यादा बढ़ गयी। बाप की हैसियत पर बेटे-बेटियों की हिर्स ने बड़ों में खींचतान पहले से भी ज़्यादा बढ़ा दी।

पुराने और नये ज़माने का महाभारत छिड़ने लगा। सासों को नयी बहुओं के नये-नये फैशन पसन्द न थे, बहुओं को सासों की हुकूमत पसन्द न थे। जिनके मालिक शहरों के कमासुत थे, वे अपने को बहुत कुछ समझा करती थीं। देवरानी-जिठानियों की कशमकश नयी ज़मीन पर और

भी तेजी से लहलहाने लगी। बूढ़े माँ-बापों की शिकायत थी कि उनके बेटे अपनी कमाई का मोटा भाग अब घर में न देकर अपने-अपने बीवी-बच्चों को देते हैं। लड़कों को अपने माँ-बापों से यह शिकायत थी कि वह, पुराने खूसट, अपने बेटों का सुख नहीं देख सकते। हर भाई के झगड़ों में बहस के तौर पर दूसरे भाई पर यह इलज़ाम लगाता कि जब वह इतनी आमदनी होने पर घर को इतना ख़र्च देता है, तो वह अपनी आमदनी के हिसाब से घर के ख़र्च के लिए ज़्यादा रकम क्यों दे।

घरों में चूल्हे फूटने लगे। जिन घरों के चेहरे पक्के थे, उनके बेटे-बहुएँ हिस्सा-पत्ती के लिए दिन-रात अपने माँ-बापों से कलह-कलेश करने लगे। घरों में सास का सिंहासन बहुओं की हाथ-हाथ भर लम्बी जबानों की मार से चरमराने लगा। सास घर की मालकिन का पद-गौरव एक से छिनकर कइयों के हिस्से में बँट गया। घर की हर ब्याहता स्त्री घर पर ज़्यादा से ज़्यादा हुकूमत चाहती है। उस हुकूमत के लिए जिसका पति जितना कमाता है, उतना ही ब्याहता का अधिकार होता है; जिसका पति कम कमाता है, वह कम अधिकारों वाली होती है। जो मन से कमज़ोर होती हैं, वह घर में सबसे ज़्यादा सुहागवंती, भागवंती का पक्ष लेकर दूसरों पर अपनी जलन उतारने के लिए रोज़ चार चासनी ज़्यादा चढ़ाने की कोशिश करती हैं। सास अगर सख़्त हुई, यानी उसके खास सन्दूकचे का किसी को पता न चल सका, तो कलह बहुओं में ही रही, सास का पद किसी न किसी तरह अपनी आबरू सँभाले बना रहा। जो खुला ख़ज़ाना रखती हैं, उनकी तालियों का गुच्छा किस बहू-बेटी के हाथ में सबसे ज़्यादा आता-जाता है, इसका कलह-कलेश ठेठ सास तक पहुँचता है, जिसमें खुद सास भी एक मुजरिम होती है। जो मन की कमज़ोर हैं वह सब से ज़्यादा जोम रखने वाली बहू की तरफ़दार हो जाती हैं। पैसे की इस छुटाई-बड़ाई ने माँ के प्यार को भी ऊपरी तौर पर तब्दील कर दिया। घर में हर एक का हर एक से रिश्ता पैसे का है।

निकम्मे माँ-बाप, निकम्मे बेटे-बहुएँ, विधवा बेटियाँ और बड़ी कुँवारी लड़कियाँ, जो पैसे नहीं कमा पाते, वे अपने को इस पैसे की दुनियादारी में सबसे ज़्यादा डाँवाँडोल हालत में पाते हैं।

फ़ौज में रहकर आये हुए जवान और शहरी स्कूलों में पढ़नेवाले लड़के गाँवों में अपने साथ एक पूरा बंदर का बंदर खरीद लाये थे। सिनेमा स्टारों के नाम, सिनेमा की धुनें, धूप के अमेरिकन चश्मे, सिगरेट और सिगार तक; जेब में ऊँचा रूमाल, जिनके पास फाउण्टेनपेन नहीं हैं वह क्लिप

लगी पेन्सिलें खोंसकर चलते हैं। अब चमड़े के पर्स रखने का चलन भी चल गया है। घड़ियाँ, साइकिलें जिनके पास हैं, वह गाँव के बड़े हीरो माने जाते हैं। उन्हें आँख लड़ाए बिना खाना ही हजम नहीं होता। आपस में दोस्तों की बातचीत की अहम चर्चा यही है कि कौन कितनी बार 'लव' कर चुका है।

ब्याह के बाद तारा गाँव की सबसे बड़ी हीरोईन बन गयी। तारा को लोग दूर से ही देख पाते। कभी ही कभी गाँव में किसी के यहाँ जब मिलने-जुलने जाती है तो लोग देखते रह जाते हैं। साथ में या तो दीदी होंगी या महरी। दीदी और तारा बगैर चद्दर के सादी से सादी पोशाक में निकलती हैं। जिन जवानों में ज़्यादा हौसला है, वह हाथ जोड़कर नमस्ते कर लेने का रिश्ता बाँध लेते हैं।

दीदी के चर्चे भी कभी-कभी बेवजह ही हो जाते हैं। उनका हीरो बनने का ख़याल भी आमतौर पर लोगों के दिमाग़ में नहीं आता। उनके चेहरे पर एक तेजी है, एक अलगाव है, जो देखते ही दूसरे के मन को झटका देता है। हाँ, उन्हें पसन्द करने वाले करीब-करीब सभी हैं। पढ़े-लिखे और विदेश से लौटे नौजवानों की महफ़िल में दीदी की मिसाल दी जाती है, और तारा के चर्चे होते हैं। रानी नाम तो बात को और भी सुगम कर देता है।

●

●

रानी उसे नीचे तबके के लोग भी कहने लगे हैं। गाँव का छोटा किसान और खेतिहर मज़दूर उसे बड़े दिल से रानी कहता है। उनके लिए गाँव की अपनी एक लड़की या बहन का रानी बनना अपने लिए एक बड़प्पन की बात लगती थीं। यही बात बढ़कर बहुतों में ख़ुशामद बनी, बहुतों ने सीधी तरह एक खुशी की बात के तौर पर उसे माना, बगैर किसी मतलब के कइयों ने उससे भी वही रुख रखा, जो वे तमाम पैसे और ओहदेवालों से रखते थे। जंढैल की जोरू को सरकार के ख़िलाफ़, काँग्रेस के ख़िलाफ़, चार खरीखोटी सुनाकर वह अपने जी की भड़ास निकाल लेते थे। तारा के लिए गाँव में निकलने पर यह एक सबसे बड़ी सजा थी। पति की तारीफ़ उसके जवान मन के सपनों को बहुत ऊँचा उठा देती थी। जब वह किसी से अपने पति की तारीफ़ सुनती तो सिर का पल्ला कुछ न कुछ घूँघट-सा बन ही जाता था। अपने पति के बड़प्पन और तारीफ़ की बातें सुनने की तो आदत थी, लेकिन ऐसे झूठे-मूठे आवाज़ें-तवाजे सुनकर वह काँप जाती।

ऐसा क्यों होता है? उसका पति किसी का भी दुश्मन क्यों हो? यह काँग्रेस तो सबके लिए अच्छी थी—देश के लिए आज़ादी ले आयी। फिर ये लोग उसकी बुराई क्यों करते हैं?

तारा के लिए अपने पति का पेशा-ओहदा एक अजब उलझन बन गया। न जाने कब से हर एक के मन में यह बात जम जाती है कि फ़ौज का सिपाही एक बड़ी चीज होता है। उसने और गाँव की हर औरत ने ढोलक के गीतों वाले 'बाँके सिपहिया' को सदा से पहचान रखा है। इन आवाज़ें-तवाजों को सुनकर तारा के मन में सहज सवाल उठता है कि आख़िर उन्होंने इन लोगों का क्या बिगाड़ा है?

और साथ ही साथ तारा के ध्यान में यह बात भी अटकती कि आख़िर किसी ने उनका क्या बिगाड़ा है, जो वह दूसरों से लड़ते हैं? बड़ी-बड़ी दूर हो आयें। जर्मनों को मारा। और अब जो वह कश्मीर में लड़ रहे हैं, तो किसके साथ उनकी दुश्मनी है? दीदी से अक्सर इस बात पर बहस हो जाती थी। दीदी कहतीं, "वह एक सिद्धांत के लिए लड़ते हैं, एक आदर्श के लिए लड़ते हैं। राष्ट्र और देश के लिए लड़ते हैं।"

मगर इससे भी तारा के मन की चुभन निकल न सकी। राष्ट्र, आदर्श और सिद्धांत कोई भी हो, वह दो बिना जान-पहचान के आदमियों को आमने-सामने खड़ा करके दुश्मनी क्यों पैदा करवाता है? जिनकी दुश्मनी है, वही आपस में लड़ के फ़ैसला क्यों नहीं कर लेते? करोड़ों को सिपाही बना-बनाकर कटवा क्यों देते हैं? घरों के ऊपर हवाई जहाज़ आ-आकर जो शहर के शहर बमों से मटियामेट कर जाते हैं, तो उन शहर वालों ने उन हवाई जहाज़ वालों का क्या बिगाड़ा था? हवाई जहाज़ वालों से उनकी कभी की जान-पहचान भी नहीं थी, फिर दुश्मनी कैसे हो गयी?

दीदी इस बात पर उसे कई बार समझा चुकी हैं कि यह लड़ाई कुछ आपस की दुश्मनी जैसी नहीं हुआ करती। दीदी बड़े जोश के साथ उसे समझातीं, "यह लड़ाई वह लड़ाई है, जो सदा से होती चली आयी है और इस लड़ाई में लड़नेवाले लोग वीर और योद्धा माने जाते हैं। पुराने ज़माने में जैसे महारथी हुआ करते थे, वैसे अबके ज़माने में कर्नल-कमांडर होते हैं।"

तारा इस दलील से लाजवाब तो हो जाती, मगर उसके मन से यह सवाल न जाता। लड़ाई है तो अच्छी, उसके पति को इतना मान-सम्मान और रुतबा दिया, मगर तारा के लिए वह बड़ी ख़राब है। उसके प्राण टँगे

रहते हैं। और इसी वजह से यह सवाल उसके मन से छूट ही नहीं पाता कि लड़ाई की ज़रूरत ही क्या है?

वह लड़ाई से काँपती है। और जब कभी जी ज़ोर से धड़क जाता है, तो साड़ी का पल्ला फ़ौरन पीछे गिराने के लिए हाथ बढ़ जाता है। उड़ी के मोर्चे से जब उनके ज़ख़्मी होने की ख़बर आयी थी, तो पैरों के नीचे से धरती का भान बिसर गया। जब तक अस्पताल में रहे, किसी करवट भी कल न पड़ी। दिल की धड़कनों में एक तीर-सा बिंध गया कि उसने अपने-आप को उस दिन सौंप क्यों न दिया?

वह अब घूँघट से नफ़रत करने लगी थी; वह घूँघट से डर गयी थी। तारा एक तरह से अपना भरोसा खो रही थी। तक़दीर ने उसे चमकाया तो, मगर इतनी ज़ोर से उछाला देकर कि मन में खुद अपनी ही चमक बैठ गयी। वही चमक बहाने-बहाने जी में डोला करती थी।

तारा अपने से परायी हो गयी थी। इस परायेपन को वह बर्दाश्त नहीं कर पाती थी। और वह सदा चौकन्ना रहकर इस बात के ध्यान में रहा करती थी कि कोई उसे बदली हुई न समझे। इस चौकन्नेपन ने तारा को इन आठ महीनों में थका-हरा डाला। वह हर-एक को खुश रखना चाहती थी, और चाहती थी कि हर एक उससे खुश रहे। इसके लिए वह अपने व्यवहार और कामकाज से सदा सावधान रहने की कोशिश किया करती थी, फिर भी बराबर यही महसूस करती कि वह सबको खुश नहीं कर पाएगी। उसे एक डर-सा बँध गया कि लोग उससे मन ही मन में नाराज़ रहते हैं और ऊपर का प्यार दिखाते हैं।

जब मैके के घर की नयी मंज़िल चढ़ाने की बात, दामाद की ओर से ससुर को चिट्ठी में लिखकर आयी, और दद्दू ने आँगन में आकर सुनायी तो तारा को भी अच्छी नहीं लगी थी। अम्मा को सचमुच खला था। उन्होंने कहा, ''वह लाख बड़े आदमी हों, पर हमारी भी गँवई-गाँव की मरजाद है। लोग सात गाँव तक नाम धरेंगे कि बेटी के धन पर धन्ना सेठ बनते हैं।''

सुखराम महाराज इस पर 'हँ-आँ-आँ...' करके ही रह गये। बड़कऊ ज़ोर से बोले, ''यह कोई कहेगा ही कैसे? हम नहीं कह देंगे कि वह अपनी बहू के लिए बनवा रहे हैं। हम क्या कर सकते? एक तरह से हमने यहाँ जगह देकर उनकी ही तकलीफ़ बचायी है। मास्टरनी के लिए कहीं न कहीं तो जगह बनती ही।''

दद्दू इसी बात को ले उड़े, "दमाद जब अपने मुँह से कहता है तो हम कर ही क्या सकते हैं। हमारा तो यही धर्म है कि दमाद कहे, हम तुम्हारे सिर पर मकान बनायेंगे, तो झट से हाथ जोड़कर झुक जायें।"

इसी तर्क के सहारे बँधकर, मन के लोभ को सुन्दर जामा पहनाकर, दद्दू और भैया तारा के गुलाम हो गये।

●

●

जब तारा सुहागवंती हुई और अपनी माँ के घर की महारानी बनी, तो मलकिन का मन औरत वाले कोठे पर चढ़ गया। मलकिन को यह अच्छा नहीं लगता था कि उनके घर में कोई उनसे भी बड़ा हो। बेटी से एक जगह मन ही मन चिढ़कर वह रोज़ बेटे के ब्याह और बहू की बात चलाती थी। उसके अच्छे से अच्छे काम पर भी कुछ न कुछ बुरी बात चिपका ही देतीं। जी की जलन को माँ की सिखावन का जामा पहनाने में मलकिन को आड़ मिलती। दीदी भी अपने मास्टरनी होने का फ़ायदा उठाकर तारा पर हुकूमत का हक़-सा चाहती थीं। तारा एक हद से ज़्यादा इस मन में न समानेवाले भार को थकी हुई श्रद्धा के साथ निभाती चली गयी। और इस तरह धीरे-धीरे अपने-आप पर अनुचित दबाव डालने के कारण वह खुद अपने से ही दहलने लगी। तारा इससे नफ़रत करती।

तारा को चीज़ों से नफ़रत होने लगी। यों तो वह माँ को भी अब नहीं बर्दाश्त कर सकती; मगर दीदी की हुकूमत को तो वह अब किसी सूरत से भी पचा नहीं पाती थी। वैसे तारा इतने दिनों में ही बड़ी दुनियादार बन गयी है। वह जबान पर लगाम रखकर बात करना जानती है। उसकी यही चतुराई दीदी और उसके बीच की काँटा थी।

तारा सब बातों पर बहुत सोचा करती है। उसका बस तो किसी पर चलता नहीं। हाँ, अपने को जैसा सूझता है, सँभालती-साधती चली जाती है। दद्दू या भैया जब कभी रोटी खाने बैठें तो पटरा खुद बिछाने की ताक में रहे, पानी भर कर रखे। छुटकऊ के लिए नित नये कपड़े, किताबें, खेल वगैरह शहर से मँगाती रहे। गाँव-पड़ोस में, मिलने-जुलने में, सबसे बहुत सँभलकर चलने लगी, जिससे कोई बेगानापन न माने।

घमंड को झुकाने के लिए जहाँ इस तरह सचेत रहते हुए उसमें विनय आयी, वहाँ अपने-आप के लिए छोटेपन का अहसास भी हुआ। अपने

ऊपर से भरोसा हिल गया और उसी को जताने के लिए तारा ज़्यादा से ज़्यादा सचेत रहती; ज़रूरत से ज़्यादा चौकन्नी।

मन के इस चौंकन्नेपन से उसका चैन खो गया था और वह मन ही मन एक जगह बेहद उलझने लगी—खोने लगी—थकने लगी। इसी खोयेपन से उसे हरदम घबराहट होती। वह अपने-आपको निकम्मी समझकर हठ के साथ ज़्यादा से ज़्यादा मेहनत करने की कोशिश करती।

अपने पति के मन-माफिक बनने के लिए तारा ने जी-जान एक कर डाले। जब से दीदी आयीं, तारा अपने पति को पाने के लिए लगन के साथ दीदी की बतायी राह पर ही चलने को अपना फर्ज़ मानने लगी थी। शहर की बोली सीखने में उसे कितना सिर खपाना पड़ा। पहले 'सहर' से 'शहर' कहते न बन पड़े, और दीदी हँसें। उनकी चिट्ठियाँ आने लगीं और तारा को जवाब देने का हिसाब न पड़े। चिट्ठी लिखने के लिए दीदी रोज़ कोंचकाँच करें। एक दिन खुद चिट्ठी लिख दी और तारा से कहा कि अपने हाथ से नकल करके भेज दो। तारा को उस दिन कैसे धरम-संकट का सामना करना पड़ा था। न जाने क्या-क्या बातें उसे अपनी तरफ़ से, अपने हाथ से नकल करके भेजनी पड़ी थीं। खत के जवाब में पति बहुत खुश होकर लिखने लगे। ऐसे ही धीरे-धीरे हौसला खुलने लगा। तारा ने यह महसूस करना शुरू किया कि चिट्ठियाँ तो वह ज़रूर लिखती है, लेकिन उनके साथ किसी क़िस्म का भी लगाव वह नहीं महसूस कर पाती। इसीलिए अपने खतों के जवाब में पाये हुए पति के पत्र भी उसे अपनापन नहीं दे पाते थे। दीदी कहती थीं कि प्रेम की चिट्ठियाँ ऐसे ही लिखी जाती हैं। और इन चिट्ठियों की बदौलत ही तो कर्नल तिवारी उससे खुश हुए हैं।

तारा उलझ गयीं। अपने से खीझकर अंत में उसने तय किया कि वह अपने मन से चिट्ठी लिखेगी।

दीदी प्राणनाथ लिखवाती थीं, इसलिए लिखती थी, मगर उस दिन जब उसने मन से प्राणनाथ लिखा तो पुलक गयी, लाज की सिहरन से छक गयी। उसने लिखा, "भूल-चूक को क्षमा कीजियेगा। जो ग़लती हो सुधार लीजियेगा। आप बड़े हैं। अब तक जैसा दीदी लिखाती थी; वैसा लिखती थी। उससे आप तो बहुत राजी-प्रसन्न जान पड़ते थे, पर मेरा जी कचोटता था। इसीलिए आज अपने-आप लिख रही हूँ। आपको ऐसा पत्र अच्छा न लगे तो लिख दीजियेगा। मैं वैसा ही लिखा करूँगी। मैं अनजान गँवार हूँ।

आपकी वजह से मुझे चार में मान मिलता है। चार मेरी बात पूछते हैं। सो आपको जिसमें सुख मिलेगा वही करना मेरा धर्म है।'' जवाब में कर्नल तिवारी का ख़त आया, पूरे दस सफ़े का।

तारा ने दीदी की आँखों में उसी दिन से काट महसूस की। तारा के अंदर की औरत जाग उठी। पति के ख़तों को फिर से दीदी के रस का साझीदार न बनने दिया। दोनों में एक ख़ामोश-सी गाँठ पड़ गयी थी। बनावट और रस्मियाँ-प्रेम एक दूसरे पर आँखों में जाहिर होने लगा था—दीदी की तरफ़ से ज़्यादा। तारा ने दीदी को अपनी मर्जी पर अधिकार करने से रोक दिया।

●

●

तारा के कमरे से आने पर दीदी अपने पलंग पर ढह पड़ीं, और तरह-तरह से तारा की सिकंदर ऐसी तक़दीर पर जलन उतारने लगीं। यह जलन भी अब उन्हें थका डालती है। अब कोई चीज़ उन्हें जोश नहीं देती—न प्रेम, न नफ़रत।

ज़िंदगी थक गयी है। तन का भार पत्थर बन गया है, जिसे न उतार पाती है, न छोड़ पाती है। उनके होश में कभी भी उनका मनचाहा नहीं हुआ।

एक बैंक के दफ़्तरी के घर पैदा हुईं। पढ़ने में सदा अव्वल आने पर भी दफ़्तरी की बेटी होने से अपनी बराबर वालियों में बराबरी का दर्जा न पा सकीं। उनके पास अच्छे कपड़े नहीं, शान-शौकत नहीं। 6ठे में थीं, तब बाप ने स्कूल से उठाकर इनका ब्याह कर दिया। पति-देव जुआरी, छैला और तुनुकमिज़ाज। दीदी हठीली, तुनुकमिज़ाज और रूप-रंग की मामूली। शादी के दो बरस बाद ही पति ने धक्के मारकर घर से निकाल दिया। दीदी मैके नहीं गयीं। उसी मुहल्ले में रहीं, अलग कुठरिया लेकर। छोटी बच्चियों की ट्यूशनें करने लगीं। सिलाई-बुनाई, कढ़ाई-कसीदे के काम में होशियार थीं। हरेक के सुख-दुख में दस क़दम आगे बढ़कर शरीक होने वाली, नीयत-बात की साफ और मुँह पर खरी कह डालने वाली नौजवान लड़की—अपने जुआरी पति के अन्याय से सतायी गयी अबला नारी—जब सबला बनकर अपनी मुसीबतों से मोर्चा लेने लगी तो सब के मन चढ़ गयी। दीदी ने अपने बल पर पढ़कर इण्टर किया। जान-पहचान और मुहल्ले पड़ोस में भला नाम कमाया। म्युनिसिपल स्कूल में मास्टरनी हो

गयीं। अपनी शक्ति पर दीदी जितना आगे बढ़ सकती थीं, बढ़ गयीं। फिर भी दीदी अपने को सुख न दे सकीं, शान्ति न पा सकीं।

दीदी को इसकी झुँझलाहट है। सैकड़ों बुखार इसी न खत्म होने वाली झुँझलाहट का सहारा लेकर अमरबेल-से बढ़ते हैं। मन की उमंग, जीवन का रस सूखता गया, सूखता गया। वही सूनापन दीदी को खाए डालता है। उसी की खीझ है, उसी की आग है, जो दीदी को किसी करवट में भी चैन नहीं लेने देती।

दीदी अपने-आप के लिए एक सज़ा बन गयी हैं। दीदी अपने से नफ़रत करती हैं। वह अपने-आपसे बचती हैं। वह सारी दुनिया से बचकर चलती हैं। उन्हें सारी दुनिया से नफ़रत है। नफ़रत को पनाह मिलती है खुदपरस्ती में और उसकी भी एक हद है। लेकिन इसके लिए दीदी क्या करें कि वह बेसाख़्ता उस हद से बाहर गुज़र जाती हैं। मन के सपने सन्निपात की तरह बातों में उबल पड़ते। क्या उन्हें सुख पाने का अधिकार नहीं? क्या उन्हें किसी की छाया पाने का अधिकार नहीं? क्या उन्हें पुरुष पाने का अधिकार नहीं? उनमें कौन सी-कमी है? रूप? मगर गुण तो है। चरित्र है। वैसे दीदी अपने को देखने-सुनने में भी किसी से कम कर नहीं मानतीं। हर एक के नाक-नक्शे, बोलचाल में खोट निकालती हैं—किसी को भी नहीं छोड़तीं। तब फिर क्यों उन्हें किसी का प्यार नहीं मिलता? किसी पर अधिकार क्यों नहीं मिलता?

वह अपना अधिकार लेंगी। उन्हें भी एक पति चाहिए—कुछ अफ़सर, आई० सी० एस० जैसा; न हो तो डाक्टर ही चलेगा। मगर बँगला, कार, रेफ्रीजिरेटर, रेडियो और टेलीफ़ोन होना निहायत ज़रूरी है। वह पति के साथ हवाई जहाज़ पर उड़ा करें, सभा-सोसायटियों में लेक्चर दिया करें—यही सब जो आज की दुनिया में एक शानदार, इज़्ज़तदार, बड़े आदमी कहलाने की इच्छा रखनेवाले के मन में होता है, वही दीदी के मन में भी है। 'कुछ-कुछ' में उनके सपने 'बहुत-कुछ' हो जाते हैं; और बहुत-कुछ का अन्त नहीं। अधिकारों और आज़ादी का अन्त नहीं। जीवन मृगजल की तरह भागता चला—बेतहाशा, बेपनाह! सपनों में उन्हें एक पति चाहिए। कोई भी हो, उससे क्या? कल्पना का सतीत्व तो कभी भंग होता ही नहीं—क्योंकि दुनिया किसी के मन की क्या जान सकती है? और तब—वह गंगा की तरह निर्मल है, यह दुनिया को दिखाई देती है, इसके लिए दीदी को सबसे मान मिलता है।

दीदी अपने तन से, अपनी सूरत से नफ़रत करती थीं। जितना नफ़रत करतीं, उतना ही उसे सजाने-सँवारने में, किसी तरह प्यार के काबिल बनाने में उनका ध्यान जाता। सादगी इज़्ज़त की निशानी है। इसीलिए दीदी बड़ी सादगी के साथ अपने को सजाती थीं। कपड़ा साफ और उजला रहे; ज़रूरत के वक़्त दिन में दो बार भी बदल लेती थीं। मुँह और माँग चमकती रहे, चाहे दिन में बार-बार कंघे-शीशे के सामने जाना पड़े।

दीदी पलंग से उठीं। स्टूल से लैम्प उठाकर सिंगारदान की मेज पर लायीं और अपने को निहारने लगीं। जूड़ा खोल डाला। तारा के क़मरे में जाने से पहले भी दीदी सिंगारदान की मेज पर ही थीं। दीदी ने कंघा हाथ में उठाया और गुनगुनाने लगीं; 'मोहब्बत कर के भी देखा, मोहब्बत में भी धोखा है।'

तारा के मास्टरनी बनने के बाद तारा की तरफ़ से ग्रामोफ़ोन के रिकार्डों की फरमाइश दीदी ही किया करतीं। महीने में दो बार कैप्टेन वर्मा का चपरासी हाजिरी बजा जाता था। तारा के साथ रहते हुए उन्हें क़रीब-क़रीब वही मान-सम्मान, सुखभोग मिलता था, जो तारा को मिलता था। तारा रानी की मास्टरनी की बड़ी आवभगत थी। और उस आवभगत के साथ दीदी तारा के रोमांस में शरीक थीं। दीदी तारा के लिए प्रेम के ख़त लिखती थीं। तारा के पति से पाये गये प्रेमपत्र दीदी अपने हाथ में लेकर पढ़ती थीं, तारा उनके कंधे से लगी हुई सुना करती थी। दीदी तारा के सुहाग में शरीक थीं। इसके बाद खुद भी कर्नल तिवारी से खत-किताबत का सिलसिला जारी किया। तारा की तरक्की की रिपोर्ट अँगरेज़ी में भेजने लगीं। कर्नल ने अपने ख़तों में इनके काम को सराहा, पत्नी की सहेली के नाते कुछ अपनापन भी दिया—दीदी हवा में गाँठें बाँधने लगीं।

एक बार गाँव की छोटी लड़कियों को पढ़ाने का काम तारा के जिम्मे सौंपने के लिए दीदी ने कर्नल से इजाज़त माँगी। उन्होंने अपनापन जताने की नीयत से यह भी लिखा कि वह तारा से खूब काम लेना चाहती हैं, जिससे उसमें जिम्मेदारी की भावना बढ़े। तुरंत कर्नल का जवाब आया कि हर काम में मिसेज तिवारी की सेहत और खुशी का पहले ध्यान रखा जाय।

दीदी के कलेजे में आरी चल गयी। तब से गुनगुनाने का जी चाहने पर गाया करतीं : 'मोहब्बत करके भी देखा...।' फिर इसके बाद जब तारा ने अपने पति के पत्रों पर से दीदी का अधिकार हटा लिया तो वह सहसा अपने को बेआसरा महसूस करने लगीं। दोनों के बीच वक़्त अकेला गुज़रने लगा। इसी अकेलेपन में दीदी को दो-दो तीन-तीन बार बाल

सँवारने की आदत पड़ गयी। तारा का ग्रामोफ़ोन अपने कमरे में लाकर कभी घण्टों अकेली बैठी-बैठी रिकार्ड बजाया करतीं।

दीदी हारने लगीं, खीझने लगीं और तड़प कर अपनी स्थिति को सम्हालने लगीं। वह अपने शहर और पढ़े-लिखेपन के बल पर दम्भ और चतुराई के साथ तारा पर हावी होने की कोशिश करने लगीं।

तब से दोनों की नज़रों में जो काट आयी थी, उससे दुनियादारी की नज़र में तो कोई खास भेद न पड़ा, मगर उनके दिलों पर एक गहरा पर्दा ज़रूर पड़ गया।

छह रोज़ पहले कर्नल तिवारी के आने की खबर से दीदी तिलमिला गयीं। उन्हें इस बात का डर और विश्वास हो गया कि पति के आते ही तारा उन्हें नौकरी से बर्ख़ास्त कर देगी।

यह शक रह-रहकर तूफ़ान उठाने लगा। उनकी हिफ़ाज़त, चैन-आराम और पेट की समस्या को सुलझाने या उलझा देने की शक्ति भी किसी दूसरी स्त्री के हाथ में है, यह ख़्याल दीदी की जलन को चैन न लेने देता था। अपनी इस बेबसी से वह नफ़रत करती थीं, और इसीलिए वह तारा से नफ़रत करती थीं। उन्हें अपने ऊपर भी झुँझलाहट थी कि क्यों उन्होंने एक झूठे मनबहलाव को अपना सहारा बनाया।

मगर क्या उन्हें प्रेम करने का हक़ नहीं? तक़दीर की सिफ़ारिश के जोर पर बेवक़ूफ़ियों और निकम्मेपन के इस बंडल, तारा को तो मान-सम्मान, रुपया-रुतबा, सामाजिक हिफ़ाज़त—सब कुछ मिल जाय, और उन्हें जीवन भर के लिए खाली अशांति? यह कहाँ का न्याय है? अपनी शक्ति और काबलीयत पर ज़िन्दगी से इतनी बहादुरी के साथ मोर्चा लेने के बावजूद उनकी रोटी और दैनिक जीवन की ज़रूरतें तक दूसरों की मर्जी की मुहर लगे बिना उन्हें मयस्सर न हों? इसे वह कैसे बर्दाश्त कर ले?

गिरे हुए दूध पर चौका लगाने की जिद ठानकर दीदी ने तारा से छेड़ लेनी शुरू की। उसके हर काम में, हर बात पर दीदी एक न एक चिप्पी ज़रूर लगाने लगीं; 'साजन आयेंगे, देखेंगे कि उनकी दीहातिन जूलियट शहर के साबुन से रगड़-रगड़ नहाने के बाद भी गाँव की बोसीदगी से बसी हुई है।' तारा के पति आ रहे हैं; इस ख्याल को उन्होंने तारा का सबसे बड़ा डर बना दिया। हर सेकण्ड जाता और तारा की चिन्ता दूनी कर जाता। हँसी और कहकहों की दीवार उठाकर दीदी दिन-रात तारा को छिपी मार मारने लगीं। तारा कभी सँभल जाती, कभी लड़खड़ाती और कभी मुकाबला

करते-करते थक जाती। दीदी हर वक़्त तारा के चेहरे पर अपनी दवा का असर देखा करती। उसे देख कर खुशी दीदी के कलेजे में ज़हर बुझी छुरी-सी उतरती चली जाती। इस तरह वह कर्नल तिवारी के ख़त से बदला ले रही थीं।

दीदी अपनी हेकड़ी से तारा को यह जतातीं कि उनकी गुण-विद्या का तेज तारा के रूप और तक़दीर, दोनों से बड़ा है; और उनका जन्मसिद्ध अधिकार है कि सुहाग के चुनाव में वह भी उम्मीदवारी करें। इशारे-इशारे में एक दिन उन्होंने तारा को एक नये तर्क से चौंका दिया कि वे तारा-कर्नल के विवाह को विवाह ही नहीं मानतीं। शादी उम्र भर की साझेदारी है। इतनी बड़ी उम्र में छोटी उम्र की युवती से शादी करना, और फिर बिना लियाकत देखे ही टीका चढ़ा देना बुद्धि के क़ानून से ग़लत है। और ग़लती का फल एक न एक दिन ज़रूर ही मिलता है।

दीदी खिलखिलाकर हँसती हैं, मज़ाक करती हैं, ताने कसती हैं और सिंगार करती हैं। दीदी गाती हैं, 'मुहब्बत करके भी देखा...।' और दीदी तारा को बार-बार डसकर उलट-उलट जाती हैं। उन्हें कल नहीं पड़ती।

सिंगारदान के आइने से ढोलक बजाकर अपनी ख़ूबसूरती का सर्टिफिकेट ले लेने के बाद दीदी उठीं। कमरे में इधर-उधर टहलती रहीं।

अपनी किताबों और नोटबुकों में उन्हें 'नवजीवन' का वह पुराना अंक मिल गया, जिसमें पण्डित जवाहरलाल नेहरू से हाथ मिलाते हुए कर्नल तिवारी की तसवीर छपी थी। दीदी ने उसे उठा लिया। देखती रहीं। पलंग पर आकर लेट गयीं और टकटकी बाँधकर देखती रहीं। फिर नींद आ गई।

●

●

दीदी को अपने कमरे से चले जाने के लिए कहने के बाद तारा पछतायी। लाख बुराई होने पर भी उसे दीदी से बिगाड़ नहीं करना चाहिए था। मगर उसके पति पर कोई दूसरी स्त्री अपना झूठा अधिकार जमाना चाहे, और वह चुपचाप रहे, यह बात भी अब तारा की सहन-शक्ति से बाहर होती चली जा रही थी। अपने मंगल से वह इस हद तक डर गयी थी कि नफ़रत फूट पड़ी। वह दीदी को कुचल डालना चाहती थी।

वह चाहती थी कि दीदी को उसी दम बरख़ास्त कर दिया जाय। यह उसके बस में न था। इसलिए वह सोचती थी कि पति के आने के बाद वह पहले दीदी को ही निकलवाकर बाहर करेगी।

यही दूसरी उलझन उसका रास्ता रोकती थी। उसे नहीं मालूम कि उसके पति उसके हो भी सकेंगे या नहीं। उसे नहीं मालूम कि वह अपने पति को क्योंकर अपना बनाये। अम्मा उसे पाउडर और कलाई की घड़ी लगा लेने के लिए ज़ोर दे गयी हैं। दद्दू ने भी अम्मा से कहलाया है कि तारो उनके आगे नीकी-नीकी रहे। सातों विलायत घूमे, सातों इलम छाने हैं। कोई बात उनकी मर्जी से हेठी न हो। तारा सोचती कि कलाई की घड़ी, साड़ी-पाउडर से क्या वे राजी हो जायेंगे? वो उससे यही चाहते हैं? और जो उनकी यही चाहना रही तो फिर उसके भाग क्यों खुले? शहरों में एक से एक पढ़ी-लिखी और फैशन वालियाँ पड़ी हैं। विलायत में तो परियों जैसी मेमें उन्हें मिल जातीं। तब तारा से उन्हें क्या चाहिए?

तारा मन ही मन घुट रही थी। उसकी रक्षा के लिए कोई उपाय नहीं। घड़ी में वक़्त आगे खिसकता जा रहा है। हद, घण्टे-डेढ़-घण्टे में उसके पति आ जायेंगे। और वह अभी तैयार भी नहीं हुई। उसे समझ ही नहीं पड़ता कि वह कैसे तैयार हो? उसकी सलाहकार, मददगार दीदी भी उसकी दुश्मन हो बैठी हैं। धमकियाँ देती हैं कि यह अनमेल विवाह दुःखों का घर बनेगा। उसका सुहाग मुलम्मे की तरह नकली साबित होगा। और दीदी के कहे मुताबिक यह बातें सच होंगी ही, क्योंकि वह निकम्मी है, गँवार-देहातिन है, वह अपने पति को रिझाना नहीं जानती।

तब क्या उसका सारा किया-धरा, सारी मेहनत और लगन, उसके अरमान, सपने—सब घण्टे भर बाद धूल में मिल जायेंगे?

काश कि उसे अब भी मालूम पड़ जाय कि उसमें क्या कमी है? क्यों वह अपने पति को अपना नहीं बना सकती?

लेकिन यह बताए कौन? उसे दीदी पर गुस्सा आ गया। अपने ऊपर गुस्सा आ गया। क्यों उसने दीदी से खुल्लमखुल्ला रार मोल ली? हालाँकि उसने दीदी को चले जाने के सिवा और कुछ भी नहीं कहा, और इतना कह देना कोई गुनाह नहीं है। दीदी तो उसे बिना मतलब इससे भी ज़्यादा तेज बातें सुना चुकी हैं, दीदी तो उसके मुँह पर उसके पति को छीनने की धमकी तक दे चुकी हैं। इन बातों के मुक़ाबले में तो तारा ने कोई भी सख़्त बात नहीं कही।

अन्धेरी रात को बरसाती नदी में डूबते हुए प्राणी की तरह तारा लाचार थी। किनारे पर आ जाने के लिए उसने कितनी कोशिश की, मगर हर बार अन्धेरे में डुबाव की तरफ़ ही ज़्यादा बढ़ गयी। तारा इस वक़्त भी बचना चाहती है। इस वक़्त तो तारा ख़ासतौर से बचना ही चाहती है। उसे बचना ही होगा। उसे अपने पति की रानी बनना ही होगा।

इच्छा की तेजी और मन की बेबसी से उसके रोएँ भर आये। माथे पर पसीने की बूँदें और आँखों में आँसू झलझला आये। एक भरी-भरी ठण्डी साँस छोड़ते हुए वह पागल की तरह अपने-आप ही कह उठी, ''नहीं।''

नहीं, वह इस समय रोना नहीं चाहती। अपने पति के आने की शुभ घड़ी में वह कोई अमंगल नहीं चाहती—न अपना, न बिराना।

तेजी के साथ उसके दिमाग में आया कि वह चलकर दीदी से माफ़ी माँगे। शायद उसके माफ़ी माँगने से दीदी को भी अपनी ग़लती का ध्यान हो जाय, और फिर वह इस तरह आड़े न आयें, उसे इस तरह तबाह न करें।

पति के मंगल और अपनी दीनता के भार से दबी हुई, मन की हिचक और नामुरादी के साथ-साथ तारा उठी।

●

●

तारा जब दीदी के कमरे में पहुँची तो वह अख़बार से मुँह ढाँके सो रही थीं। लैम्प सिंगारदान की मेज पर रखा था और दीदी की पलंग पर काफी अँधेरा हो चुका था। दबे पाँव तारा बढ़ने लगी। लैम्प उठाकर पलंग के पासवाले स्टूल पर रखा, फिर धीरे से दीदी के पलंग पर बैठ गयी।

तारा ने दीदी के चेहरे से अख़बार हटाया। ऐसा मालूम होता था कि जैसे वह देर से सो रही हैं।

अख़बार को देखकर तारा मन ही मन तड़प उठी। उसने दीदी की तरफ़ देखा। दीदी का सिंगार अपनी ताज़गी की गवाही दे रहा है। तारा अपनी सारी चतुराई भूलकर सिर से पैर तक आग हो गयी। अब तक वह इस मामले को हद से ज़्यादा बहाली देती आयी है, लेकिन उसके पति के आने के कुछ देर पहले तक उसके सुहाग की राह में कोई यों धरना देके बैठ जाय, इसे तारा किसी भी सूरत से बर्दाश्त नहीं कर सकती। मगर उनके आने के दिन वह कोई अमंगल नहीं करना चाहती। अपने गुस्से पर काबू पाने के लिए उसने बड़ी गंभीरता से काम लिया। उसके जी में आया कि उठकर चली जाय। पर बिना दीदी को जताए हुए जाना भी उसे अच्छा नहीं

लगा। वह दीदी से सामना करके ही अपना अख़बार ले जाना चाहती थी; और उसने दीदी का हाथ झिंझोड़ा।

दीदी की नींद खुल गयी। सामने थी तारा।

तारा ने छूटते ही कहा, "जिसकी राह देखी जाती है, उसके सपने नहीं देखे जाते, दीदी। उठो, हाथ-मुँह धो, एक बार और सिंगार कर डालो।" कहकर तारा मुस्करा दी।

दीदी को चौंकाने के लिए यह सबसे बड़ा तमाचा था। भीतरी मार की तिलमिलाहट के साथ अब तानों के तीर सँभालती है—और वह भी ख़ास तौर से उन पर।

दीदी ने तारा के हाथ में अख़बार देखा। मन हारने लगा; लेकिन अपनी बेशर्मी को जिद के साथ निभाते हुए वह उठ बैठीं। दोनों हाथ सिर के बालों पर फेरते हुए जवाब दिया, "मेरे पास सिंगार कहाँ? जिनके पास तरह-तरह की साड़ियाँ हों, सेट के सेट गहने हों, वे करें। मैं मास्टरनी हूँ, मेरा सिंगार विद्या है।"

तारा दीदी के अचरज और गुस्से को और भी बढ़ाते हुए बोली, "विद्या जिनके तन का सिंगार हो, उनका मन तो कोरा रहेगा ही। कहते हैं, रावण भी बड़ा पण्डित था, दूसरे की पत्नी को भगा ले गया था।"

लैम्प की मद्धिम रोशनी में तारा को दीदी का अकबकाया हुआ चेहरा अच्छा लगा। उसे अपने आप पर घमण्ड हुआ, और उसी जीत के साथ उसने उठना चाहा।

दीदी ने भार से हलके होते हुए पूछा, "जा रही हो?"

तारा इस पर जम गयी। विचार और मुँह की बात तुरन्त बदलते हुए तारा ने हँसकर कहा, "मैं कहाँ जाऊँगी भला? स्टूल सरकाने जा रही हूँ। तेज़ रोशनी में अख़बार पढ़ूँगी।"

ऊपर से अपने को सँभालते हुए रहने पर भी तारा मन ही मन में बेकाबू हुई जा रही थी। दीदी पर अपनी जलन निकालते हुए वह अपने-आप से बेबस थी। दिमाग़ तीर की तरह छूट रहा था।

दीदी तारा के इस नये रुख़ को देखकर डर गयी थीं। वह आख़िर इस वक़्त क्यों आयी है? उसकी नज़रें साफ नहीं। उसकी मुस्कराहट ज़हर की बुझी हुई है। उसकी हर बात एक ठने हुए क़दम की तरह उठती है। दीदी यों अचानक अपने घिर जाने की उम्मीद नहीं करती थीं, वह भी ख़ासतौर से तारा की तरफ़ से। गाय कसाई की छुरी पर हमला कर बैठे, यह एक

अनहोनी-सी बात थी। दीदी किसी तरह इस मुसीबत से छुटकारा पाना चाहती थीं। तारा का सामना करते हुए दीदी को एक अजीब क़िस्म की कमज़ोरी का अनुभव हो रहा था। यह उनकी आदत और मर्जी के ख़िलाफ़ था। जिस समस्या का दीदी कभी अपने सपनों तक में इतनी गंभीरता से सामना करने को तैयार नहीं हुई थीं, उसके लिए वह जवाब क्यों दें? और बात का सामना भी क्योंकर करें?

दीदी ने फौरन हँसकर परिस्थिति को हलका बनाया। वह बोली, "अरे, अब जिन्हें हरदम अपनी नज़रों के इशारे पर सलाम करते देखोगी, उन्हें अख़बारों में क्या देखना!"

दीदी की ख़ुशामद को तारा पहचान गयी, मगर जी का तनाव अभी भी कम नहीं हुआ था। जीत पर जीत का जोम बढ़ा। यह उस डर का जवाब था, जो दीदी की छाया बनकर आठ पहर उसे घेरे रहता था। तारा ने लैम्प की बत्ती जरा और ऊँची की और अख़बार सामने फैलाकर उसमें नज़र गड़ाते हुए कहा, "सलाम गैर से लिये जाते हैं, अपनों से कोई इसकी इच्छा नहीं रखता।"

कहकर तारा अख़बार पढ़ने लगी। दीदी उसकी ओर देखने लगीं। बात दोनों तरफ़ से ख़त्म हो गयी।

दीदी बैठी रहीं, फिर धीरे-धीरे क़रीब खिसक आयीं और तारा के साथ अख़बार देखने लगीं।

एक शीर्षक था, 'कामंस सभा में श्रीमती लीमैनिंग रो पड़ीं।'

दीदी पढ़ने लगीं :

"आज रात पार्लमेंट की एक सदस्या श्रीमती लीमैनिंग कामंस सभा में पुरुषों द्वारा लड़ाई के मसले पर बहस किए जाने पर रो पड़ीं।

"उन्होंने विश्वशान्ति की हिफ़ाज़त के लिए स्त्रियों के कार्यक्रम का ब्यौरा देते हुए कहा कि शांति का काम पुरुष नहीं कर सकते। यह अब स्त्रियों की जिम्मेदारी है। अतएव मैं एक अंतर्राष्ट्रीय-महिला-शान्ति-आन्दोलन का संगठन करने जा रही हूँ।"

दीदी को इस ख़बर से बात का सहारा मिला। तारा के एकाएक अधिकार तेज में आ जाने से दीदी चार नज़रों में गुनहगार साबित हो गयी थीं। वह अपने-आप में बड़ा बेपनाह महसूस कर रही थीं। अपने बीच की लड़ाई पर शान्ति की ख़बर का ग़िलाफ़ चढ़ाते हुए उन्होंने कहा, "सच है, लड़ाई पुरुष ही करते हैं। शांति का काम औरतें ही कर सकती हैं।"

तारा बोली, ''किसी का ठेका नहीं है। लड़ाई वही करता है, जो झूठा घमण्ड करता है—चाहे औरत हो या मरद।''

दीदी खिसियाते हुए बोलीं, ''मैं दुनिया की बात करती हूँ। अख़बार उठाओ, जहाँ देखो वहीं लड़ाई, तबाही···यह भी भला कोई जीवन है!''

तारा ने सिर उठाकर दीदी की ओर देखते हुए तमक के साथ जवाब दिया, ''यही बात जब मैं कहती थी, तब तुम राष्ट्र और सिद्धांत और न जाने क्या-क्या बालिस्टरी करके लड़ाई का पक्ष लेती थीं।''

दीदी ने फिर मात खायी। दीदी तारा से सहमी जा रही थीं। एक हद से ज़्यादा उनके मिज़ाज के लिए यह क़तई नागवार था। उनमें तड़प आयी; बोलीं, ''हाँ, मैं राष्ट्र और सिद्धांत के नाम पर अब भी लड़ाई का पक्ष लेती हूँ। दुनिया के समाज में अभी भी जंगली आदतों का जोम बढ़ा-चढ़ा है। पशुबल बुद्धि और सचाई, नीति वग़ैरह को नहीं मानता। इसलिए फ़ौज की शक्ति से उसे ख़त्म करना ही होगा।''

''तो यह पशुबल क्यों बढ़ा है?'' तारा ने पूछा, ''अब तो दुनिया में इतने पढ़े-लिखे विद्वान् लोग हैं, उनके हाथ में सारी दुनिया की बाग़डोर है। फिर भी पशुबल कैसे बच जाता है?''

दीदी बोलीं, ''दुनिया में अपढ़ गँवारों की गिनती के सामने पढ़े-लिखे सभ्य बहुत कम लोग हैं।''

तारा तड़पकर बोली, ''और जो पढ़े-लिखे सभ्य लोग हैं, वे ही क्या सभ्यता दिखला रहे हैं? पराया हक डकार जाना, जब रामगुहार मचाओ तो लाल-पीली आँखें दिखाकर कहना कि हम पढ़े-लिखे सभ्य हैं। बारी जाऊँ तुम्हारी इस पढ़ी-लिखी सभ्यता पर। झूठा घमण्ड करना; फिर अपने मगज में से लड़ाई के तार निकालना। ऊपर से शान्ति की बात चलाना। उँह!''

तारा अख़बार उठाते हुए उठ खड़ी हुई।

दीदी अपने-आप पर झुँझला उठीं। गुनाह क्या इतना बड़ा बोझ है कि उम्र भर को सिर ही सीधा न कर सके? किसी सूरत से बात का निकास होना चाहिए।

शेड पड़ा हुआ लैम्प दोनों के बीच में था। धीमे उजाले में दोनों एक-दूसरे की निग़ाहों को तेज़ी से पहचान रही थीं।

दीदी स्टूल के सामने से घूमकर आगे बढ़ीं, तारा का हाथ पकड़कर खड़ी हो गयीं। कहा, ''सुनो तारा रानी! हमारे तुम्हारे बीच में एक ग़लतफ़हमी खेल रही है। मैं अपनी हालत साफ कर दूँ। मैं अपनी कमज़ोरी

से परेशान हूँ। इस बात को आज से पहले साफ तौर से मैं नहीं मानती थी। मैं मानती थी कि मेरे जीवन में अभाव है, इन अभावों की जानकारी से कतरा जाने के लिए मैं अपने मन में बहुत से तर्क बना लिया करती थी! मैं सच को जानती थी। उसके बारे में मुझे कभी एक सेकेण्ड के लिए भी शक नहीं था। मगर ऊपरी तौर पर एक बहक, झक सवार हो गयी थी। ...मैंने तुम्हें बहुत तकलीफ़ दी है। मेरी नासमझी-लापरवाही गुनहगार है। आज से तुम मेरे बारे में अपना दिल साफ रख सकती हो।''

तारा दीदी को देखती रही। सीधी लकीर की तरह दीदी बोलती चली गयीं। तारा चुप रही।

कहकर दीदी भी चुप हो रहीं।

तारा ने पूछा, ''सच मानूँ?''

''तुम्हारी मर्जी।'' दीदी ने तारा का हाथ धीरे से छोड़ दिया।

''दीदी, आज से तुम मेरी जान से बढ़कर हो गयीं।''

वह सचमुच बहुत सुखी हो गयी। उसके पति के आने के दिन कोई अमंगल नहीं हुआ।

●

●

काले सफ़ेद बादलों और तारों की चमक लिये हुए रात जा रही थी। दोनों तरफ़ काले पेड़ों की कतार लिए कँकरीली, गड्ढों-खाँचों से भरी सड़क पर दूर से आती हुई मोटर की रोशनी फिसलने लगी। खेतों में भरे हुए पानी पर, इधर-उधर फैले हुए दरख़्तों पर, तारों की साँवली रोशनी, मौसम में उमस होते हुए भी ठण्ड लगती थी। साँपों की तेज-मंदी सीटियाँ, छोटे-बड़े मेढकों की टर्राहट और तरह-तरह के झींगुरों-झिल्लियों की झनकारों से सन्नाटे में समा बँध रहा था।

कार सिमरौली की तरफ़ बढ़ रही थी।

कार एक छोटी पुलिया के ऊपर से होकर गुज़री। सामने खेतों में भरे हुए पानी पर शुक्र तारे की रोशनी चमक रही थी। आसपास के बादलों के बीच में साफ नीले आसमान का टुकड़ा तारों से जगमरा रहा था। ये तारे ज़मीन के जर्रे-जर्रे की क़िस्मत के ठेकेदार माने जाते हैं। मगर दुनिया के क़ानून से ये तारे बिक चुके हैं। जिसकी ज़मीन होती है, उसी का आसमान भी माना जाता है। और ज़मीन का जर्रा-जर्रा इस दुनिया के क़ानून से सदा के लिए सट्टे के बाज़ारों में बिक चुका है।

पेड़ के पास चबूतरे पर बने एक छोटे-से मन्दिर में जलता हुआ दिया अँधेरी रात को अपनी तरफ़ खींच रहा था। सामने किसी पुराने जमींदार की गढ़ी के खण्डहर रात की तारीकी को ओढ़े हुए खड़े थे। किसी वक़्त में इन खण्डहरों के मालिक ही ज़मीन के मालिक होते थे, और आसमान के सितारे आमतौर पर उनके मददगार रहते थे। इन खण्डहरों के महलों में भी कभी झाड़फानूसों की रोशनी में इत्र महके हैं, और शराब से फर्श धुले हैं। इन खण्डहरों की हवा में कभी श्याम कल्याण, शुद्ध कल्याण, भैरव, भैरवी, ध्रुपद, धमार, ठुमरी, टप्पे, दादरे, गतों, ग़ज़लों के बोल बसे हैं। कामिनियों के घुँघरुओं की झनकार से ज़मींदार का महल भर गया; और ज़मींदार के रुपयों की झनकार से साहूकर की हवेली का तहखाना गूँजने लगा।

पीपल की जड़ों की तरह अन्दर ही अन्दर हवेली के तहखाने भी फैलते-फैलते हर खेत-खलिहान और उन्हें जोतने-बोनेवाले मेहनतकश किसानों की ज़िदगी पर पुश्त-दर-पुश्त के करार के साथ छा गये। साँप अपने लिए बाँबी नहीं खोदता, वह चूहों के बिलों में रहता है, और उन्हें मारकर अपना पेट पालता है।

शहर की कार गाँव में बढ़ रही थी। गाँव की मिट्टी, गाँव की मशक्कत और गाँव का अन्न-धान ही शहर में जाकर मशीन के पुर्जे बना, पुर्जों के कारखाने बना, मिल बना, बैंक बना, राजदरबार बना, दफ़्तर-कचहरी बना—और छकड़ों क़ानूनों की रूह से अपने जिस्म की हिफ़ाज़त और रौनक बढ़ाकर वही गाँव की मशक्कत मोटरकार के रूप में ज़मीन को रौंदती हुई बढ़ती जा रही थी। मोटरकार किसी भी कंपनी की बनी हो, उसका मालिक सट्टे का बाज़ार है। मोटर जिस किसी ने ख़रीदी हो, वह सट्टा-बाज़ार का जरख़रीद गुलाम है। सट्टे से बैंक चलते हैं, बैंकों से मिलें चलती हैं, मिलों से राजनीति और राजनीति से सारी दुनिया चलती है। इस चक्कर में ज़िदगी कोल्हू के बैल की तरह आँखों में पट्टी बाँधे घूम रही है। उसे यह नहीं कि वह अपने चलने का मक़सद पूछे, मंज़िले-मक़सूद पूछे।

कार तेजी से सिमरौली की तरफ़ बढ़ी जा रही है। सिमरौली ऊँचे पर, सामने है।

एक छकड़ा जा रहा है। कार की रोशनी में बैल, छकड़े का पटाव, लालटेन, और अन्दर दो-चार बच्चे-औरतें झलक गयीं···

छकड़ा भी सिमरौली की तरफ़ जा रहा था। छकड़े से ऊँची टीप लग रही थी :

मँहगी के मारे बिरहा बिसरगा—
भूलि गईं कजरी कबीर।
देखि कै गोरी क उभरा जोबनवाँ,
अब ना उठै करेजवा माँ पीर॥

मोटर के हार्न ने गीत को रोक दिया। गाड़ीवान ने मोटर को जगह देने के लिए अपने छकड़े को सड़क के किनारे सरका ले जाने की कोशिश शुरू की। उतने ही समय में कार उसके पास से तेज़ रफ्तार में गुज़रती हुई, चंद ही सेकेंडों में छकड़े को पीछे छोड़कर चढ़ाई की तरफ़ बढ़ गयी।

दूर चढ़ाई से देवी के गीतों की आवाज़ आ रही थी। मोटर का हार्न तेजी से बज उठा। दुबारा जोर से किर्र-किर्र हुई।

चढ़ाई पर कुछ औरतें, बच्चे-बच्चियाँ और दो-चार मरद गठरी-मुठरी सँभाले, मोटर की रोशनी में, सड़क के दोनों तरफ़ इधर-उधर भागते नज़र आये। मोटर की रोशनी से उन लोगों के लिए राह सूझने के बजाय और भी खो गयी थी। मोटर के हार्नों के बार-बार बजने से उनकी घबराहट और चिल्ल-गुहार को अपनी थाह नहीं मिल रही थी।

चढ़ाई का मामला, ब्रेक लगाना मुश्किल था। कार गरमायी : "ईडियट्स! एक बाजू हो जाओ।"

मोटर कार से दूसरी आवाज़ आई, "हटो हटो! अरे, एक अलंग हुइ जाओ।"

कार बढ़ती ही रही। बटोही घबरा-घुबरू कर, चूहों की तरह जिसे जहाँ जगह मिली, दुबककर खड़े हो गए।

कार उनके बीच से गुज़रती हुई चढ़ाई पर चढ़ गई। लालटेनों की रोशनी में देवी माता के दर्शन कर लौटती हुई टोली ने देखा, सुखराम के बड़कऊ खिड़की से मुँह निकाले बैठे थे, जंडैल साब मोटर चला रहे थे, और पीछे एक अरदली बैठा था।

बार-बार हार्न बजने की आवाज़ और लोगों के घबराहट में चिल्लाने का शोर बस्ती में परेशानी का बायस हुआ। सुखराम के बैठक में गाँव के सभी बड़े लोग बैठे हुए थे। दामाद का इंतज़ार हो रहा था।

बाहर पेड़ के चबूतरे के आसपास कुछ लोग खड़े थे, कुछ ऐन चढ़ाई के नुक्कड़ पर खड़े थे। हार्न और हंगामा सुनकर सुखराम मिसिर और गाँव के बड़े लोग घबराकर बैठक से बाहर निकले। सामने से कार की रोशनी उन पर पड़ने लगी।

कार रुकी। अर्दली ने फ़ौरन उतरकर साहब के लिए कार का दरवाज़ा खोला। बड़कऊ उतरकर सकपकाते हुए खड़े हो गये। कर्नल तिवारी ने कार बंद कर चाभियों का गुच्छा जेब में रखा, फिर बाहर आये। सबको हाथ जोड़ कर नमस्कार किया। सुखराम मिसिर दीन भाव से हँसते हुए आगे आये। छुटकऊ ने पैर छुए।

सभी लोग दामाद के लिए फूलहार लाये थे। सुखराम ने गोटे का हार मँगवाकर रखा था। हंगामे के कारण सब लोग यों ही बाहर निकल आये थे। जीजा के पैर छूते ही छुटकऊ को गोटे के हार की याद आयी। 'अरे, हार।' कहकर वह दौड़ते हुए अन्दर भागे। लोगों का ध्यान हारों पर गया। हार लाने की घबराहट मची।

सुखराम दामाद के आगे सफाई देने लगे, "चढ़ाई पे सोर भया। आपका हारन सुना, तो हम लोग परान छाती में समेटकर भागे कि ईसुरनाथ...।"

ससुर की बात काटकर दामाद ने कहा, "कोई ख़ास बात नहीं हुई। कुछ लोग मोटर से घबरा गये थे।"

बात बड़कऊ की जवानी मिर्च-बघार के साथ अन्दर पहुँची। जीजा कैसे जोर से लोगों पर गरमाये। कैसे झपाटे के साथ उन्होंने बिरेक पर हाथ मारा। गुस्से के मारे जीजा का चेहरा कैसे लाल-लाल हो गया। फिर कैसे खुद बड़कऊ ने लोगों को डाँटा। यह सब सुनकर मलकिन घबरा गयीं—कहीं कोई चूक न रह जाय। वह तारा के पास दौड़ी गयीं।

तारा सादा ब्लाउज-साड़ी पहने हुए थी। गहने भी वही रोज के—हीरे की तरकियाँ और नाक की कील, गले में सोने की जंजीर। माँ को देखकर तारा लजा गयी। माँ की बातों पर तारा ने कहा, "अम्मा, तुम फिकिर न करो। सब ठीक हो जायेगा।"

अर्दली साहब का सूटकेस और होल्डाल लेकर आया। बड़कऊ अटैची और जीजा की तमगे लगी फ़ौजी टोपी लिये हुए आये। अर्दली ने सामान रखकर सलाम किया।

तारा ने अर्दली को सामान रखने के लिए जगह बताई, और बड़कऊ के हाथ से टोपी और अटैची ले ली। बड़कऊ जैसी गड़बड़ में ऊपर आये थे, वैसे ही नीचे भागे। तारा ने अटैची छोटी टेबल पर रखी और कबर्ड खोलकर टोपी अन्दर रखते हुए अर्दली से पूछा, ''तुम्हारा नाम क्या है?''

अर्दली ने अदब से कहा, ''शंकर, मेमसाब!''

'मेमसाब' बनकर तारा को झेंप महसूस हुई, अजीब-सा लगा। लेकिन ऊपरी तौर पर अपने को सँभालते हुए उसने पूछा, ''तुम्हारे साहब क्या इस बखत चाय पीते हैं?''

शंकर अर्दली ने अदब से कहा, ''चाय तो वो साम को ही ले चुके हैं मेमसाब—कप्तान साहब की कोठी पर। इस बखत साहब डिनर खाते हैं।''

''अच्छा!'' तारा ने कहा, फिर पूछा, ''घर में पहनने के कपड़े उनके इस संदूक में हैं?''

''जी हाँ।''

तारा सूटकेस की तरफ़ बढ़ी, कहा, ''इसमें ताला बंद है।''

''चाबियाँ साहब के पास हैं।''

''उनसे माँग लाओ।'' कहने को तो तारा कह गयी, साथ ही उसके सारे बदन में एक सनसनी-सी दौड़ गयी—वो अपने मन में क्या सोचेंगे। तारा के मन में एक ऐसी हलचल मच गयी, जिसमें संकोच और अपनापन दोनों ही उसके जोश को बरबस अपनी तरफ़ खींच रहे थे। तभी दीदी ने कमरे में क़दम रखा, और शंकर 'अबी लाया मेमसाब' कहकर नीचे चला गया।

दीदी 'मेमसाब' पर मुस्करायीं। तारा ने मुस्कराते हुए लाजभरी आँखों को दूसरी ओर फेर लिया। दोनों ही बिगड़ी को बनाने की चेतना लिये हुए थीं। घाव अभी हरे थे, और दोनों अपनी-अपनी सम्हाल रखते हुए एक-दूसरे से बरताव कर रही थीं। दीदी ने पूछा, ''क्या मँगाया है मेमसाब?''

जी की ललक को बनावटी गुस्से की आड़ में करके तारा ने कहा, ''देखो दीदी! अच्छी बात नहीं।''

''क्या अच्छी बात नहीं साहब?''

नयी आवाज़ पर दोनों चौंक गयीं।

दीदी ने तुरंत हाथ जोड़कर कहा, ''स्वागतम्!''

तारा ने भी हाथ उठाए। मुख पर घूँघट न होते हुए भी नज़रों में लाज के अनगिनत पर्दे पड़े जा रहे थे।

कर्नल तिवारी ने तारा को नज़र भरकर देखा, और रूहानी नशे में मदमाते मुस्कराकर हाथ बढ़ाते हुए बोले, ''ये लीजिए अपनी अमानत।''

उनके हाथ में तालियों का गुच्छा था। तारा एक डग ठिठकी, फिर पति के हाथ से गुच्छा लेकर सूटकेस की तरफ़ बढ़ गयी।

तारा की ओर टकटकी बाँधकर लगी हुई कर्नल तिवारी की चाह भरी आँखों को दीदी कनखियों से छिप-छिपकर देखती रहीं।

एक दृश्य के तौर पर दीदी के लिए यह बड़ा ही मनभावना था। दीदी को अपने जीवन में पहली बार ही स्त्री-पुरुष के भावों की ऐसी तन्मयता, ऐसी सरल धारा का स्वरूप देखने को मिला था। इस दृश्य से उनकी कल्पना भर गयी। ऊपरी तौर पर सारा व्यवहार निभाते हुए भी उनका मन उसी में रमा रहा।

●

●

दो पहर रात बीतने पर अँधेरे पाख का चाँद ऊपर आया—छत पर समाधि-सी लगाए बैठी हुई दीदी को तसल्ली देने के लिए। दो कमरों की दरम्यानी छत पर दीदी बैठी थीं। तारा के कमरे के दरवाज़े बंद थे। सारा आलम ख़ामोश था—सिर्फ दीदी के बेकरार दिल को छोड़कर।

दीदी को इस वक़्त न किसी से शिकायत थी, और न जलन। उन्हें अपने फूटे नसीब पर बड़ी करुणा आ रही थी।

तारा उनकी निगाहों में आज जितनी ऊँची उठती थी, उतना ही वह अपने लिए गिरावट महसूस करती थीं। उन्होंने आज तारा में जो चमत्कार-सा परिवर्तन पाया था, उससे दीदी में नफ़रत या गुस्सा नहीं, बल्कि भय भरी श्रद्धा जागी थी। तारा में इस परिवर्तन का कारण वह प्रेम और अधिकार की तीव्र भावना मानती थी। अपने साथ तारा की बातों में जो तेजी दीदी ने शाम को पायी थी, वही रात में उन्हें बड़े सधाव और शक्ति के साथ तब देखने को मिली, जब दीदी कर्नल से चढ़ाई के हंगामें को लेकर राजनीति पर बातें करने लगी थीं। कर्नल साहब को शिकायत थी कि हिंदुस्तान के लोग अभी मोटर से घबरा जाने की हद तक पिछड़े हुए हैं। दीदी को भी कर्नल के इस अनुभव से एतराज न था। मगर तारा ने इस सवाल को जिस नज़र से देखा, वह सीधी और सच्ची थी। कर्नल और

दीदी दोनों को ही यह स्वीकार करना पड़ा। तारा ने बतलाया कि लड़ाई के ज़माने से, जब से फ़ौजी लारियाँ इस सड़क पर अंधाधुंध रफ़्तार से दौड़ने लगी हैं, कितने ही आदमी और जानवर घात खा चुके हैं। मोटर को देखकर उनकी जान निकल जाती है। बेचारे घबरायें नहीं तो क्या करें?

तारा ने राजनीति, महँगाई और लड़ाई आदि के चर्चे में जो सीधा रुख अख़्तियार किया था, जो सीधी बातें कहीं थीं, वह दीदी के दिमाग़ में भावना की तेजी के साथ चक्कर काट रही थीं।

दीदी का मन अपनी पीड़ा से उमड़कर अब जग की पीड़ा में मिल रहा था। तारा की बातों को ही अपनी अनुभूति का रंग देकर वह सोच रही थीं कि जब तक पैसे का बँटवारा ठीक-ठीक न होगा, दुनिया इसी तरह अमीरों और ग़रीबों में बँटती जायगी। अरमानों का अन्त नहीं। पैसेवाला चाहता है कि जितनी तेज़ी के साथ उनका मन सारी दुनिया पर छा जाता है, उतनी ही तेज़ रफ़्तार से वह दुनिया का मालिक हो जाय। हज़ार तरकीबों से वह अपनी ताकत बढ़ाता है—पैसे की, ओहदे की ताकत। उस ताकत के जोम को आत्माभिमान का नाम देकर वह शराफ़त के साथ अपना गुरुर बढ़ाता है, गुस्सा बढ़ाता है। उसके गुरुर, गुस्से और नफ़रत की रफ़्तार उसके मन की तरह ऊँची और तेज होती जाती है। पूरी ताकत के साथ वह दुनिया से नफ़रत करता है। वह दाम बढ़ाता है, टैक्स बढ़ाता है, डण्डे-गोलियों और बमों की बरसात को और भी तेज़ करता है।

वह अपनी कौम से नफ़रत करता है। अपने से छोटे को खा जाने में और बराबर वाले को तबाह कर देने में वह हर वक़्त अपना ध्यान जमाए रखता है। इसीलिए दूसरे की तरफ़ से भी वह चौकन्ना बना रहता है। और इसीलिए वह अपने-आपसे नफ़रत करता है। वह ज़िंदगी से नफ़रत करता है।

मगर वह ज़िंदगी से नफ़रत कर ही नहीं सकता, क्योंकि उसे जीने से प्यार है। यही उसकी सबसे बड़ी उलझन है। इसी से उसके मन की तेज़ रफ़्तार झकोले खाती है। वह सँभालने की असफल कोशिशें करता है; और ज्यों-ज्यों अपने ऊपर से उसका भरोसा उठता जाता है, वह खीझकर, अपनी सारी ताकत के साथ उछाल मारता है। वह अपनी झूठी ताकत से जुआ खेलकर ज़िंदगी को जीतना चाहता है।

मगर यह जुआ क्यों? यह जिद क्यों? कुछ के स्वार्थ के लिए दुनिया के अरबों इंसानों के जीवन के साथ जुआ क्यों खेला जाय? वह भी,

ख़ासतौर से उस वक़्त, जब कि ज़िंदगी हर तरफ़ से अपने लिए रास्ते बन्द पाकर घुट रही हो। जब सामाजिक जीवन को, मजबूरियों के आगे सिर झुका-झुका कर आत्माभिमान को ख़त्म कर डालने के लिए रोज़-बरोज़ दबाया जा रहा है, तब राष्ट्रीयता, अंतर्राष्ट्रीयता, आदर्श और सिद्धान्त का सत्य और आत्माभिमान—यह सब क्या मज़ाक़ है? आत्माभिमान का झूठा घमण्ड किसलिए होता है?

अपने ही बोझ के सामने आदम का बच्चा आज भुनगा बना जा रहा है। फिर सम्मान किसका रहा? राष्ट्रों का, जनता का, या चार राजनीतिज्ञों का, जो किताबी-तर्कों की दकियानूस आदत में बँधे हुए, जनता की महानता को अपने कैबिनेट-हालों और पार्लमेंट भवनों की विशालता के आगे भूल जाते हैं। जनता उनके लिए एक चहारदीवारी के अन्दर बन्द हो जाती है, एक कमरे में सिमट आती है। जनता उनकी जबानों से बँध जाती है। जनता अपने पंचों की मर्जी की गुलाम, और अपनी मर्जी की गुनहगार हो जाती है। और यह तब तक होता रहेगा, जब तक समाज पर पैसे की हुकूमत किसी भी रूप में रहेगी। इस सत्य से किसी तरह भी आँख नहीं मींची जा सकती। पैसे की झूठी शक्ति, जबकि सच्ची होने का दावा कर जीवन के सत्य को धोखा दे रही हो, तब सबसे पहले उसे तबाह करना ही आज का ऊँचे से ऊँचा आदर्श है, सबसे बड़ा सिद्धांत है।

दीदी में तेज़ी थी। अपने से निकलकर इंसानियत के उसूलों के सहारे सारी दुनिया पर छा जाने के बाद भी वह तेज़ी और तड़प अपनी राह न पा सकी। दीदी अब थक चुकी हैं। उन्हें भी अब आराम चाहिए, सुख चाहिंए, घर चाहिए।

●

●

तारा के कमरे के दरवाज़े बन्द हैं। दीदी के मन के दरवाज़े बन्द हैं। तारा के कमरे से रोशनी छनकर दरवाज़े के ऊपर बनी हुई बेलदार जाली से बाहर आयी। दीदी हड़बड़ाकर अपने कमरे की तरफ़ भागीं।

लैम्प के उजाले में घड़ी देखते हुए तारा ने कहा, ''ठीक-ठीक, तीन बजकर इक्कीस मिनट। अभी अगर शरत बद लेते तो मैं तुम्हें हरा देती।''

नाज़ की नज़र से तारा ने अपने पति को देखा।

पलँग पर उठकर बैठते हुए कर्नल तिवारी ने मुस्कराकर कहा, ''तुमसे हारने में ही मुझे जीत मिलती है।''

लैम्प की रोशनी में तारा के मुँह पर सुहाग के सुख, संतोष और अभिमान की गम्भीरता देखकर कर्नल को अपना जीवन भरा-भरा लगा। उन पर मादकता छा गयी। पलँग से उठे, तारा के पास आये। उसकी ठोढ़ी को चुटकी से उठाते हुए कहा, "रानी, तुम सचमुच मेरी रानी साबित हुई। मुझे कभी भी इतनी उम्मीद न थी। आज तुमसे मैंने जो कुछ पाया है, वह अपनी किसी भी बड़ी सफलता में नहीं पाया। तुम मेरी ज़िंदगी की सबसे बड़ी सफलता हो।"

तारा ने छिटकते हुए कहा, "बस बस, रहने दो न मेरी सफलता का बखान। सारी रात बिता दी इसी चरचे में।"

मेज से सिगरेट का टिन उठाकर, सिगरेट निकालते हुए कर्नल ने कहा, "तुम्हारे ध्यान में मैंने रातें गुज़ार दीं, और तुम्हें एक ही रात के जागने से शिकायत होती है?"

तारा बोली, "हाँ हाँ, लड़ाई में मेरा ही तो ध्यान आता होगा।"

सिगरेट जलाकर कर्नल ने कहा, "इसमें झूठ नहीं। लड़ाई के मैदान में सिपाही अपने घर का ध्यान ही करता है। अपने घर की हिफ़ाज़त के लिए ही वह दूने जोश से लड़ता है।

"मगर इस तरह लड़ने से कहीं घर की हिफ़ाज़त होती है? दुनिया तबाह हुई जा रही है।"

सिगरेट का कश खींचते हुए कर्नल ने कहा, "तुम्हारी तरह से सोचते हुए तो मुझे भी सही मालूम होता है। मगर यह भी सच है कि सच्ची डिमाक्रेसी हासिल करने के लिए विरोधी ताकतों से हमें लड़ना ही होगा। उन्हें ख़त्म करना होगा। कश्मीर में ही ले लो—हैदराबाद को लो। सारी दुनिया के मसले को लो। इन झूठी ताकतों को कैसे ख़त्म किया जा सकता है? लड़ाई से ही न?"

कर्नल कमरे में टहलते हुए बातें कर रहे थे। तारा मेज के सहारे खड़ी हुई थी। उसने कहा, "ठीक है। मगर यह क्यों नहीं देखते कि इन लड़ाइयों से मँहगी और लूट कितनी बढ़ती है। अख़बारों में पढ़ती हूँ कि सारी दुनिया में यही हाहाकार मचा हुआ है। सबका ही नुकसान है। सबके आदमी लड़ाई में मरते-कटते हैं, तबाही मचती है। तब फिर सब राष्ट्र मिलकर यह क्यों नहीं मान लेते कि किसी दूसरे तरीके से सब बातों का निबटारा करना चाहिए। ये फ़ौज-पलटन और बमों का तरीका सदा के लिए नापास कर दिया जाय। जो सुख प्रेम और मेल में है, वो लड़ाइयों में कैसे मिलेगा?"

सिगरेट का आख़िरी कश खींचकर उसे फेंकने की ग़रज़ से खिड़की की तरफ़ जाते हुए कर्नल ने हँसकर कहा, ''फ़ौज-पलटनें नहीं रहेंगी तो मुझे कौन पूछेगा?''

''मैं।'' तारा ने अपना सारा विश्वास और प्रेम एक लफ़्ज़ में भर दिया।

कर्नल खिड़की के बाहर देख रहे थे। कार सामने खड़ी थी। पिछले पहर की चाँदनी उस पर पड़ रही थी। अचानक उनकी निग़ाह ने ग़ौर किया, उनकी कार में कोई बैठा था।

कर्नल में तेज़ी आयी। फ़ौरन अपनी अटैची खोलकर टार्च निकाली और मोटर पर रोशनी फेंककर देखा—एक औरत-मर्द बैठे थे, एक-दूसरे के सिर से सिर जोड़े हुए सो रहे थे।

कर्नल गरजे, ''कार में कौन है?''

रात के सन्नाटे में आवाज़ चारों तरफ गूँज गयी। तारा झपटकर खिड़की पर आयी। मोटर पर सोता हुआ जोड़ा चौंककर जागा, सुखराम के बैठके की कुंडी खड़की, दो-चार घरों से आवाज़ें आने लगीं, ''कौन है? कौन है?''

कर्नल टार्च लिये हुए तेज़ी से दरवाज़ा खोलकर नीचे की तरफ़ चले।

कर्नल के नीचे पहुँचने तक सुखराम ने मुजरिम को पकड़ लिया था। चार-पाँच आदमी और भी आ गये थे। गालियों, घूसों और तमाचों से सुखराम ने मर्द की मरम्मत शुरू कर दी थी। औरत आदमियों से घिरी हुई अपने मरद को पिटते देखकर रो रही थी। मर्द सफाई दे रहा था कि मैं चोर नहीं हूँ।

कर्नल पहुँचे। मुजरिम के मुँह पर टार्च फेंकी। सुखराम और दूसरे लोगों ने पहचाना, रमजानी धोबी का लड़का कल्लू था। और यह औरत? उसकी जोरू थी। मोटर में क्या करने आये थे? चुराने के लिए तो उसमें कुछ सामान नहीं। तब आग लगाने आया होगा। सुखराम के दिमाग़ में साँप रेंगा, रमजानी शहर में कपड़े धोता है। लीगवाले हकीम साहब के यहाँ जाता है। यह साला जरूर पाँचवें दस्तेवाला है। सुखराम ने अपनी दलील पर ज़ोर दिया। लोग इस दलील से ज़ोर पाकर फिर कल्लू पर टूट पड़े। भीड़ बढ़ गयी थी। दो-चार भद्दी गालियाँ और एक-दो तमाचे कल्लू की जोरू पर भी पड़ गये।

तारा, मलकिन, दीदी और महरी भी दरवाज़े पर आ गयी थीं। औरत पर हाथ उठते देख, तारा तड़प उठी। उसने तेज़ आवाज़ में महरी से कहा,

"स्यामो। उस औरत को यहाँ बुला ला। शरम नहीं आती औरत पर हाथ उठाते।"

मलकिन ने एतराज किया। तारा ने उसे अनसुना कर श्यामा को जाने के लिए डाँटा। श्यामा दौड़ी गयी।

कर्नल ने पूछताछ की। सुखराम और दूसरे लोगों ने भी कल्लू से यह कबूल करवाना चाहा कि वह किसी का सिखाया-पढ़ाया हुआ जंडैल साब की मोटर में आग लगाने आया था। लेकिन मार खाकर भी कल्लू यह कबूल नहीं कर सका। वह अपनी घरवाली के जिद करने पर, उसे नज़दीक से मोटर दिखाने लाया था। उसी की जिद पर वह उसे लेकर मोटर में बैठा, और सुख में दोनों की आँखें लग गयीं।

लोगों को इस पर यकीन ही नहीं आता। वे चाहते थे कि कल्लू यह कबूल कर ले कि ये लोग हकीम के सिखाने से पाँचवें दस्ते की कार्रवाई करने आये थे।

सुखराम के बैठके में कल्लू की औरत रो-रोकर कह रही थी, "मोरी जिद के कारन आज उनकी जान पे बनि आयी। हाय मोरे अल्ला, मोरी दीन-दुनियाँ उजरी जाति है।"

तारा की आँखों में आँसू बहने लगे। उसने श्यामा से कहा, "उन्हें यहाँ बुला लाओ। और कहना कि कल्लू को भी ले आयें।"

मलकिन और दीदी तारा को देख रही थीं।

कर्नल तिवारी को अपनी पत्नी के कहने से, कल्लू की उस सफाई पर विश्वास हो गया जिसे किसी हद तक मानते हुए भी वह गँवार देहातियों के हंगामे से दूर रहकर, कोई फ़ैसला करने की उलझन में खड़े-खड़े मार का तमाशा देख रहे थे।

बैठक के बाहर दहलीज में सुखराम थे, बड़कऊ थे, दो-एक पड़ोसी बुजुर्ग भी खड़े थे। तारा जोश में आकर बोली, "पाँचवाँ दस्ता इसमें नहीं, हमारे मनों में है। एक दूसरे से डर, संदेह और झूठे घमण्ड का जोम—यही तबाही लाता है। बिना सोचे-समझे झूठे शक पे बेचारों की दुर्दशा कर डाली।"

कर्नल चुप रहे। उन्हें अफ़सोस था। बात को हलका और खुशगवार बनाने की नीयत से उन्होंने कहा, "सवेरे तुम दोनों हमारे साथ चलना। मैं तुम्हें मोटर पर सैर कराऊँगा।"

"नहीं मालिक!" कल्लू बोला, "इसकी हठधरमी के मारे एक बार मोटर पर बैठकर बहुत सजाय भुगत ली। मार से जादा मुझे इज्जत का गम है। गरीब की सच्ची बात की भी बड़ों में कदर नहीं? मैं गरीब हूँ तो इसलिए पाँचवाँ दस्ता हो गया। और जो बड़े लोग हैं, आपुस में एक-दूसरे का गला काटते हैं, आगें लगाते हैं, सारी खिलकत को उजाड़ते हैं, उन्हें कोई पाँचवाँ दस्ता नहीं कहता। वाह रे इंसाफ!"

कल्लू के माथे का खून बहकर आँख पर आया। तहमत के छोर से उसे पोंछते हुए उसने अपनी घरवाली से कहा, "चल री! हजार बार समझाया था कि तेरी झोंपड़ी में बड़े-बड़े महलों से भी ज़्यादा सुख है। मुल तू नहीं मानी। अब खड़ी क्या है, चलती क्यों नहीं?"

दोनों बैठके से चले गये।

सारा आलम सिर झुकाये ख़ामोश रहा।

●

सात कहानियाँ

नाश और निर्माण

सात-पच्चीस! मीनी ने सामने दीवार-घड़ी पर नज़र डाली, फिर अपनी रिस्टवाच पर। मीनी की घड़ी एक मिनट स्लो थी। उसे ठीक करती हुई वह आगे बढ़ी।

सुबह की सुनहरी धूप सान्ताक्रुज के हवाई स्टेशन के प्रतीक्षागृह में ताक-झाँक करती हुई मुसाफिरों से खेल रही थी। चारों ओर चहल-पहल; नए-नए सूट, गुजराती डगले, मदरासी लुँगियाँ, काली-सफेद टोपियाँ, बुश्शर्ट, रंग-बिरंगी साड़ियाँ, फ्राक-गाउन, छोटे-बड़े पर्स, रंग-बिरंगे सैंडिल, लिपस्टिक से पुते हुए होंठ, धूप के चश्मे, सिगरेटों के टिन, धुयें की लकीरें, सभ्यता के बँधनों में बँधे हुए कहकहे; अँगरेज़ी, मराठी, गुजराती, बंगाली, हिन्दुस्तानी स्वरों का सम्मिलित प्रवाह; बैठे हुए, खड़े हुए, टहलते हुए यात्रियों की वह छोटी-सी-भीड़ मीनी के मन से उलझनों का गठोंला जाल बनकर लिपट गई। उसका दम घुट रहा था, उसे अच्छा नहीं लग रहा था। सामने मैदान में हवाई इंजनों का शोर कानों के लिए तकलीफ़देह होने पर भी कुछ ख़ास बुरा नहीं लगा। लाउडस्पीकर पर बार-बार 'योर एटेन्शन प्लीज' का नारा, हवाई जहाज़ों के आने-जाने के सम्बन्ध में नई-नई सूचनाएँ, शोर के तौर पर बुरी लगकर भी मीनी का ध्यान अपनी ओर खींच लेती थीं। उसे जाना था। वह दिल्ली जा रही थी।

सात-इकतीस! उसे आये हुए छह मिनट हुए थे। घड़ी न होती तो लगता कि जैसे उसे एयरोड्रोम पर आए हुए छह युग बीत गए—या शायद इससे भी ज़्यादा। मीनी की वेदना को घड़ी सिर्फ़ छह मिनट में नहीं बाँध सकती। हरगिज़ नहीं। उसकी वेदना बहुत बड़ी है—काल की परिधि से बहुत बड़ी—असीम, अनन्त। काल और स्थल की व्यापकता मीनी की ज़िन्दगी से महीना भर पहले ही मिट चुकी थी। तब से दिन और रातें भी गुज़री हैं। हर पल, हर लम्हा बढ़ा है, बढ़ता ही जाता है, लेकिन उसके लिए वक़्त जैसे बीत ही नहीं रहा है। तरल क्षण जमकर पत्थर हो गया है। चहल-पहल से भरे हुए अख़बार के दफ़्तर से लेकर उसके सूने फ्लैट तक बम्बई का काँव-काँव भरा हर कोना, काम की गूँज से भरा हुआ हर गोशा मीनी के लिए अपनी व्यापकता को नष्ट कर चुका है। जैसे सातों समुद्रों

का पानी प्रलय की तरह उमड़कर धरती पर छा गया हो, सिर्फ़ उतनी-सी ज़मीन को छोड़कर जिस पर कि मीनी के दो पाँव टिके हैं। इन तीस दिनों में जैसे वह सोई नहीं, जागी नहीं, कहीं गई-आई नहीं, जैसे उसने कुछ नहीं किया, कुछ भी महसूस नहीं किया। मीनी का जैसे सब-कुछ मिट चुका है। वह स्वयं नष्ट हो चुकी है। काल और स्थल से परे अपनी अदम्य वेदना को लेकर वह कहीं विद्यमान है, एक साँस के रूप में, एक कराह के रूप में, आह बनकर।

एक गहरी आह-सी ठण्डी साँस बेसाख्ता मन की घुटन को तोड़ कर बाहर निकल गयी, और उसने नए सिरे से महसूस किया कि वह एयरोड्रोम में है। वह सान्ताक्रुज के एयरोड्रोम में है। उसके चारों ओर रंगीन चहल-पहल है, हवाई इंजनों का शोर है, 'योर एटेन्शन प्लीज' का नारा है। मीनी ने महसूस किया कि उसके मन की सतह से ऊपर यह चहल-पहल भरी दुनिया एक भार है। भूचाल से डिगी हुई नींव पर आराइशों से भरे हुए महल की तरह डरावनी है।

और उसने महसूस किया कि वह थक गई है। उसे बैठना चाहिए। लेकिन वह कहाँ बैठे। हर जगह कोई न कोई बैठा है। वह किसी के पास नहीं बैठना चाहती। किसी का किसी क़िस्म का साथ नहीं चाहती। वह सब से दूर रहना चाहती है। मीनी अपनी जगह पर से चली गई, जैसे वह दूर चली गई हो, दूर जा रही हो। फिर उसने अपने-आपको बुकस्टाल के सामने खड़ा पाया। उसके सामने किताबें थीं। किताबें और अख़बार—उसकी जैसी पत्रकार और लेखिका के जीवन का सर्वस्व। हाँ, अब फिर से सर्वस्व ही।

मीनी ने धोखा खाया था। वह धोखा जो जवानी में जीवन का सब से बड़ा धोखा मालूम होता है। जिस धोखे से बदला लेने की भावना वियोग का रूप धारण कर खुद अपने आपको ही सताने लगती है। और मीनी यह भी नहीं कह सकती कि यह धोखा उसे उसके साथी ने दिया है। ज़्यादा से ज़्यादा वह यही कह सकती है कि चार आँखों ने मिलकर दो दिलों को धोखा दिया। प्रेम की भावना ने समझ को धोखा दिया। उसे सोचना चाहिए था कि एक विवाहित पुरुष से प्रेम करना ग़लत है, असम्भव है। उसे सोचना चाहिए था कि गिरीश के सूने फ्लैट में एक दिन 'देस' से मिसेज गिरीश आ ही जायँगी। तब उसे महसूस करना होगा कि गिरीश पर उसका कोई अधिकार नहीं।···और यही वह आज भी नहीं सोच सकती, आज भी नहीं मान सकती। हरगिज़ नहीं। कभी नहीं।

किताबों में खोई हुई निगाहों ने एक नाम पढ़ लिया, 'बाडीज ऐंड सोल्स'। मीनी ने नाम का स्पर्श पाकर किताब उठा ली, इस उपन्यास का विषय क्या है? दूर एक और शीर्षक देखा 'लास्ट होराइजन'—वह पढ़ चुकी है, पुरानी किताब है। नज़रें किताबों की सतह को छूती हुई निकल गयी। वह फिर खो गयी। इन तीस दिनों से दुनिया की हर-एक चीज उसके मन की सतह को छूकर भाग जाती थी। मीनी को कोई भी अपना नहीं बनाता, न दीन, न दुनिया···

उमाशंकर जोशी और सुन्दरम् के काव्य संग्रह सामने रक्खे थे। गुजराती साहित्य के यह दो अनुपम रत्न मीनी को सदा से प्रेरणा देते रहे हैं। ये उसके अपने कवि थे। परन्तु अपने से मीनी रूठ गई है। इसीलिए आज अपनी भाषा के कवियों को मीनी चाह कर भी अनदेखा कर गई। फिर उपन्यासों को देखने लगी।

'दिस साइड ऑफ इनोसेंस' टेलर काडवेल का अनूठा उपन्यास—मीनी ने गिरीश के साथ जब अहमदाबाद की पहली हवाई यात्रा की थी तब गिरीश ने उसे यह भेंट किया था। मीनी ने किताब उठाकर एक बार हाथों से उसका स्पर्श किया। सुखद स्मृतियाँ नशे की तरह उस पर छा गयी। और उस सुख से मिले हुए दुख की तात्कालिक अनुभूति भी मीनी को हुई। मीनी ने किताब रख दी। उसे दूसरों की कहानियाँ नहीं चाहिए। वह उपन्यास नहीं पढ़ेगी। उसे दूसरे की कहानियों से नफ़रत है। उसको अपनी जीवन-कहानी अधूरी रह गई है। वह कहानियाँ नहीं पढ़ेगी। वह काव्य चाहती है। मरुस्थल की प्यास से थकी हुई मीनी रस की एक बूँद चाहती है। कोने में रखी हुई किताबों पर हिन्दी के अक्षरों से उसकी नज़रें उलझीं, और वह बरबस ही हिन्दी की किताबों की ओर झुक गई। हिन्दी से उसका अपनापन था, हिन्दी गिरीश की मातृभाषा थी। किताबों के टाइटिलों पर उसकी दृष्टि उचकती-सी दौड़ने लगी। एक किताब के टाइटिल ने उसका ध्यान अपनी ओर आकृष्ट किया। उसने किताब उठा ली 'नाश और निर्माण'। उसने कवि का नाम देखा, गिरिजाकुमार माथुर। कवि के नाम के पहले अक्षरों में वह खो गई; एक क्षण के लिए उसे लगा कि किताब पर कवि का नाम लिखा है, गिरीशकुमार शर्मा—नहीं माथुर, नहीं गिरिजाकुमार माथुर। कवि का नाम अनायास ही स्पष्ट हो गया। और वह अपने मन के छलावे पर आप ही मुस्करा पड़ी। प्रेम पागल होता है, उसने सोचा...।

'योर एटेन्शन प्लीज'—दिल्ली जाने के लिए हवाई जहाज़ तैयार था। यात्रियों को सूचना दी जा रही थी। मीनी ने तुरन्त ही किताब ख़रीद ली। वह

चल पड़ी, फिर लौटी और उसने 'दिस साइड ऑफ इनोसेंस' को भी ख़रीद लिया। अपने छलावे से वह आप बहल गई थी। और भी अपने को बहलाना चाहती थी। कवि के नाम से उसकी चिरपरिचित ध्वनि उलझी हुई थी, पुस्तक के नाम से उसका अपना रूप उलझा हुआ था। इतनी मीठी उलझन को बटोरकर मीनी को अपनी पहली स्मृति-भेंट भी ख़रीदकर अपने को बहलाना अच्छा लगा। दिल का लगाव, दिमाग़ी एसोसिएशन्स, सब-कुछ सहेजकर हवाई जहाज़ की ओर चली।

धूप में चमकता हुआ डाकोटा जैसे कल्पना के रहस्यलोक में उसका प्रवेश कर रहा था। कम्पनी का एक अफ़सर हाथ में यात्रियों की लिस्ट लिए हुए खड़ा था। उसका भी नाम आया मिस मृणालिनी देसाई। अफ़सर ने नाम चेक किया। मीनी हवाई जहाज़ की ओर बढ़ गई।

●

●

क़ुदरत और इंसान की सजावट से भरी हुई थाली-सी धरती से मीनी की नज़र का फ़ासला दूर—और दूर होता जा रहा था। एक क्षण के लिए मीनी को यह अनुभव हुआ, जैसे देह छोड़कर उसके प्राण ऊपर उठ रहे हों। उसकी इच्छा हुई, फिर ऐसा महसूस भी करने लगी कि यह हवाई जहाज़ मीनी को लेकर नष्ट हो जायगा। मीनी फिर लौटकर जीते जी धरती के सम्पर्क में न आएगी। उसके मानसिक घटाटोप के पुरजे उड़ जाएँगे।

अपने नष्ट हो जाने की यह कल्पना अमोनिया को तीखी गन्ध की तरह मीनी की गिरी हुई 'स्पिरिट' को ताजा कर गई। लेकिन उसके साथ ही साथ उसका मानसिक भार उतना ही तेज़ी से उसे गिराता चला गया। मीनी का चेहरा मौत की तरह सफ़ेद हो गया।

"चक्कर आ रहे हैं"—एयर होस्टेस की आवाज उसके कानों को जीवन का नया-सा परिचय दे गई। झकोले के साथ उसने अपने पर नया काबू पाया, एयर होस्टेस की तरफ़ देखा। उसके रँगे हुए लाल-लाल होंठों पर मुस्कराहट की रेखा खिंची हुई थी, उसकी आँखों में करुणा थी, पेशेवर करुणा। फिर भी उस करुणा और मुस्कान का स्पर्श मीनी को शीतल कर गया। मीनी ने मुस्कराकर उत्तर दिया—"नहीं"।

"पहली बार सफ़र कर रही हैं?" एयर होस्टेस ने पूछा।

"नो", लेकिन इस छोटे से उत्तर से मीनी को सन्तोष नहीं हुआ, उसे लगा कि उसके मन का रहस्य दूसरे पर प्रकट हुआ जा रहा है, उसे उत्तर देना चाहिए। उसे अपनी बातों से मन का रहस्य ढँक लेना चाहिए। वह

कहने लगी—"मेरी यह छठी यात्रा है। मुझे पहली यात्रा के वक़्त भी कोई तकलीफ़ नहीं हुई थी। बल्कि सच तो यह है कि हवाई सफ़र मुझे ताज़ा बना देता है। रादर आई विश कि मेरा दफ़्तर भी हवाई जहाज़ पर ही होता, या मैं भी तुम्हारी तरह एयर होस्टेस होती।"

कहते-कहते मीनी थक गई। उसने एक साँस ली। एयर होस्टेस हँसी, बोली—"टु प्लीज वन-ऐंड आल (एक को और सब को खुश करना)—मेरा काम मुश्किल है। मिस मिस..."

"देसाई।" मीनी ने थकी हुई आवाज़ के साथ एयर होस्टेस को अपना नाम जानने में मदद दी। वह चाहती थी कि अब ज़्यादा बात न करे। अपने मन में खो जाने के लिए भी उसके पास हौसला न था। मन के लोक में मृत्यु थी; बाहर थकान। असमंजस से स्तब्ध हो मीनी जड़ हो गई। और वह जड़ता अपने-आपको मिटाने के लिए ही गोद में रखी हुई किताबों में खेलने लगी।

एयर होस्टेस ने उसके अनमनेपन को तत्क्षण पहचानते हुए बात बदलकर कहा—"मेरा ख़्याल है कि मिस देसाई को एक कप गर्म-गर्म कॉफी चाहिए। क्या मैं आपके लिये लाऊँ, मिस देसाई?"

"ओह, थैंक्स, मैं आपकी इस मेहरबानी का स्वागत करूँगी।" मीनी ने न्यायोचित नम्रता का दानकर अपनी हवाई मेज़बान को टाल दिया, और 'नाश और निर्माण' उठा ली।

इनर टाइटिल, वक़्तव्य, सूची, पहली कविता...'कौन थकान हरे जीवन की।' पहली कविता में ही उसका ध्यान लगा। वह पढ़ने लगी। शब्द अपने-आप ही संगीत के स्वर में गूँजने लगे। शब्दों ने उसकी मानसिक थकान को अपने संगीत का स्पर्श दिया। अनजाने में उसकी थकान कवि की थकान का सम्बल पाने लगी। काव्य बोझ-भरी थकान में भी सौन्दर्य देख लेता है, संगीत भर देता है।

सुशिक्षित, पत्रकार और लेखिका मीनी को साहित्य का स्पर्श आसानी से बहला गया। उसकी अपनी व्यथा कवि के स्वर से बँधकर मौन में गा उठी :

रात हुई पंछी घर आयें,
पथ के सारे स्वर सकुचाये,
म्लान दिया बाती की बेला...
थके प्रवासी की आँखों में

आँसू आ-आकर कुम्हलाये।
कहीं बहुत ही दूर उनींदी
झाँझ बज रही है पूजन की।
कौन थकान हरे...

चेतना अजीब तरीके से बातों को बाँधती है...पूजन की झाँझवाली पंक्ति से गिरीश और प्रेम की अव्यक्त पवित्रता मन में गूँज उठी और गूँज जब स्पष्ट हुई तो हवाई इंजन की गूँज बन गई। फिर मीनी सोचने लगी कि चेतना अजीब तरीके से बातों की कड़ियों को बाँधती है।

बौद्धिक रूप से मीनी को अपनी स्मृतियों का सहारा लेने का बहाना मिल गया था। उसे अपने खोयेपन में अपनी उलझन और उसके स्थायित्व में एक रस मिलता है। घुट जाने पर वह ज़रूर चाहती है कि बाहर के किसी काम में, किसी दृश्य में, किसी बात में अपना पूरा ध्यान, पूरी शक्ति केन्द्रित कर दे। परन्तु सचमुच वह ऐसा नहीं करना चाहती, ऐसा नहीं कर सकती। जो प्रत्यक्ष जीवन में साथी बनकर न चल सका, जो भाव अभाव बनकर छलावा दे गया, वह वेदना के रूप में उसके रोम-रोम में समाया है। जिद के साथ वह गिरीश की स्मृति को अपने प्राणों के पाश में जकड़े रखना चाहती है। ईर्ष्या के साथ वह अपनी गर्म आहों में गिरीश की साँसों की सुरभि के घुले-मिले होने की कल्पना करती है। ईर्ष्या के साथ वह गिरीश के स्पर्श को अभिन्न मानकर उसे अपने-आप में अनुभव करती है। गिरीश उसका है, गिरीश पर मीनी का अधिकार है। अवश्य अधिकार है। अवश्य···अवश्य···

"आपकी कॉफी मिस देसाई।" एयर होस्टेस की मुस्कराहट के साथ प्याला सामने आया। मीनी को शिष्टाचार की फ़र्ज़-अदायगी में भी कुछ देर लगी। आँसुओं से भारी रुँधी हुई आवाज़ कंपन के सहारे ऊपरी उठी—"आपकी बड़ी कृपा है।"

मीनी ने प्याला ले लिया और आँखों की गीली कोरों को छिपाने के लिए उसने फ़ौरन ही खिड़की की ओर मुँह फेर लिया। रुई-से बादलों के ऊपर उसका हवाई जहाज़ जा रहा था। मीनी की ईर्ष्या मिश्रित वेदना ने ठीक ऐसे ही उसकी स्मृतियों को भी ढँक रखा था। उसे ईर्ष्या थी गिरीश की पत्नी के प्रति, और गिरीश के प्रति उसके मन में अधिकार का हठ था। लेकिन दिमाग़ की स्क्रीन पर न तो गिरीश की ही तस्वीर थी, और न उसकी पत्नी की। उसका लगाव उस वक़्त सिर्फ़ अपनी मौजूदा हालत से

था। वह हारी हुई थी, चिढ़ी हुई थी, अपनी ही आँच से वह आप तप रही थी। दरअसल उसे तपने का होश था, और बात का नहीं। गिरीश की पत्नी, वह खुद, और गिरीश का ध्यान तर्क के तौर पर, अव्यक्त ध्वनि के तौर पर विद्यमान था। सब-कुछ अस्पष्ट था—स्पष्ट थी केवल उसकी हार, चिढ़, तपन।

मीनी खिड़की की ओर देखती हुई कॉफी पी रही थी। कॉफी उसे अच्छी लगी, मगर कॉफी पीना—क्रियाशीलता उसे भारी लग रही थी। उसने कॉफी मँगवाई ही क्यों? ख़ैर, अब आ गई है तो अच्छी बात है···कॉफी उसे अच्छी ही लग रही है। ख़ास तौर से इतने ऊँचे से, एक बन्द उड़ती हुई दुनिया में कॉफी, वेफर्स, टाफीज़, मैसूरी सुपारी की पुड़िया, इन तमाम चीज़ों में एक अजीब लज्जत पैदा हो जाती है। उसको कॉफी में अब रस आ गया था। आँखों में पानी की झलझलाहट अब ख़ुश्क हो चुकी थी।

मीनी का मन, हलके बहाव में उतर आया, नज़रें अपनी सतह पर आ गईं। मन का सुकून भुलावा देकर मीनी को नॉर्मल ज़िन्दगी की सतह पर चन्द मिनटों के लिए खेलने को छोड़ गया। मीनी ने अपने आस-पास देखा। अब तक इक्कीस यात्रियों के डाकोटा में जैसे वह अकेली सफ़र कर रही थी। उसने इस होश और ताज़गी के साथ हमसफ़र अनजानों को देखा। डबल सीटों वाली कतार पर, अपनी गर्दन के धुर मोड़ से उसकी निगाह जिन लोगों पर पड़ी, उनमें एक पारसी जोड़े ने उसका ध्यान अपनी ओर खींच लिया। उन्हें देखते ही मन विनोद से खिल उठा। 'शंकर्स वीकली' के साहब और मेम साहब वाले स्थायी फीचर की आकृतियाँ सामने सजीव बैठी थीं। लेडी साहिबा की रामराज शाही तन्दुरुस्ती को देखते हुए हवाई जहाज़ की कुर्सी का घेरा तंग था। मियाँ पारसी का शरीर कलजुगी था, सूखी लकड़ी-सा अकड़ा हुआ। तितली कट खिचड़ी मूँछें, लम्बी नाक, बड़े मोटे शीशोंवाली सोने की कमानी का चश्मा, जिसे वह बार-बार कभी नाक पर, कभी कानों पर, कभी दोनों सिरों पर, हाथ से ठीक करते रहते थे। उनकी उँगलियाँ अपने नकसोरों को भी बार-बार घिसती थीं! मीनी ने ग़ौर किया कि यह उनकी आदत थी। उनके हाथ निचले न बैठते थे। कभी नकसोरों, कभी कान, कभी चश्मे पर घूमते ही रहे, और उनकी भवें भी जल्दी उचकती थीं। बाकी सारा शरीर सिलोलाइट के सिपाही-सा ज्यों का त्यों बैठा था। लेडी साहिबा अपने साहब को, जान पड़ता था, मन्त्र पर मन्त्र देती चली जाती थीं। उनके चेहरे पर हिकारत की

उतनी ही मोटी-मोटी लकीरें थीं जितनी कि वह खुद। मीनी ने फिर ग़ौर किया कि साहब के जिस्म की तरह ही लेडी के मुख का यह भाव स्थायी था। बाकी सारा शरीर हरकत, या कहिए, हरकतों से भरा हुआ था। दोनों हाथ इंजन के एक्सिलेटर की तरह उनके भाव के स्थायित्व को गतिशील बनाने के लिए बार-बार उठते थे। मियाँ पर एक लताड़ झाड़ चुकने के बाद दूसरी लताड़ के शुरू होने के बीच में जब वो रुकती थी, हाथ तोंद से चिपकते थे, और ताज़ी साँस के साथ ही हाथ की मुद्राएँ भी मटक उठती थीं। मैदा की ढीली गठरी-से थुलथुले तोंद पर हाथों का पड़ना या बार-बार करवट बदलते हुए उसका जुम्बिश लेना मीनी के कार्टूनों भरे दिमाग़ से टकराकर उसके मन को गुदगुदाने लगा। लेडी का यह संगीत और नृत्य अपने पति के प्रति जिस तन्मयता से चल रहा था, उसे देखकर मीनी का मन विनोद से खिल उठा।

मीनी ने अपनी जानिब भी देखा। उस कतार में एक गुजराती सेठ अपने रोज़गार के काग़ज़ों को पढ़ रहे थे। नज़र उपेक्षा और फुर्ती के साथ उनकी ओर से खिंच आई। अपने ठीक पीछे वाली सीट पर सहसा नज़र पहुँची, एक दोयम नम्बर के मशहूर राजनीतिक नेता इतमीनान के साथ खुर्राटे भर रहे थे। उनका मुँह खुला हुआ था। देखकर मीनी की तबियत बाग-बाग हो गई। नेताजी की साँस खुर्राटे की मस्ती के साथ बग़ैर किसी क़िस्म के रिजर्वेशन (बन्धन) से मुक्त थी। मुँह गोया जेलखाने का खुला फाटक था, जो उसकी आज़ादी में ख़लल डालने की कोशिश से बेलाग हो चुका था। पत्रकार मृणालिनी देसाई को अपने पास कैमरा न होने की मजबूरी मज़ाक़ की तेज़ी के साथ महसूस हुई। काश कि यह नेता महाशय अख़बारों में अपनी इस कुदरती फ़िज़ाँ को छपा हुआ देख पाते, तो अक़्ल कम-अज़-कम, अगर इल्यूजन्स की गिरफ़्त से सदा के लिए छूट न जाती, तो मिनट-भर के लिए झेंपकर सिकुड़ ज़रूर ही जाती। मीनी ने साथ ही साथ महसूस किया कि इस नेता कौम के प्रति उसके इल्यूजन्स, लोगों के इल्यूजन्स, कितनी तेज़ी के साथ ख़त्म हो चुके हैं। विनोद की तह में प्रेम और श्रद्धा की निश्छलता नहीं, बल्कि तीखे व्यंग्य की तीव्र गतिमान भावना है। नींद ने असलियत को बेहिसाब कर नेताज़ी के चेहरे पर उसे पेश कर दिया है। वह उनकी मूर्खता की पवित्रता पर मुग्ध हो गई थी। 'शंकर' ने कई बार उनके कार्टून बनाए थे। अक्सर उसे पसन्द भी आये थे, मगर इस सजीव कार्टून को बेचारी पेंसिल की रेखाएँ कहाँ तक पातीं? मीनी ने अपनी खिलखिलाकर हँस पड़ने की ध्वनि को अपने-आप में अनुभव

किया। सभ्यता के तक़ाज़े से मन की वह खिलखिलाहट होंठों पर खुली मुस्कान तक ही पनपकर रह गई। फिर भी मजा आ गया।

और तमाम चेहरे सफरी तौर पर ही उसके ध्यान को छूते रहे। उसके सहयात्रियों में ज़्यादातर जवान थे, कुछ अधेड़ थे, औरतें बहुत कम थीं। सूट ज़्यादा चमकते थे। हवाई जहाज़ भर में एक अरिस्टोक्रेसी की हवा थी। पाइलट के लेफ्टनेंट और एयर होस्टेस इधर-उधर आते-जाते दिखाई पड़ जाते थे। एयर होस्टेस कभी इससे मुस्करा कर बात कर रही हैं, कभी उससे मुस्करा रही है। कितने काम-काज से भरी हुई कलात्मक अदा है उसकी। मीनी का ख़्याल एयर होस्टेस से बँधने लगा। "टु प्लीज वन ऐण्ड आल"—उसके वाक्य पर मीनी का ध्यान गया। और उसकी सहानुभूति कल्पना के दौर में पहुँच गई। वह कितने रस और जवानी के मद के साथ हर यात्री से—ख़ासतौर पर हर जवान यात्री से, ख़ासतौर पर बिना जोड़े के जवान यात्रियों से अपनी कम्पनी की प्रतिनिधि बनकर पेशेवर ख़ातिरदारी में जुट जाती है। लगता है जैसे इसके जीवन का हर क्षण चंचल जवानी से भरा-भरा नाफुर्सत है। दुःख को मन में झाँकने को भी मौक़ा न मिलता होगा। मगर इस विचार के साथ ही साथ मीनी को एयर होस्टेस के जीवन का हर क्षण दुख से भरा हुआ अपने दिल में महसूस हुआ। उसके कानों में एयर होस्टेस की वह बात लगातार गूँजने लगी, "टु प्लीज वन एण्ड आल, मेरा काम मुश्किल है मिस देसाई।"

मीनी का दिमाग़ इस सहानुभूति से टकराकर झुंझलाया। क्यों वह इस दर्द भरी दुकान पर खुशी का चमकता हुआ साइनबोर्ड सजाए हुए घूम रही है? हर घड़ी की यह बनी हुई ज़िन्दगी क्या उसे अखरती न होगी? कभी उसका दम न घुट जाता होगा? और वह तमाम बनावट, अपने औरतपन का, अपनी ख़ूबसूरती और जवानी का, अपनी प्रतिभा का यह ओछा इस्तेमाल उसे अपने दिल में विद्रोह न पैदा करा देता होगा? मगर...शब्द 'मगर' उसकी इस तमाम प्रश्न धारा के अन्दर निहित था। मगर यह सब उसे पेट के लिए करना पड़ता है। पेट बहुत-सी झूठी कलाओं को भी कितना सजीव बना देता है! यह पूँजीशाही कल्चर, यह नम्रता, ख़ातिरदारी कितनी छिछली और ऊपरी है। यह कल्चर सभी शहरी समाज का है। पढ़े-लिखे समाज का है। और इस कल्चर को समाज में एक अच्छी और स्वस्थ निशानी माना जाता है। मगर क्या भावनों का बाजारूपन स्वस्थ है? पेट की दुकानदारी में इन्सान की कुदरती कोमल भावनाओं को इस कदर सजावट का सामान बनाकर रखा जाय, यह कहाँ तक न्याय है? क्या यह

प्रकृति के प्रति अन्याय नहीं? और इस अन्याय को अपनी चेतना पर लादकर ले चलनेवाले इन्सान को इस बोझ से झुँझलाहट नहीं होती? और उल्टे रास्ते पर चलने से तरह-तरह के कॉम्प्लेक्सेज कल्चर की इस ग़लत बुनियाद पर पैदा नहीं हो जाते?

मृणालिनी बहुत कुछ सोच गई, सोचती गई। दम भर में इतना सब सोच गई। कल्चर का रहस्य किसी हद तक तो शब्दों और वाक्यों में अनुदित होकर चेतना की सतह पर आया, लेकिन विशेष रूप से ध्वनि के रूप में ही समझ के कब्जे में आ गया।

मीनी खुद भी उस कल्चर की प्रतीक थी। महीने भर से उसका जी नहीं चाहता कुछ भी करने का, मगर दफ़्तर जाने की वजह से उसे साफ कपड़े पहनने पड़ते, बाल भी बनाने पड़ते, हँसना भी पड़ता, काम की वजह से ही तो सब कुछ करना पड़ता।

और काम हर हालत में करना ही पड़ता है। मीनी ने चाहा कि वह पढ़ी-लिखी लेखिका और पत्रकार न होकर मध्यवर्गीय घर-गिरस्ती की बहू-बेटी बन जाय, जिससे वह पेट के लिए धन्धा करने से मुक्त हो जाय। ...मगर यह ख़्याल तुरन्त ही कोरे ख़्याल के रूप में आ गया। धन्धा तो इस हालत में भी पीटना पड़ता। धन्धा हर इंसान के लिए ज़रूरी है, क्योंकि उसे काम चाहिए। काम इन्सान का कुदरती अधिकार है।

और वह काम ही नहीं कर पाती। कुछ भी करने को मीनी का जी नहीं चाहता। गिरीश इतने प्यारे बनकर के आए कि अब उसका ग़म ही प्यार बन गया है। हर दम वह ग़म अपनी ओर पूरा ध्यान घसीट लेता है। उस ग़म से दूर रहने का भी जी चाहता है, साथ ही उसी में ही पड़े रहने को भी जी चाहता है।

लेकिन काम के बग़ैर निस्तार नहीं। काम याद और ग़म के भँवर से छूट दिला देता है। मीनी को इस वक़्त भी काम चाहिए। मन जो बहला था, वह फिर ग़म के नज़दीक पहुँच गया। मीनी ने मनबहलाव के खोये मन से जागकर फिर अपनी घुटन को देखा। उसे भूलने के लिए काम चाहिए। किताब सामने गोद में खुली रखी है, लेकिन हाथ में कॉफी का प्याला अभी भी है। उसमें एक घूँट ठण्डी कॉफी पड़ी भी है। मीनी ने फ़ौरन तय किया कि उसे पढ़ना चाहिए। वह फौरन ठण्डी कॉफी का घूँट उतार गई। उसकी नज़र एयर होस्टेस को ढूँढ़ने लगी। एयर होस्टेस शायद बहुत देर से एंजिन रूम में है। मीनी ने खाली प्याला अपने पैरों के पास रख दिया और किताब उठा ली :

''मैने विष के बान सहे थे।''

खुली किताब में कविता की पहली पंक्ति पर दृष्टि पड़ी। कविता पढ़ना भी काम के बजाय ग़म बनने लगा। उसने 'नाश और निर्माण' बन्द कर दी। उसने सोचा कि वह 'दिस साइड ऑफ इनोसेन्स' पढ़ेगी। मगर जिल्द के बाद सादा पेज के खुलते ही गिरीश की लिखावट-पहली यात्रा की पहली भेंट—उसके लिए ज़हर हो गई। यह किताब तो वह प्रति भी नहीं, जिस पर गिरीश के लिखे हुए मधुर शब्द अंकित हों। वह 'दिस साइड ऑफ इनोसेन्स' भी नहीं पढ़ेगी। वह 'नाश और निर्माण' ही पढ़ेगी। ग़म ग़लत करने के लिए उसे कुछ करना चाहिए। उसे पढ़ना चाहिए। उसे एक आलोचक और कविता-प्रेमी की तरह पढ़ना चाहिए। ख़्याल से बेलाग होकर पढ़ना चाहिए।

मीनी बेलाग, बेलौस होकर आलोचक की दृष्टि से पढ़ने लगी—'मैंने विष के बान सहे थे' :

एक प्रहार हुआ सपनों तक,
और दूसरा लघु जीवन पर,
सागर के सब रत्न लुटे,
हैं शेष कूल के काले पत्थर,
एक साथ ही मैंने दुहरे,
जन्म-मरण के दान सहे थे।

मीनी बेलाग, बेलौस न रह सकी। कविता उसकी वेदनामयी अनुभूति से लिपट गई। मीनी ने चाहा कि वह बेलाग, बेलौस हो जाय। उसने कविता की तारीफ़ करनी चाही। इस कविता में भी कितनी संगीतमयता है। गिरजाकुमार लिरिकल पोयट हैं।

गिरजाकुमार के लिरिकल पोयट होने की आड़ लेकर मीनी काम करने लगी। कविता पढ़ने लगी। मगर मीनी दरअसल काम नहीं कर पाती थी, कविता नहीं पढ़ पाती थी। अनुभूति काव्य का रस बन गई, और अनुभूति को वह आलोचना कहकर टाल रही थी। कविता पढ़े बिना उससे रहा भी नहीं जाता। वह पढ़ेगी, मगर काम के लिए पढ़ेगी। वह नोट्स तैयार करेगी। वह किसी गुजराती पत्रिका में हिंदी के इस कविता संग्रह की आलोचना करेगी। उसने कलम खोल लिया और किताब पर अपने रिमार्क लिखने लगी, मार्क लगाने लगी :

अब न हृदय ही रहा हमारा,
शून्य हुआ है जीवन सारा।
डूब गया जब आसमान ही,
कहाँ बचेगा एक सितारा।

पंक्तियों पर मार्क अपने-आप ही लग गया, लेकिन रिमार्क उसने न लिखा। वह दूसरी कविताएँ पढ़ने लगी। एक के बाद दूसरी पढ़ती ही गई। 'मैंने बहुत छला अपने को, जीवन भर मन में रोना है, यह वही पथ है जहाँ हम मिट गए तुमसे बिछुड़कर...'

कविताएँ पढ़ते-पढ़ते स्मृति फिर कहीं सजीव हो उठी। अनायास ही मीनी को ख़याल आया, अब अहमदाबाद आयेगा। अहमदाबाद का हवाई स्टेशन आयेगा, वेटिंगरूम आयेगा, वह कुर्सियाँ जिन पर कि इससे पिछली हवाई यात्रा के वक़्त वे दिल्ली का सफ़र करते हुए बैठे थे! और उन्होंने बिछुड़ने का निश्चय किया था। और गिरीश ने कहा था : ''इस दुधारी ज़िन्दगी पर मैं तुम्हें क़ुर्बान नहीं करना चाहता। मीनी, मैंने तुम्हें प्यार दिया है। मैंने तुमसे ऐसा प्यार पाया है, जो आज मेरी शक्ति बन गया है। इसीलिए मैं तुम्हारी ज़िन्दगी से खेलना नहीं चाहता। इसमें शक नहीं कि तुम मेरी ज़िन्दगी में आ गईं, मगर इसमें भी शक नहीं कि हम दोनों एक दूसरे की ज़िन्दगी में अचानक आये, ख़ास तौर से तुम मेरी ज़िन्दगी में इतनी अचानक आईं कि अपने छिपे हुए गहरे अभाव का भेद अनायास ही मुझ पर खुल गया। यह भेद खोलने के लिए मैं शायद अभी तैयार न था। मुझे अपनी पत्नी से प्रेम है। मैं तुमसे मिलने के पहले तक अपनी पूरी जहनियत के साथ यही समझता रहा कि मुझे अपनी पत्नी से प्रेम है। मगर अपनी ज़िन्दगी में तुम्हारे आ जाने से, तुम्हारे प्रति अपने आकर्षण की गहराई से मेरा यह विश्वास डिग गया। आज मैं अपने मन को वैज्ञानिक दृष्टि से साफ-साफ समझ गया हूँ। लेकिन न्याय दोनों ही पलड़ों पर संतुलित है। भाव और अभाव अब तो दोनों ही भर गए हैं। मैं तुम्हें अपनी पत्नी नहीं बना सकता मीनी, क्योंकि पत्नी के रूप में मेरी कल्पनाएँ तृप्त हैं; सुखी हैं, शांत हैं। और मुझे डर है कि तुम जो अचानक मेरे प्रेम की इतनी ज़बर्दस्त शक्ति बन गई हो, अगर मेरे साथ रहोगी तो हमारे अन्दर का स्त्री-पुरुष एक दूसरे से अपना भौतिक अधिकार माँगेगा। वह अनैतिकता है। दुनिया उसे अनैतिकता कहकर पुकारती है। मैं पुरुष हूँ, मेरे लिए फिर भी सात ख़ून माफ हो जायेंगे। मगर तुम स्त्री हो मीनी, समाज तुम्हें अनैतिकता का दण्ड देगा, भले ही तुम कितनी स्वतन्त्र हो। नीति सभ्यता का बन्धन है।''

गिरीश ने कितनी ही बड़ी-बड़ी बातें कही थीं। गिरीश ने कितना निजत्व देकर उसे समझाया था, यह सब मीनी को याद आने लगा। मीनी ने फिर उस याद से झकोला खाया। नज़र फिर कविता पर पड़ी। मीनी के लिए कोई गति नहीं थी। मीनी को तो कविताएँ पढ़नी ही थी। अहमदाबाद अभी दूर है। और कविता तो कविता है—सौन्दर्य है। और सौन्दर्य तो निरी आलोचना करने की ही चीज़ है। उसका अनुभव करना घोर अनैतिकता है। सभ्यता उसे अनीति मानती है।

मीनी के दिल में टीस उठी, फिर आँसू निकल आये। उसने झटपट अपनी कोरें पोंछ लीं, और फिर किताब पढ़ने लगी। वह फिर आलोचक की हैसियत से किताब पढ़ने लगी, और जिद के साथ आलोचक ही बनी रही। मीनी ने बहुत-सी कविताएँ पढ़ीं। उसे कविताएँ जगह-जगह सचमुच बहुत भाई। थकी दुपहरी में पीपल पर, टायफायड, कुतुब के खंडहर, रेडियम की छाया, एसोसियेशन्स, मशीन का पुर्जा, युग साँझ—मीनी ने 'नाश और निर्माण' की बहुत-सी कविताएँ ध्यान से पढ़ीं, और बहुत-सी उचटती हुई नज़रों से भी। उसे एक बात का विश्वास हो गया था कि गिरिजाकुमार उसके मन का कवि है। कम से कम इस मानसिक पृष्ठभूमि में कवि मीनी पर अपने काव्य-आकर्षण का प्रभाव डाल रहा है। कवि में संगीतमयता के साथ-साथ चित्रमयता भी खूब है। वह नये छन्दों का प्रयोग करता है, नये प्रतीक गढ़ता है। कवि रोमांटिक धारा में बहता है ज़रूर, मगर उसकी बुद्धि, उसकी अनुभूति उसे रोमानियत के क़िले में आजन्म क़ैद की सज़ा कभी नहीं भोगने देती।

मीनी कवि का विश्लेषण करते-करते खुद अपने बारे में ही साफ होने लगी। कविताएँ पढ़ते हुए रोमानियत के दर्द की मारी मीनी कविता के उस रंग से बचना चाहती थी। ऊपरी तौर पर वह अपने-आपको इस तरह डराती थी और बचाती भी थी। मगर इस हक़ीक़त से भी उसका मन इन्कार न कर सका कि रोमानियत के रंग में रँगना, इन कविताओं के सहारे अपने अधूरे सपनों की पूर्ति पाकर उस भाव में रम जाना उसे सुखकर प्रतीत हो रहा था। उसे वियोग की तह में संयोग का सपना मिल रहा था। आशा रोमानियत के सपनों को जीवन दान दे रही थी। और इसी लिए वह इस निश्चय पर पहुँच सकी कि यह अभाव उसके नारी-जीवन का प्राकृतिक अभाव है। यह केवल मात्र शारीरिक अभाव तक ही सीमित नहीं, यद्यपि वहाँ भी उसकी एक सीमा लगती है। गिरीश ने झूठ नहीं कहा था कि अगर

हम साथ रहेंगे तो हमारे अन्दर का स्त्री-पुरुष एक-दूसरे से अपना भौतिक अधिकार भी माँगेगा।

मीनी को इस तर्कशैली पर गुस्सा आया। वह सोचने लगी, क्या यह ज़रूरी है कि प्रेम के साथ उसके महत्व में शरीर भी साझा बँटाए? प्रेम अनंग है, हम एक-दूसरे का शारीरिक उपभोग करने की कामना रखे बग़ैर भी प्रेम कर सकते हैं।

मीनी इस विचार के साथ अपने में एक दार्शनिक बड़प्पन का अहसास पाने लगी। लेकिन उसने जल्द ही अनुभव किया कि गिरीश से मिलने के लिए उसकी तड़प इस फिलासफी से बड़ी है। वह गिरीश को नहीं भूल सकती। गिरीश से मिले बग़ैर उसे सुख नहीं मिल सकता। और नीति, अनीति, ये बड़ी-बड़ी दीवारें, सब उलझनें···एक सीधी-सादी बात के लिए—क्यों—पहाड़ क्यों खड़े कर दिये जायँ?

मीनी का बस चलता तो उठकर खड़ी हो जाती, और चहलक़दमी करते हुए इस मन के घुमड़ते हुए निश्चय को दृढ़ निश्चय का रूप दे देती। मगर वह अपने कमरे में न थी, सभ्य दुनिया के बीच में थी। ऐसे अनायास उठ पड़ने से लोग अचकचाकर उसे देखने लगेंगे। ओह! यह सभ्यता भी क्या बुरी चीज़ है। हर जगह बंधन! इतने बंधन!

मीनी को सभ्यता पर क्रोध आया। उस सभ्यता को जो खुद झूठे आधार पर खड़ी है, दुकानदारी के आदर्श पर खड़ी है—उसे अपने ही द्वारा उत्पन्न कॉम्प्लेक्सेज (उलझनों) पर नीति-अनीति के लेबल लगाने का क्या अधिकार है! जब जीवन ही समझ में नहीं आता तो उसका सही मूल्यांकन किस तरह से किया जा सकता है?

झूठ है इस मूल्यांकन का ढोंग। पहले इस झूठे कल्चर को ख़त्म करना होगा।

मगर अराजकता? मीनी के मन में फ़ौरन ही शंका आई, और साथ ही उसका निराकरण भी। उसी प्रवाह में विचार आया, और निश्चय के साथ आया कि अराजकता खुली राह है, बन्द गली नहीं। उसकी गुत्थियाँ अन्त में सुलझेंगी, खुलने के लिए आगे बढ़ेंगी और जैसे-जैसे गुत्थियाँ सुलझेंगी, वैसे ही जीवन का सही मूल्यांकन करने की चेतना भी आएगी।

"कृपा करके अपनी पेटियाँ कसिए।" एंजिन रूम के सामने यह आदेश रोशन हुआ। मीनी ने देखा कि साबरमती नदी रूपहरी गोटे की पतली किनार की तरह दूर से चमकने लगी थी। ●

मोती की सात चलनियाँ

''ऐ छोड़ मुए बदजात हरामी के! ऐ तेरी जवानी को लकवा मारे शैतान के बच्चे! आ तो सही!'' गली में इस जनानी चीख़-चिल्लाहट के साथ धरपटक-धमाके की आवाज़ें आईं। गर्मी की दोपहर में कई मकानों के खिड़की-दरवाज़े खुल गए। औरतों-मर्दों और लड़कों की भीड़ झाँकने लगी, बाहर आ गई। 'क्या है? कौन है?'' शुरू हो गई।

नौजवान शायद आसपास के उजागरे से सहमकर बुर्क़ेवाली के काबू में आ गया था। वह उसे गिराकर चढ़ बैठी। भीड़ आ जाने से नौजवान को एक हाथ से अपना मुँह छिपाने की पड़ी। उधर बुर्क़ेवाली दोनों हाथों से उसके सिर के बाल नोचकर जोर-जोर से कहने लगी, ''बड़े शरीफ़ज़ादे बनते हैं! घर में तेरी माँ-बहनें नहीं?'' तेहे में आकर बुर्क़ेवाली ने अपना नक़ाब उलट लिया था। निहायत ही भद्दी शक्ल थी—होंठ के बीचोंबीच मसा, नाक चपटी, सूखे आम-सा चेहरा, रंग स्याह, उम्र अधेड़। नौजवान के दाहिने हाथ पर अपने पाँव मय फटी जूतियों के जमाए अपनी बकबक की रेल दौड़ाने लगी, ''ऐ मैं आबिदअली के घर से निकली तो ये लौंडा वहीं से वाही-तबाही बकता मेरे पीछू-पीछू लगा। हविस का अन्धा, अल्ला मारा, न बुढ़िया देखे न जवनिया, लेके हाथापाई करने लगा निगोड़ा।''

''अच्छा अब छोड़ो उसे, परे हटो! ये किसका लौंडा है? उठ बे!'' दारोग़ा जी उर्फ़ इम्तियाज़ अहमद रिटायर्ड सब-इंस्पेक्टर पुलिस छड़ी टेकते हुए आगे आए। बुर्क़ेवाली तब भी न उठी। दारोग़ा जी ने दुबारा डाँटकर कहा, ''अच्छा अब उठिए भी, बड़ी पारसा बनी हैं। कहाँ से आई हो? कौन हो?''

''ऐ, मैं कोई चोर-उचक्की, बदमाश हूँ? आबिदअली के ख़ालूज़ाद भाई नाज़िम हुसैन एड्वकेट के यहाँ मुलाज़िम हूँ मौलबीगंज में। ये मुआ···''

''फिर वही ग़लत बयानी शुरू की आपने!'' दारोग़ा जी गरजे। फिर कहा, ''लड़के को कहे जाती हैं। पहले अपनी सूरत तो देखिए। माशा अल्लाह आपकी इस कमसिनी और हुस्न पर तो लंगूर का बच्चा भी न रीझेगा, इनसान का बच्चा तो आख़िर समझदार होता है।''

लोगों ने ठहाका लगाया। बुर्क़ेवाली मारे गुस्से के रुआँसी हो गई और नक़ाब मुँह पर डाल लिया। इससे और हँसी हुई, फब्तियाँ कसी गईं। बुर्क़ेवाली अपनी जान छुड़ाकर तेज़ी से चली गई। दारोग़ा जी अपने पोपले मुँह से हँसकर बोले, "ख़ुदा की क़सम, क्या बूटा-सा क़द और छप्पनछुरी-सी चाल है। लौंडा इसी चाल पे मात हो गया। अबकी से सूरत देखकर इश्क़ फ़रमाइएगा बरख़ुरदार! कौन बहादुर हैं आप, ज़रा सूरत तो देखूँ!"

लड़के हँस रहे थे, कह रहे थे, इशरत है। इशरत मियाँ शर्म के मारे मुँह गड़ाए धरती से चिपटे ही जा रहे थे। दो-एक खड़े हुए बुजुर्ग, घरों से दो-एक बड़ी-बूढ़ियाँ लालत-मलामत कर रही थीं कि बेजा बात है। वह तो कहो कि मामूली नौकरानी का मामला था, दारोग़ा जी ने डाँट-डपटकर टाल दिया, मगर यही हरकत ये किसी शरीफ़ज़ादी के साथ कर बैठते तो लेने के देने पड़ जाते। वग़ैरह-वग़ैरह।

दारोग़ा जी फिर गरजे। सब को ख़ामोश किया। लड़कों को भगाया, फिर इशरत का हाथ पकड़कर उठाते हुए कहा, "उठ बे! ओ, ख़बरदार जो आयंदा ऐसी हरकत की। बाप-दादों की इज़्ज़त का ध्यान नहीं? चचा रिटायर्ड प्रोफेसर, भाई एडीटर, बहन डाक्टर और तुम आज ये एक टकहाई के पीछे बदनाम हुए? बेट्टा, आशिकी खेल नहीं जिसको कि खेलें लौंडे। औरत कमर और टेंट के बूते पर झुकती है। समझा बे?" दारोग़ा जी ने समझाकर एक टीप जड़ी। छिपकर सुनते हुए दो लड़के हँस पड़े। इशरत गोली खाए शेर की तरह उन लड़कों को सज़ा देने के लिए झपटा। इशरत मियाँ इण्टर का इम्तहान देके खाली बैठे थे। ये ग़लती कर बैठे—आख़िर उम्र है, अरमान हैं, वजूहात हैं—ग़लती हो गई। मगर ये साले मुझपे हँसनेवाले कौन होते हैं? दाँत खट्टे कर दूँगा। लेकिन दारोग़ा जी ने कसकर बाँह पकड़ ली और घर ले चले। दरवाजे पर पहुँचकर इशरत सहमा-कुम्हलाया, काँपकर दारोग़ा जी से बोला, "चचाजान से कुछ न कहिएगा।"

मगर वहाँ तो पहले ही ख़बर पहुँच चुकी थी। प्रो० अख़्तर हुसैन इशरत को देखकर झपटे और दारोग़ा जी के समझाने-बचाने के बावजूद उन्होंने उसे थप्पड़ों-घूँसों से मारते-मारते बेहाल कर दिया। उनका भी दम फूल उठा। तब दारोग़ा जी ने हाथ पकड़ लिया, अख़्तर साहब को लाकर कुर्सी पर बिठलाया। ज़रा दम लेकर अख़्तर साहब बोले, "आप समझते नहीं दारोग़ा जी, कल ये अपनी नादानी में किसी हिन्दू लड़की को छेड़ दे तो

ख़ुदा न करे, जबलपुर का दूसरा नजारा यहाँ भी देखना पड़ जाएगा। ये आदत ख़राब है। ज़माना ख़राब है।''

''जी हाँ, ये तो आप बजा फ़रमाते हैं, मगर किया क्या जाए, हुज़ूर वाला? लौंडे-लौंडियाँ माँ के पेट से बाद में निकलते हैं, पहले इश्किया गानें याद करते हैं।''

दारोग़ा जी की बात सुन अख़्तर साहब कड़ुवा मुँह बनाकर बोले, ''लानत भेजता हूँ इस ज़माने पर। हमारे आला ख़ानदान को दाग़ लगा दिया इस लड़के ने। बग़ैर माँ-बाप का बेटा है, लोग थूकेंगे तो मेरे मुँह पर थूकेंगे।''

मगर नसीबा मानो प्रोफेसर साहब से कोई पुराना बैर निकाल रहा था। आज भतीजे ने उनके दिल को करारी ठेस पहुँचाई तो कल ख़ास उनकी लड़की ने ही।

डॉक्टर निगार सुलताना
ऐंड
डॉक्टर सुरेंद्र मोहन
रिक्वेस्ट दि प्लेजर आव...

''अब और बाकी क्या बचा (गाली), लड़के-लड़कियाँ खुद अपने ही नाम से अपनी शादी का इन्विटेशन कार्ड भेजने लगे। हद है।'' मोहसिन मियाँ ने अपनी मायूस नज़रों को नीचे झुकाकर ठण्डी चाय की प्याली को चिढ़कर यों देखा, मानो वही अपराधी हो, फिर जैसे उसे सज़ा देने के लिए एक ही घूँट में हलक के नीचे उतारकर कुनैन पीने जैसा मुँह बनाया।

नूर मुहम्मद साहब दोनों पाँव सोफ़े पर उठा के बोले, ''अजी यही होगा। अब आप यह तो उम्मीद कर नहीं सकते कि अख़्तर साहब अपनी दुख़्तर और किन्हीं लाला धोतीपरशाद चपरकनाती के साहबज़ादे डॉ० सुरिन्दर मोहन की शादी का कार्ड ख़ुद अपने नाम से शाया करवाते।''

''कौन मैं? मैं! अजी बस क्या कहूँ! ये कमबख़्त मार्डन एजुकेशन ने बुज़दिल बना डाला है हम लोगों को, वरना जी चाहता है कि होस्टल में जाकर ख़ुद अपने ही हाथों अपनी लड़की को शूट कर दूँ!'' अख़्तर साहब उठकर चार क़दम तेजी से दरवाज़े की ओर गए और फिर पलटकर कमरे के एक ओर चहलकदमी करने लगे।

लगभग साठ-पैंसठ की उम्रवाले इन चार दोस्तों में खान बहादुर शकील अहमद साहब ही अब तक चुप बैठे थे। अख़्तर साहब को यों

परेशान हाल देखकर बोले, ''अब गुस्सा थूकिए, अख़्तर साहब! आख़िर इससे फ़ायदा ही क्या है? शादी तो ये होके रहेगी, हम-आप कुछ नहीं कर सकते। अब तक जहाँ इतनी शादियाँ हुईं, वहाँ एक और सही। अकबर इलाहाबादी क्या खूब फ़रमा गए हैं—

नयी तहजीब में दिक्कत
ज़ियादह तो नहीं होती।
मज़ाहब रहते हैं क़ायम
फ़क़त ईमान जाता है।''

''हाँ हाँ, शेर तो ख़ैर अपनी जगह पर है ही, पर मैं कहता हूँ कि ईमान भी क़ायम रक्खा जा सकता है। आप चार भाई एक राय हो जाएँ तो ये शादी रोकी जा सकती है।'' जवाद भाई ने अपना पंचमजार्जनुमा दाढ़ी वाला चेहरा तमतमाकर सिर झटकाकर कहा और फिर बटुवे से किवाम की शीशी निकालने लगे।

''अजी रोकने की बात तो ये है किब्ला, कि अभी लड़के या लड़की को ग़ायब करवा दिया जाए तो सारा खेल ही ख़त्म हो जाए। और मैं तो कहता हूँ कि अगर आप इस्लामिक कल्चर को अपहोल्ड करना चाहते हैं तो कोई न कोई सख़्त स्टेप लेना ही पड़ेगा; वरना यों ही अपने सिर पर हाथ रख के कमरे में बैठे-बैठे रोया कीजिए और हिन्दू लोग हमारी लड़कियों को पार लगाते रहेंगे। एक दिन इस्लाम ख़त्मशुद! हमारे बच्चों के बच्चे शिरीमहेशा-गौरी गनेशा के भजन गाते होंगे। मस्जिदें वीरान और बुतकदों में दीवाली! अऽहः हः हः—हैः हैः!'' मोहिसन मियाँ ने अपनी सर्द आह में मानो इस्लामिक कल्चर के आख़िरी रोज़ की तस्वीर नक़्श कर दी। चारों दोस्त अपनी सर्द आहों में सिमटकर घुटकर बैठ गए।

आज सुबह की डाक से निगार की शादी के कार्ड हर जगह पहुँचे थे। प्रो० अख़्तर हुसैन उसी वक़्त से बदहवास हो रहे थे। उन्हें गहरा सदमा पहुँचा था। डॉ० सुरेन्द्र मोहन इसी शहर के मशहूर डॉक्टर श्याम मोहन का लड़का है, दो-चार बार इस घर में आ चुका है, खाना खा चुका है। जिसे प्रोफेसर साहब बड़ा लायक और शरीफ मानते थे, वही इस समय आस्तीन का साँप बनकर उन्हें डस गया। लड़की निगार जो छुटपन में ही माँ के मर जाने के सबब से उन्हें जान से भी ज़्यादा अज़ीज़ थी, इस वक़्त उनकी दुश्मने-जाँ बन गई। अख़्तर साहब को यों महसूस हो रहा था, मानो सुरेन्द्र और निगार वीराने में उनकी छाती में छुरी भोंककर तपती बालू पर छोड़

गए हैं और वे ज़ख़्म से छटपटा रहे हैं, आख़िरी वक़्त की प्यास से तिलमिला रहे हैं। दिन में जब कार्ड मिला तब लड़का ज़फ़र दफ़्तर जा चुका था। उन्होंने उसकी बीवी किशवर को बुलाकर पूछा, ''सच-सच बतलाना, बेटी, तुम लोगों को पहले से इस शादी की ख़बर थी?'' मगर वह झूठ बोल गई। अख़्तर साहब यह जान भी गए मगर बेबस थे। एक बार जी चाहा कि मेडिकल कालेज में जाकर निगार को सब के सामने तड़ातड़ तमाचे मारें—नालायक, बड़ी डॉक्टर बनी है। इसी दिन को देखने के लिए क्या तुझे पैदा किया था? मगर फिर न गए। मन पर नामर्दी और पस्तहिम्मती छाई रही।

शाम को अज़ीज़ दोस्तों की दुनिया ने उनका मुँह नोच लिया। दिनभर इसी का तो उन्हें डर रहा था। हर एक पूछ रहा है कि यह कैसी शादी है? अगर मुहब्बत सच्ची थी तो डॉ० सुरेन्द्र मुसलमान क्यों न बन गया? निगार ने तौहीने-मिल्लत क्यों की? दोस्तों की दुनिया ये कह रही है, बाकी दुनिया और भी न जाने क्या-क्या कहेगी? प्रोफेसर दुनिया से डर रहे थे। यों वे ख़ुद मॉडर्न थे, पर्दे के सख़्त ख़िलाफ थे। गो ईद-बक़रीद को भी मस्जिद में कभी नमाज़ पढ़ने न जाते थे, मगर इस्लाम को मानते थे, दुनिया से डरते थे। उन्हें लग रहा था कि उनके पैरों तले ज़मीन ही नहीं रही।

●

●

डॉ० सुरेन्द्र मोहन के माता-पिता के पैरों तले से भी ज़मीन खिसक गई थी। यही दुनिया का सवाल डॉ० श्याम मोहन की कोठी में भी रंग ला रहा था। अपने बड़े बेटे डॉ० सुरेन्द्र को बन्द कमरे में बिठलाकर डॉ० श्याम मोहन गरमा रहे थे, ''तुमको इंटरकास्ट मैरेज ही करनी थी तो क्या अपनी हिन्दू जाति में लड़कियाँ नहीं थीं? मेडिकल कॉलेज ही में पचासों हैं।''

''पापा जी, मुझे निगार से शादी करनी थी, पचासों से नहीं। और मेरे सामने जाति का सवाल ही नहीं है।''

''क्यों नहीं है जाति का सवाल, मैं पूछता हूँ!''

''क्यों हो, मैं आपसे पूछता हूँ!''

''जबान लड़ाते हो मुझसे?''

''वह नादानी करने की उम्र अब मेरी नहीं रही।''

"जी हाँ, इसीलिए अब आप बड़ी नादानियाँ करने लगे हैं, क्यों? आपको इस बात का ख़्याल नहीं कि आपके माता-पिता पर कितनी बड़ी जवाबदेही है। फैमिली में अकेले तुम ही नहीं हो, तुम्हारे छोटे भाई हैं, ब्याहने जोग बहनें हैं। बड़ा घर देखकर एक तो लोग योंही बड़ा दहेज माँग रहे हैं, ऊपर से जब लड़कियों की मियंटी भावज आकर बैठ जाएगी तब जाने और क्या होगा।"

"पापा जी, आप अख़बारों में ये डिक्लेयर कर दीजिए कि मैंने सुरेन्द्र को घर से निकाल दिया है। फिर कोई परेशानी ही न रहेगी। मुझे आपकी जायदाद से भी एक पैसा नहीं चाहिए।"

सुरेन्द्र ने बहुत ठंडे भाव से कहा, पर डॉ० श्याम मोहन सुनकर एकाएक झटका खा गए। सहसा कुछ जवाब न सूझा, फिर हकला-हकलाकर अपना रौब चढ़ाते हुए बोले, "तुम्हें अ—क्या नाम के—लज्जा नहीं आई मुझसे यह कहते हुए? तुमने अपनी मदर को भी यही जवाब दिया था। तुम अभी माँ-बाप की भावना को नहीं समझते हो। तुम सब मॉडर्न फैशनवाले पति-पत्नी के रिश्ते को आशिकोमाशूक की नज़र से देखते हो। माशूक की सोहबत जल्द से जल्द मिल जाए, इसलिए शादी कर लेते हो। लब-मैरेजेज जितनी तेजी से बढ़ रही हैं, उतनी ही तेज़ी से फेल भी हो रही हैं।"

सुरेन्द्र को हँसी आ गई, बोला, "पापा जी, राकेट तेज़ी से उड़ रहे हैं, तेज़ी से फेल भी हो रहे हैं, पर उतनी ही तेज़ी से स्पेस-ट्रैवेल की सफलता भी बढ़ रही है।"

"बहरहाल, वी पार्ट फॉर गुड। पिता के नाते मेरी शुभ कामना है, आशीर्वाद है। और चलते-चलते यह नेक सलाह भी दूँगा कि वह लड़की तुम्हें चाहे कितना भी फुसलावे, मगर तुम हरगिज़-हरगिज़ मुसलमान मत बनना। बस! पिता होते हुए भी मेरी तुमसे यह हाथ जोड़कर प्रार्थना है।" डॉ० श्याम मोहन के नाटकीय ढंग से हाथ जोड़ने में व्यंग्य उभरा तो अवश्य, पर कंठ और आँखें भर आईं। डॉक्टर साहब ने अपना मुँह घुमा लिया।

डॉ० सुरेन्द्र को अपने पिता के दुःख से दुःख हुआ, वे बोले, "पापा जी, हमारे लिए धर्म बदलने की बात ही नहीं उठती। हमें जनम-मरन, शादी बगैरा के लिए किसी मुल्ला या पण्डित की ज़रूरत नहीं। मस्जिद-मन्दिर की हमें ज़रूरत नहीं। ईश्वर को मानते हैं, मगर साइन्स की शक्ति में उसे

देखते हैं। खुद आप ही ने कब ये धार्मिक ढोंग और आचार-विचार माने? आप नाममात्र के लिए जनम के संस्कारों से बँधे रहे। हमें वह भी झूठ लगा; हम उसे भी नहीं मानते।''

''तब मानते क्या हो आख़िर?''

''यही कि हम भारतीय हैं। इनसानियत के सिद्धांत, ईमानदारी, मेहनत, सचाई, दया, करुणा वगैरा जितना कोई भी कट्टर से कट्टर हिन्दू या मुसलमान मानेगा, उतना ही हम भी मानते हैं। बाकी क्रियाकर्म, जनेऊ, नौरात्र, मुहर्रम वग़ैरह, पूजापाठ, धर्म-कर्म का पुराना बोझ हम क्यों लादें? इनसे हमें मिलता ही क्या है?''

''ठीक है भैया, हमारे ऋषि-मुनियों का सनानत धर्म, जिसकी सारे संसार ने तारीफ़ की है, अब तुम्हीं लोगों के हाथों समाप्त न होगा तो क्या कोई बाहर वाला आएगा? ठीक है···ठीक है···ठीक ही है!'' डॉ० श्याम मोहन ने एक सर्द आह खींची और खिड़की से बाहर देखने लगे।

●

●

होस्टल की लड़कियों में बड़ा जोश था। उनकी लेक्चरर, हरदिल अज़ीज़ और हसीन डॉ० निगार सुलताना की शादी हो रही है। डॉ० सुरेन्द्र मोहन भी बड़े पापुलर हैं। लड़कियों, नर्सों और लेडी डॉक्टरों का यह आग्रह था कि शादी होस्टल ही में हो। आपस में चन्दा जमा हो चुका था, बड़े प्लान बन चुके थे। प्रिंसिपल तक से लड़कियों की यह बात हो चुकी थी कि हम लोग इन दोनों डॉक्टरों की शादी को अपना 'फैमिली अफेयर' बनाएँगे और इस बहाने गरमी की छुट्टियों से पहले तमाम स्टूडेण्ट और स्टाफ के लोग एक साथ मिलकर हँसी-खुशी की एक शाम बिताएँगे।

निगार को लगता था कि ये तमाम बातें उसके अब्बा को नाहक और भी ठेस पहुँचाएँगी। शादी की बात तो ख़ैर दो दिलों की बात थी, उस पर ज़ोर नहीं, पर यों निगार अब्बा को नाखुश नहीं करना चाहती। वह उन्हें बहुत चाहती है, उनका अदब करती है। शादी की बात पिछले दो साल से चल रही थी, ज़फ़र और किशवर को वह अपना राज़ दे चुकी थी, पर अब्बा से कुछ भी कहने-पूछने की हिम्मत न हुई। भाई और भावज पूरे दिल से राजी नहीं थे, उनके अन्दर एक क़िस्म का कटाव था, फिर भी वे दोनों निगार के हमदर्द और हमख़याल थे। बातों-बातों में एक दिन निगार,

किशवर और ज़फ़र ने अब्बाजान का दिल भी टटोला था। प्रोफेसर अख़्तर हुसैन यह तो मानते थे कि पढ़े-लिखे हिन्दू और मुसलमान दोनों ही अपने-अपने दीन-धरम को भूल चुके हैं, एक-से हैं, मगर फिर भी हिन्दू, हिन्दू ही है और रहेगा; मुसलमान, मुसलमान ही रहेगा। वे यह मानते थे कि राम और रहीम में कोई फ़र्क़ नहीं मगर दो लफ़्ज़ तो रहेंगे ही। कहने लगे, "यह ख़ून का असर है। नस्लों का, कल्चर का, आदतों का फ़र्क़ है। ख़ून और नस्ल का सवाल अहम है, इसीलिए हमारे यहाँ रिश्ते क़ायम करने से पहले ख़ानदान देखा जाता है, नसबनामा देखा जाता है। मैने माना कि हिन्दू या दीगर कौमें भी अपने-अपने ढंग से यही सब करती हैं, पर यह ढंगों का फ़र्क़ ही बड़ा बेढँगा है। इस भेद-भाव को बीसवीं सदी में तो मिटा न सकोगे तुम लोग, और अगर हमारे इस्लाम की स्पिरिट सच्ची है तो शायद ताकयामत यह फ़र्क़ न मिटा सकोगे।"

अब्बा का यह इस्लाम निगार की समझ में नहीं आया। ख़ुद अब्बा कभी रोजे-नमाज़ के पाबन्द नहीं रहे, मौलवियों का सदा मज़ाक ही उड़ाते रहे, मगर जैसे वह इस्लाम के पाबन्द हैं, वैसे निगार भी रह सकती है। शादी और मज़हब में कोई सम्बन्ध नहीं। उसके लिए पुराने समाजी क़ायदों से बँधकर चलने की ज़रूरत नहीं। समाज पुराने से नया होता है तो क़ायदे भी नये ही बनते हैं। मेरी दादी के वक़्त में यह सोचा भी नहीं जा सकता था कि मुसलमान लड़की पर्दे से बाहर निकलकर डॉक्टरी पढ़ सकती है, नौकरी कर सकती है। आज के समाजी क़ायदे में यह किसी को भी बुरा नहीं लगता। मैं अपनी पसन्द के एक आदमी से शादी कर रही हूँ, इसमें मज़हब का सवाल ही कहाँ उठता है? हमारे बच्चे हिन्दुस्तानी होंगे। वे अपने ही क़िस्म के नये क़ायदों वाले समाज में पलें-बढ़ेंगे, शादियाँ करेंगे। हिन्दू-मुसलमान न हमारे लिए ही किसी काम का है और न हमारे बच्चों के काम का, फिर भी अब्बा उससे हमें बाँधना चाहते हैं। यह नामुमकिन है··· फिर भी अब्बा की नाखुशी अच्छी नहीं लगती। क्या किया जाए? मेरा कार्ड पाकर बेहद भड़के होंगे।

निगार अपने घर के हालचाल जानने के लिए व्याकुल थी। दोपहर में इशरत मियाँ आए तो बड़ी खुशी हुई। आते ही कहने लगे, "बाजीजान, लेबोरेटरी में एक्सपेरिमेंट्स होते हैं तो क्या सब के सब कामयाब ही होते हैं?"

"नहीं, फेल भी होते हैं। क्यों?"

"परसों मैंने लव का एक एक्सपेरिमेंट किया था मगर फेल हो गया। ज़फ़र भाई अगर उसको कभी तूलतवील करके सुनाएँ, जैसी कि उनकी आदत है, तो यकीन मत कीजिएगा। पहले मुझसे पूछ लीजिएगा।"

निगार ये फिजूल की बकवास इस वक़्त नहीं सुनना चाहती थी, उसने कहा, "अच्छा, मगर पहले ये तो बतलाओ कि मेरा इन्विटेशन कार्ड घर पहुँच गया?"

"अरे, उसी के लिए तो आपको मुबारकबाद देने आया हूँ। आपका एक्सपेरिमेंट सेंट-परसेंट सक्सेसफुल रहा। इसीलिए आया था कि मेरे पास शादी के लायक कपड़े नहीं हैं, जूते भी फटे हुए हैं। इस वक़्त चचामियाँ और भाईजान से कुछ भी कहने की मेरी हिम्मत नहीं..."

"अरे कपड़े वगैरह तो सब आज ही ख़रीद लीजो, मगर पहले ये बता दे मेरे अच्छे भैया, कि अब्बाजान कहते क्या थे?"

सारा हाल सुना। दुःख हुआ, मगर बेबस थी। तभी कमरे में कुछ लड़कियाँ आईं। एक ने कहा, "सुनिए डाक्साब, हम लोगों ने तय किया है कि सिविल मैरेज की रजिस्ट्री भी होस्टल में ही होगी और उसके बाद हिन्दुस्तानी ढंग से आप लोग एक-दूसरे को माला पहनाएँगे। डॉ० मोहन ने ये मंजूर कर लिया है।"

निगार यह सब नहीं चाहती। अब्बा सुनेंगे तो यही कहेंगे कि उन्हें नीचा दिखलाने के वास्ते ही यह धूमधाम की गई। लेकिन लड़कियों से यह बात वह क्योंकर खोलकर कहे? और यों ये लोग सुनती नहीं, मज़ाक में टाल देती हैं। हाय, ये लड़कियाँ और मेरी साथिनें कितनी खुश हैं, कितने जोश में हैं। मैं भला इनकी कौन होती हूँ! हाय री मुहब्बत, मैं क़ुर्बान! निगार अपने चारों तरफ़ की गर्मजोशी से थोड़ी-थोड़ी हुई जाती है। उसकी दुनिया कितनी बड़ी है, उसका कुनबा कितना बड़ा है?

●

●

बहन की इश्किया शादी ने तमन्ना की लौ फिर तेज़ कर दी। दोपहर को होस्टल में हसीन लड़कियों को देख-देखकर दिल भड़क उठा। इशरत मियाँ किसी से इश्क़ करने के लिए बेताब हो उठे। आख़िर कब तक मन की आग दबाएँ? अक्सर रातों में ज़फ़र और किशवर मिलकर फ़िल्मी गानें गाते हैं, इशरत का जी जलता है। वकील साहब की छत पर सामने ही अन्ने-शज्जो दो बहनें ऐसे कुदकड़े लगाती थीं कि इशरत अली का दिल

उछल-उछल पड़ता था। एक दिन मुहब्बत की छेड़छाड़ के सिलसिले में एक टमाटर खींच मारा। अन्नो के गाल पर कच्च से फूटा, मगर उधर से जवाब में गुम्मा फेंका गया और उसी दिन से छत का खेलकूद भी बन्द हो गया। परसों की ग़लती के बाद जोश शायद कुछ दिनों तक ठण्डा रहता मगर इश्कोमुहब्बत के इस माहौल में वे भला क्योंकर ख़ामोश बैठें? शाम को रुपये लेकर गए, कपड़े-जूते ख़रीदे, बाल कटवाए, दस रुपये बचे तो सोचने लगे कि किस पर ख़र्च करें।

दूसरे दिन बारात चलने से कुछ देर पहले डॉ० सुरेन्द्र मोहन को गोटे के हार का ध्यान आया। इशरत मियाँ ही सजे-बजे फ़ालतू-से खड़े दिखलाई दिए, उन्हें ही दस-दस के दो नोट दिए और नौकर की साइकिल दिलवाकर अमीनाबाद भेजा।

इशरत मियाँ साड़ी-गोटेवाले के यहाँ पहुँचे तो दो लड़कियाँ देखीं। नशा छा गया; देखा तो देखते ही रह गए। जब दुकानदार ने टोका तो गोटे का हार ख़रीदा। दो रुपये की बचत उसमें भी कर गए, यही सोचकर कि शायद शरबत कोल्डड्रिंक पिलाने का मौका मिल जाए। दस कल की बचत के और दो ये। बकौल दारोग़ा जी के लड़कियों को रिझाने के लिए इस वक़्त टेंट में भी बूता था और कमर का बूता तो भड़क ही रहा था...'हाय, क्या मीठी और बारीक आवाज़ें हैं, अंग्रेज़ी बोलती हैं तो लगता है, चिड़ियाँ चहक रही हैं। हाय, क्या अदा है, मासूमियत है, क्या मुस्कराहट है! मधुबाला...नन्दा...सईदखान...आशा पारेख...उँह! ये ही हैं।'' चलने लगीं तो मुस्कराकर बोले, ''लाइए आपका बोझ मैं ले चलूँ!'' आख़िर एक मजदूर तो चाहिए ही आपको।''

''नो, थैंक्स!'' कहकर लिपस्टिक, कुर्ते, सलवार, दुपट्टे वालियाँ, कटे उड़ते बालों वालियाँ, धूप के चश्मों वालियाँ चलीं। इशरत मियाँ सुध-बुध बिसारकर उनके पीछे-पीछे चले। एक दूसरी दुकान में भी साथ-साथ रहे, बीच में कुछ टोक-टाक भी की मगर झिड़की खाई। आप यह सोचकर मुस्करा दिए कि पहली मुलाकात में भला किस बड़े से बड़े फ़िल्मस्टार को हीरोइनों की झिड़कियाँ नहीं सुननी पड़ी हैं। इस दुकान से निकलने लगे तो हौसले में आकर शर्बत पीने के लिए दावत दे बैठे। ''शर्बत? मैं पिलाती हूँ आपको।'' एक लड़की ने अपने हाथ के बण्डल दूसरी के हाथ में रखे और इशरत मियाँ के कान उमेठकर एक तमाचा लगाया, फिर दो तमाचे, फिर सैण्डिल तड़ातड़-पटापट! तब तक भीड़ आई। जो आया, उसी ने मारा, जिसके हाथों में खुजली उठी, उसी ने टीप

जमाई, ये वहीं सिर झुकाकर बैठे रहे। एक सयाने उस्ताद की नज़र इनकी जेब, साइकिल और हाथ के थैले पर पड़ी। बस, फिर क्या था। उसने पब्लिक के लिए चटपट तमाशा बना दिया। एक लौंडे को भेजकर नाई बुलवाया। भौं से लेकर दाहिनी ओर के सारे सिर के बाल सफाचट हो गए। भीड़ हँस पड़ी, कहा कि अब ये मजनूँ जँचते हैं। सयाना बोला कि अभी नहीं, मजनूँ ने जितने पत्थर अपने सिर पर झेले, ये कमअज़कम उतने झापड़ तो झेलें। घुटी खोपड़ी पर कड़ाकेदार टीपों का दूसरा दौर चला। इधर पब्लिक अपने खेल में मगन हुई, उधर सयाने उस्ताद के सयाने शागिर्द इशरत मियाँ का सारा माल ले भागे। इतने में एक कोलतार ले आया। इनके मुँह पर पोता गया। इशरत मियाँ पिटते-पिटते पत्थर हो गए थे। चेहरा काला कर दिए जाने के बाद सिर झुकाने की ज़रूरत भी न रही। सोचा कि एकाएक कौन पहचानेगा। बड़ी दुर्गत के बाद वहाँ से चले, बड़ी दूर तक उनकी लूलू बोली गई। बहन की शादी और जल्से के वक़्त इशरत मियाँ ये ऐश भोग रहे थे!

●

●

डॉ० सुरेन्द्र मोहन और निगार दोनों ही अपने-अपने बड़े-बूढ़ों की धार्मिक-सामाजिक खींचतान से मन ही मन बुझे हुए थे, मगर आसमान के जोश ने उन्हें हरा-भरा बना दिया। बारात में सभी बड़े-बड़े डॉक्टर शामिल थे। निगार के भाई-भावज, कुछ मुसलमान सहेलियाँ, कुछ सहेलियों के साहब भी आए थे। डॉक्टर सुरेन्द्र के बहन-बहनोई, मँझला भाई और कई दोस्त क़िस्म के सजातीय भी मौजूद थे। अख़बारवाले थे। बड़ी शानदार भीड़ थी। अपने-आप ही लड़के-लड़कियों के वायलिन, हारमोनियम, तबले, तानपूरे आ गए; गाना हुआ, नकलें हुईं, बड़ा मजा आया। बड़े-बूढ़ों से लेकर नौजवानों तक हर एक सहजभाव से ऐसा मगन-मन हो रहा था कि निगार और सुरेन्द्र देख-देखकर खिले-उमगे पड़ते थे। माला पहनने के वक़्त इशरत मियाँ भी झुँझलाहट के साथ याद किए गए, फिर फूल-मालाओं से ही काम चल गया। बेशुमार प्रेजेंट्स आईं। इस शादी में कुछ लोग सकपकाया हुआ मन लेकर शामिल हुए थे, लेकिन जवानों की उमंग ने सबको ही हँसी-हौसले से भर-भर दिया। हर एक ख़ुश था।

रात को दूल्हा-दुल्हन अपने बँगले पर पहुँचे। डा० मोहन ने सजावट के एक ठेकेदार से सुहाग-कमरे में फूलों की सजावट करवाई थी, मगर आके देखा तो कमरे में अँधेरा गुप। बत्ती जलाई तो बढ़िया सजावट और

फूलों की महक के साथ एक अजीब कलमुँही सूरत भी देखी। इशरत मियाँ थे। कुछ पूछने से पहले ही बोल उठे, ''भाईजान, बात कुछ नहीं, सिर्फ एक एक्सपेरिमेंट और फेल हुआ। आशिकी करने के लिए भी अक्ल चाहिए। अब पढ़-लिखकर ही एक्सपेरिमेंट करूँगा। फ़िलहाल खाना खिलवा दीजिए, मार-खाने से पेट नहीं भरा, बेहद भूखा हूँ। कल बचा हुआ सिर मुड़वाने के लिए पैसे भी लूँगा आपसे। बाकी जो नुकसान हुआ, उसे सह जाइएगा। आख़िर आपकी जोरू का भाई हूँ, सारी ख़ुदाई से अलग।''

निगार और सुरेन्द्र दोनों हँस पड़े।

●

●

दूसरे दिन अख़बारों में इस विवाह की शानदार रिपोर्ट छपी। पढ़कर डॉ० श्याम मोहन और प्रोफेसर अख़्तर हुसैन के मनों पर मातम छा गया। दोनों ही सोच रहे थे कि दुनिया क्या सोचेगी। मगर दुनिया में दोनों ओर के रिश्तेदार क़िस्म के चंद लोगों ने ही इस ख़बर पर थोड़ा-बहुत तंजिया ध्यान दिया। कइयों ने इसे एक ख़बर के तौर पर अच्छा कहा, बाकी दुनिया ने न पढ़ा, न कुछ सोचा और न कुछ कहा ही। दुनिया यों ही बढ़ती है।

●

बन्दिनी

माह की ढली दुपहरी कुन्ती के कमरे में फ़र्श पर धूप की गर्म कालीन बिछाने लगी। कुन्ती चारपाई से उतरकर धूप में बैठ गयी। उसे धूप का स्पर्श पिता के सान्त्वना-भरे स्पर्श-सा लगा। दिन भर के बाद उसके घुटन-भरे दिल की बेड़ियाँ तड़कीं, आँखों मं तेज़ी से आँसू छलछला उठे। नज़रें खिड़की के बाहर सूरज को देखने लगीं, जैसे स्वर्गीय पिता को देख रही हों। आँसू कलेजा हिला-हिलाकर उमड़ने लगे। कुन्ती की भावना थी कि वह अपने लिए नहीं, अपने बाबू जी के लिए रो रही है। बाबू जी होते तो क्या उनकी बिटिया को कोई यों ताले में बन्द करके रख सकता था, ऐसे सता सकता था? आँसुओं की बाढ़ में कुन्ती बही जा रही थी।

पिछली रात आठ बजे उसके पति कमरे में बन्द कर गये थे। रात बारह-एक बजे जब उनकी मर्जी होगी लौटेंगे। नशे में धुत्त रहे तो सवेरे ही ताला खोलने की सुध आयेगी। कल से एक बूँद पानी तक से भेंट नहीं हुई। कुदरत की ज़रूरतों के लिए भी मन मारे बैठी है। अपने-आपको चट्टान मानकर अब तक वह मौन रही; अब मौन की गंगा उसका चट्टान-सा कलेजा फोड़कर बह निकली है तो कोई बन्धन नहीं मानती। धड़कनों और सुबकियों में उसके प्राण खिंचे आते हैं।

''माँ!'' —शब्द की ध्वनि कुन्ती के बहते मन में भँवर बनकर गूँज उठी।

''माँ!'' —सुनकर कुन्ती ने नीचा मुँह किये ही पल्ले से आँखें पोंछी और सुबकियों को रोकते हुए उठ बैठी। बाहर जँगला पकड़े रीता खड़ी थी। वह फ़ौरन ही उठकर खिड़की के पास आयी और पूछा—''तू यहाँ क्यों आई री?'' कहने के साथ ही उसने हाथ जँगले से बाहर निकाल कर रीता का हाथ छुआ, कपाल छुआ; रीता ज्वर से तप रही थी। उसका गोरा चेहरा सुर्ख़ी से तमतमा रहा था, पतले होंठों पर पपड़ी पड़ी हुई थी, गुड़हल के फूल ऐसी आँखें बुख़ार के नशे में चढ़ी हुई थीं। कुन्ती खीझकर बोली—''निगोड़ी तुझसे किसने कहा था यहाँ आने को? भट्ठियों-सी तो तप रही हैं। किसके साथ आई?''

''मैं तुम्हारे पास रहूँगी माँ। ताला खोलो।'' रीता से खड़ा नहीं हुआ जा रहा था। उसके बुख़ार और अपनी क़ैद की परवशता को लेकर कुन्ती

पागल हुई जा रही थी। उसका जी होता था, कैसे जँगले तोड़ दूँ, किवाड़ तोड़ दूँ और बाहर जाकर अपनी रीता को कमरे में ले आऊँ।

लेकिन इसी के लिए तो शशिकान्त कमरे में बन्द कर गये हैं। कल वह दिन भर रीता के पास बैठी रही थी। रीता की माँ को घर आने पर यह सुनकर बुरा लगा था। रीता की माँ के कहने से उसके मैनेजर शशिकान्त मेहता आज सवेरे अपनी पत्नी को लाखों कहनी-न-कहनी सुनाकर बन्द कर गये थे। इस समय फिर वही स्थिति है बल्कि कल से भी विषम। भरे बुख़ार में उठकर लड़की अपनी कोठी से दो-तीन फर्लाङ्ग चलकर यहाँ आयी है। कहीं कुछ ऊंच नीच...।

"मुझसे खड़ा नहीं हुआ जाता माँ। जल्दी खोलो!" रीता की आँखें बन्द होने लगीं, उसके हाथ निःशक्त होकर जँगले से छूटने लगे। उसे लड़खड़ाते देखकर कुन्ती ने दोनों हाथ थाम लिये, परन्तु खाली गमला, जिसकी कोरों पर रीता पैर रखे खड़ी थी, अपनी जगह से डिग चुका था। रीता गिरने लगी। कुन्ती के हाथ अपनी सीमा तक जँगले से बाहर निकलकर उसे सँभालने का प्रयत्न करने लगे। परन्तु गमला उलट चुका था, रीता का दाहिना पैर मोच खा गया। हलकी-सी चीख के साथ वह लटक गयी। पीड़ा से अशक्त उसका नन्हा शरीर अपने भार को सँभाल नहीं पा रहा था। वह गफलत में डूबने लगी। कुन्ती से न तो उसका हाथ छोड़ते ही बनता था और न सँभालते ही। बेहोश रीता का बोझ उसके हाथों से छूटने लगा। विवश व्याकुल कुन्ती जोर से चीख़ उठी—"छेदा! आया! अरे कोई बचाओ! बचाओ!"

कुन्ती का ब्रह्मांड अपने अन्दर-ही अन्दर बड़ी तेजी से चक्कर काट रहा था। चीख़ की पृष्ठभूमि में न जाने कितने भाव, विचार और भय क्षणों के एक-एक अणु में व्याप्त होकर प्रलयंकर आन्दोलन उठा रहे थे। मन के प्रचण्ड वेग को न सँभाल सकने के कारण कुन्ती डूबने लगी।

सात वर्ष के वैवाहिक जीवन ने कुन्ती को जो पाठ पढ़ाया, वह अपने आदर्शवादी हेडमास्टर पिता की छत्रछाया में रहकर पाये हुए ज्ञान के विपरीत था। कुन्ती कुशल गृहिणी थी, उसकी साहित्यिक अभिरुचि, सिलाई-बुनाई आदि में दक्षता, व्यवहार-पटुता आदि आरम्भ में दो-तीन वर्षों तक तो उसके पति को भी बहुत पसन्द थी, परन्तु बाद उसके यही गुण पति की दृष्टि में अवगुण बन गये। कामिनी खन्ना के लोहे के कारखाने के मैनेजर बनकर कुन्ती के पति अपनी कार्य-पटुता से मालकिन के अत्यन्त विश्वासपात्र बन गये। कामिनी को अपने व्यापार के लिए निस्सन्देह एक

ऐसे ही कुशल, विश्वासपात्र व्यक्ति की आवश्यकता थी। शशिकान्त देखने में सुन्दर, सजीला और वाक्पटु था। अपने जीवन में कामिनी के प्रवेश कर जाने पर, बड़ा आदमी बनने की इच्छा उसके मन में स्वाभाविक रूप से जाग उठी थी। कामिनी ने यह लाखों का व्यापार अपने पिता से विरासत में पाया था। वह उसे स्वयं चला नहीं सकती। कामिनी के पति बैरिस्टर राधारमन खन्ना मस्तमौला यारबाश आदमी थे। बिजनेस उनके बस का रोग न था। और बिजनेस का चलते रहना कामिनी के लिए आवश्यक था, इसलिए शशिकान्त भी उसके लिए आवश्यक था। दोनों की आवश्यकताओं ने मिलकर कुन्ती का सुख-सुहाग उजाड़ दिया; साथ ही कामिनी के पति राधारमन खन्ना का आत्मविश्वास, मस्ती, उत्साह, सब कुछ नष्ट हो गया। वे नगर, घर सब छोड़कर न जाने कहाँ चले गये।

कुन्ती के सामने आने पर कामिनी बारम्बार अपनी तुच्छता का अनुभव करती है। शशिकान्त दूसरे की पत्नी का प्रेमी होकर अपनी पत्नी को नियन्त्रण में रखने के लिए बार-बार उतावला हो उठता है। परन्तु स्वयं नियंत्रित महिला पर वह भला क्या नियंत्रण रखेगा। अपनी यह विवशता उसे खलती थी। कुन्ती का चरित्र-वैभव दो अपराधी प्रेमियों के लिए ईर्ष्या की वस्तु था, इसीलिए वह बार-बार दबाई जाती थी।

जब कामिनी और शशिकान्त का सम्बन्ध घनिष्ठ होने लगा, तभी दुर्भाग्यवश कुन्ती का दो साल का बच्चा जाता रहा। उसके बाद से अब तक उसे कोई संतान नहीं हुई। अपने सूने दिनों को भरने के लिए उसने आसपास के छोटे-छोटे बच्चे-बच्चियों को बटोर कर पढ़ाना शुरू कर दिया। धीरे-धीरे दूर के मुहल्लों के गरीब-अमीर बच्चे भी आने लगे। कामिनी की बेटी रीता एक वर्ष पहले एक दिन अपनी कुछ सहेलियों के साथ आ गयी थी। उसकी माँ से दुःख पाते हुए भी कुन्ती रीता की प्यार-भरी बातों से इतनी मुग्ध हुई कि सारा विरोध-भाव ही भूल गया। रीता—माँ के निकट स्पर्श और स्नेह की भूखी बच्ची—कुन्ती से प्रेम पाकर उसकी दीवानी हो गयी। कामिनी का उस पर वश नहीं चलता था। वह और जलती थी।

सात दिनों से रीता मियादी बुख़ार में पड़ी थी। कुन्ती और उसके बच्चे कल उसे देखने गये थे। दिन में दो-तीन घण्टे उसके पास रहे थे। यह समाचार कामिनी को अच्छा नहीं लगा था। इसीलिए कामिनी के प्रेमी, कुन्ती के पति ने कल रात नशे की धुन में उसे कमरे में बन्द कर दिया था।

कुन्ती बन्द थी और मन-ही-मन डूब रही थी। जँगले के बाहर अधर में लटकी हुई बेहोश रीता का बोझ उससे सँभल नहीं रहा था।

कम्पाउण्ड के बाहर सड़क पर अपनी काठ की दुकान पर बैठे हुए तमोली ने कुन्ती की चीख़ सुनी थी। उसे कुन्ती के बन्दिनी होने का हाल भी मालूम था और छेदा तथा आया के मैटनी-शो में जाने का भी; वे दोनों उसी की दुकान से पान खा कर गये थे। चीख़ सुन सड़क पारकर फाटक से आने के बजाय वह तुरन्त कम्पाउण्ड की दीवार लाँघकर दौड़ता हुआ आया। उसने क़ैदी कुन्ती को देखा, फिर झट से रीता को सँभाल लिया। सहायता के लिए आये हुए मनुष्य को देखकर कुन्ती को ढाँढ़स बँधा। रीता की कलाइयों से हटकर उसके हाथों ने जँगले पकड़ लिये। कुन्ती ने संतोष की एक गहरी साँस ली, उसकी आँखें थकान से बन्द हो गयीं। पल-भर में अपना आपा समेट कर वह बोली—''टैगोर रोड पर...सौ नम्बर कोठी—।''

''खन्ना साहब की बिटिया हैं, मैं जानता हूँ माँ जी। रोज ही तो यहाँ आती हैं। बुखार बड़ा तेज़ है इन्हें। मेरी जान में कोई पान सौ-साढ़े पान सौ डिगरी होगा इस बख़त,'' गोद में लेकर कम्पाउण्ड की कँकरीली ज़मीन पर बैठे हुए अधेड़ तमोली ने रीता के सिर पर स्नेह से हाथ फेरते हुए कहा।

कुन्ती, जो अब तक अपने को पूरी तौर पर सँभाल चुकी थी, बोली—''हमारे नौकर न जाने कहाँ ताला बन्द कर के चले गये हैं। मैं सो रही थी, कुछ जान न पायी। तुम भैया, एक तांगा करके लड़की को किसी तरह इसके घर पहुँचा आओ। बड़ा उपकार होगा।''

तमोली बोला—''क्या कहूँ, मेरी दुकान खुली भई हैगी।...अच्छा देखिए कोई-न-कोई इन्तजाम करता हूँगा। आप कुछ बिछाने को दे दीजिए—''

बात पूरी होने से पहले ही कुन्ती अपनी चारपाई पर बिछा पतला गद्दा कम्बल वगैरह उठाने लगी। गद्दा बिछ जाने तक, जब तक कि रीता धरती पर पड़ी रही, कुन्ती के बदन में कम्पाउण्ड के कँकड़ चुभते रहे। बुख़ार की ग़फ़लत में निर्जीव-सी पड़ी हुई रीता को देख-देखकर उसे अपनी विवशता पर फिर रोना आने लगा। पल्ले से चटपट आँसू पोंछते हुए वह भर्राये गले से बोली—''इसे अच्छी तरह उढ़ा दो। और—और धूप के लिये मैं छतरी देती हूँ, जरा चेहरे पर आड़ कर देना। मैं ज़िंदगी भर तुम्हारा अहसान नहीं भूलूँगी।''

तमोली रीता को अच्छी तरह लिटाकर, कुन्ती को किसी-न-किसी के साथ तांगा भिजवाने का आश्वासन देकर चला गया। इस बार वह पूरा कम्पाउण्ड पारकर फाटक की राह से गया।

कुन्ती जँगले से लगी, खोई हुई-सी खड़ी रीता को देखती रही। बुख़ार की ग़फ़लत में जब कभी रीता पल भर के लिये आँखें खोलकर देखती, या पानी माँगती तो कुन्ती की वेदना में नई बाढ़ आ जाती थी। आज दिन भर उसे अपना स्त्री होना बुरी तरह खला था। जन्म से ही पुरुष का, परिस्थितियों का दासत्व भोगनेवाली नारी का जीवन भी भला कोई जीवन है?

"हे राम! अब नारी का जन्म न देना।" प्रार्थना आँसू की बूँदें बनकर राम के निमित्त अर्पित हो गयी।

●

●

नं० १००, टैगोर रोड पर 'किशोरी बिहार' की बरसाती में झुण्ड बाँधकर शोर मचाते हुए आठ-दस बच्चे-बच्चियों ने अन्दर आती हुई 'मास्टर ब्यूक' के रोबीले हॉर्न की परवाह न की। मोटर के बरसाती में प्रवेश करते समय बच्चे इधर-उधर होने लगे, मगर एक आठ-नौ बरस की तेज-तर्रार सिन्धी बाला ने ज़माने की रफ्तार के अनुसार आगे बढ़कर सबको रोक दिया—"ऐ! कोई पीचू नहीं हटेंगा। येईं खरे रहो सब लोग। हम भी देखेंगा, कैसा हटाते हैं तम लोक को?"

शशि ने वहीं गाड़ी खड़ी कर दी। कामिनी का गुस्सा आगे बढ़ा, वह शशि के साथ लंच के लिए आई थी। उसका दिमाग़ न जाने कितनी चिन्ताओं से परेशान था, बाजार की मण्डी की चिन्ता, इधर शशि भी कुछ खिंचे से रहते हैं, राधू (पति) पन्द्रह दिन हुए हिमालय से लौट आये हैं। डेढ़ वर्ष पहले कामिनी का घर-वैभव त्याग कर बैरिस्टर राधारमन खन्ना हिमालय चले गए थे। बदरी, केदार, कैलाश, मानसरोवर, अल्मोड़ा, कौसानी, बैजनाथ, पिंडारी आदि में भटक कर, भ्रमण कर, अब लौटे हैं। पुरानी बात ताजे तौर पर कलंक चन्दन से चर्चित हो कर समाज में भीनी-भीनी महक उठी है। खन्ना अपने पुराने बँगले में बसे हुए हैं। कोर्ट जाना भी शुरू कर दिया है। इस बार उन्होंने अपने इस निश्चय का एलान भी कर दिया है कि वे जमकर प्रैक्टिस करेंगे। इस चालीस वर्ष के युवक ने सदा से शहर में अच्छा नाम कमा रखा है। जितने मुकदमें खन्ना ने अपनी इतनी उम्र तक जीते हैं, वे उँगलियों के पोरों से तो ज़रूर बँधे हैं, मगर अपनी

ख्याति के क्षेत्र में वे अबाध हैं। खन्ना साहब में फ़कत एक ही ऐब है—जमकर किसी काम से नहीं बँधे। कभी शहर में अखाड़ों का आन्दोलन बड़े ज़ोर-ज़ोर के साथ चल रहा है, तो कभी क्लब में बृज, चुस्की, और लतीफागोई के सिरताज बने हुए हैं, कभी प्रैक्टिस करने का मूड आता है तो आमदनी, बग़ैर आमदनी वाले अजीब-ग़रीब मुकदमें लेकर जी-जान से उन्हीं के हो रहते हैं। शहर के हर वर्ग द्वारा किसी न किसी हद तक वे अपने माने जाते हैं। उनकी यह लोकप्रियता, उनका व्यक्तित्व कामिनी को आज पन्द्रह दिनों से चैन नहीं लेने देता। वह आजकल सोसायटी में लोगों के चेहरों पर अपने लिए बनावटी व्यवहार की गन्ध महसूस करती है। वह जानती है कि पीठ पीछे उसकी बुराई होती है। इसलिए आजकल बड़े धैर्य और चतुराई के साथ वह अपनी तरफ़ से पार्टियाँ और पिकनिक करा रही है। शशि को हठपूर्वक वह इस समय हरदम अपने साथ ही रखती है। कामिनी समाज में अपनी यह आन कम नहीं करना चाहती कि उसने अपने पति को त्याग कर अन्याय किया है। वह अपने और शशि के रिश्ते को परम पवित्र, 'बिजनेस लाइक' घोषित कर अपने पति द्वारा लगाये गये मिथ्या कलंक को उनका अत्याचार मानकर उन्हें 'कब्भी-कब्भी' भी क्षमा करने को तैयार नहीं। (यद्यपि उसके पति ने कभी भी क्षमा माँगने की इच्छा नहीं प्रकट की, और न वे किसी के सामने कामिनी को कलंकित ही करते हैं।) इतनी चिन्ताओं के साथ-साथ कामिनी को इस समय रीता के बुख़ार की भी चिन्ता है। पोर्टिको में बच्चों को खड़े देख, कार से उतरते हुए कामिनी ने झुँझलाकर शशि से कहा—जान पड़ता है, आपकी बेगम साहबा आज भी यहाँ तशरीफ लाई हैं।"

मोटर की चाभी बन्द करते हुए शशि ने उत्तर दिया, "नहीं। आज वह नहीं आ सकतीं।"

मालकिन को देखकर बच्चों को बरामदे में खड़े होकर डाँटनेवाला माली भी अब अधिक सक्रिय और सभ्य हो, पोर्टिको में आकर उन्हें प्यार से समझाने लगा था कि, "बच्चों, अब सोर नहीं करते। घर जाओ—अच्छा! रीता घर में नहीं है।"

कामिनी ने त्योरियाँ चढ़ाकर पूछा, "ये सब यहाँ क्यों आये हैं?"

कुछ बैरा ने बताया, कुछ लड़कों के शोर से जाना; उसके बाद फिर कुछ बैरा से मालूम हुआ—इस तरह बहुत-कुछ जानकर उसे बेहद गुस्सा चढ़ आया। रीता भरे बुख़ार में घर से न जाने कहाँ चली गई; और नालायक नौकरों को ज़रा भी ख़बर नहीं हुई? वह सब को निकालकर

बाहर करेगी। चौकीदार, आया, बैरा, शिवगुलाम—सब रीता बेबी को ढूँढ़ने गये हैं; यह जानकर उसे संतोष नहीं हुआ। रीता का यों चला जाना; उसके पिता के शहर में आने के अवसर पर, सामाजिक दृष्टि से कामिनी के लिए बड़ी बदनामी का बायस हो सकता है—यह भय कामिनी के क्रोध को भट्ठी की तरह भड़का रहा था। बच्चों के शोर ने उस आग में हवा का काम किया। उसने 'चिड़-चिड़' जबान चलाने वाली सिन्धी लड़की तो तमाचे जड़ दिये और बच्चों की 'माँजी' (कुन्ती) को भी गालियाँ दीं। मार खा तथा माँजी के लिए बुरी बात सुन कर सिन्धी बाला का जोश दीवाना हो गया; सब बच्चे उद्धत हो गए। उन्होंने अपना निश्चय सुना दिया कि वे रीता से मिलकर जायेंगे; माँजी से मिलकर जायेंगे। उन्हें पक्का विश्वास था कि माँजी कल ताला बन्द करके यहाँ आई थीं। कल तो माँजी ने उन्हें रीता से मिला दिया था और रीता उन्हें देखकर अच्छी हो गई थी। और उसने आज भी बुलाया था। इसलिए आज भी रीता से मिल कर जायेंगे, उसे अच्छा करके जायेंगे।

कामिनी का गुस्सा शिखर पर चढ़ कर भी जब बच्चों के मनोबल की ऊँचाई तक न पहुँच सका तब शशि की व्यावसायिक चतुराई आगे बढ़ी। बच्चे उन्हें अपनी माँजी के पति के रूप में पहचानते थे। उन्होंने माली के हाथ में दस रुपये का नोट रखकर सामने वाले रेस्तराँ से बच्चों को बिस्किट और चाकलेट दिलवाने का आदेश दिया। प्रस्ताव का असर पड़ा। फिर भी सिन्धी बाला और उसकी हमउम्र दो-एक बच्चियाँ माँजी और रीता से मिलने का आग्रह करती ही रहीं। शशि ने उन्हें समझाया कि उनकी माँजी घर पर ही हैं, और रीता भी उन्हीं के पास है। ताला लगाने का कारण भी उन्होंने बतलाया कि माँजी ने ही बाहर बन्द करवाया है, जिससे तुम लोग वहाँ जाकर शोर न मचा सको।

"हम कोई अपनी माँजी के दुश्मन थोरा ही हैंगा जो उनकी तकलिप में शोर मचायेंगा। आप उनको सताने का वास्ते बन्द कर आये हैं। आप ताला खोल दीजिए।" सिन्धी बाला बड़े तैश में आँखें निकाल कर बोली। उसकी आँखों में शशिकान्त मेहता के लिए प्रकट शत्रुता का भाव था। आसपास के मुहल्लों में, दूर-दूर तक—जहाँ के बच्चे माँजी की मुफ्त पाठशाला में पढ़ने आते हैं—बच्चों और उनके अभिभावकों के बीच में माँजी की सरलता, उदारता और अपार ममता की कहानी के साथ-साथ यह बात भी प्रसिद्ध थी कि माँजी के बाबू जी उन्हें बहुत दुःख देते हैं, वे किसी दूसरी औरत से फँसे हैं। नौ-दस वर्ष के बच्चे बहुत कुछ समझ लेते

हैं। इसी लिए कुन्ती की पाठशाला की बड़ी लड़कियाँ बाबू जी से मन ही मन शत्रुता रखती थीं। रीता की माँ के साथ बाबू जी को देखकर सिन्धी बाला को अनायास ही 'एक रहस्यमय' रहस्य का आभास मिल गया।

उसकी कठोर मुख-मुद्रा, विषैले वाणों से आँखें और उसका खुला विद्रोह शशिकान्त मेहता के मन की चतुराई को चुभने लगा। सामना करना बेकार है यह समझकर उन्होंने अपनी झुँझलाहट समेटते हुए कामिनी की ओर मुड़कर कहा—"चलो पहले रीता को ले आयें। वह वहीं गई है।"

'मास्टर ब्यूक' फिर सड़कों पर दौड़ने लगी।

कामिनी ने अपने सिर का रूमाल ठीक करते हुए, नजर सामने रख कर कहा—"कहीं वह राधू की तरफ न चली गयी हो।"

"आइ डोण्ट' थिंक सो।" शशि बोले—"उसे क्या किसी ने बतलाया कि वह आ गए हैं?"

"मेरे ख़याल में तो शायद उसे नहीं मालूम। लेकिन शायद, शायद आपकी परम उपकारी बेगम साहिबा ने—"

बात पूरी होने के पहले ही शशि ने कहा—"हजार हाथ वह मेरे यहाँ ही गई है।"

इसके बाद एक मिनट तक दोनों चुप रहे। फिर कामिनी ने बात छेड़ी, कहा—"आपकी बेगम साहबा की युनिवर्सिटी तो ख़ासी पोलिटकल सेंटर बन गयी है। लड़कियाँ जबान लड़ाना सीख गयी हैं। अच्छी शिक्षा मिलती है।"

शशिकान्त नाटकीय ढंग से गम्भीर बने हुए मोटर ड्राइव करते रहे। कामिनी फिर बोली—"रीता पर जाने उसने कौन-सा जादू कर दिया है कि मैं तो हैरान हूँ। तुम तो जानते ही हो, मैं अपनी रीतू को कितना प्यार करती हूँ। मगर मैंने कई बार यह आजमा कर देखा है, शशि, तुम यकीन नहीं मानोगे कि जब तुम्हारे यहाँ से आती है, तो उस पर एक अजीब क़िस्म का नशा छाया रहता है। मैंने उसे खूब ग़ौर से देखा कि जैसे उसे कोई हेप्नोटाइज करके उसे 'उस घर' की तरफ़ खींच ले जाता है। तुम्हारी वाइफ ने ज़रूर कोई जादू-टोना सिद्ध किया है, वरना क्या बात है कि उसके पास अचानक ही इतने बच्चे खिंच कर आने लगे? मेरा ख़्याल है कि कोई पचास-साठ बच्चे तो आते ही होंगे तुम्हारे यहाँ क्यों?"

"हूँ।" शशि ने छोटा जवाब दे दिया। मुखमुद्रा उसी तरह गम्भीर बनी रही। कामिनी फिर कहने लगी—"मैं शर्त लगाकर कहती हूँ कि उसके

पास ज़रूर कोई जंतर-मंतर है, वरना देखो, शशि, कितने ताज़्ज़ुब की बात है कि हमारे महिला-समाज में ग़रीब बच्चों की नर्सरी खोलने के लिए कितना जबर्दस्त प्रस्ताव पास हुआ था। मैं मिसिज भगत, मिसिज मसालदान, सकीना, परकाश सब ने मिलकर कितनी जबर्दस्त कोशिश की, कितनी दौड़-धूप की… और न तो हमारे पास पैसे की कमी, न काबलियत की, मगर फिर भी हम नर्सरी क़ायम न कर सके। और तुम्हारी बेगम ने दो-तीन साल के अन्दर ही अपनी पब्लिसिटी का शानदार किला खड़ा कर लिया! न अकल, न शऊर, न कोई ऊँची शिक्षा, मगर चतुराई इसको कहते हैं।''

इसके बाद कामिनी ने बतलाया कि गली-मुहल्लों की दकियानूस औरतें चाहे और सब तरह से फूहड हों, मगर जादू-टोने में बड़ी पटु होती हैं। यह भी कहा कि ऐसी औरतें कभी जलन के कारण शशि और कामिनी को नुकसान भी पहुँचा सकती हैं। ऐसी औरतों के पास मारण, मोहन, वशीकरण, उच्चाटन—न जाने क्या-क्या तरीके होते हैं, जिन पर कामिनी को 'साइंटिफिक' तरीके से पक्का विश्वास है। कामिनी अपने अनुभव सुनाने लगी।

मास्टर ब्यूक मंजिले-मकसूद के बहुत नज़दीक पहुँच गई थी।

●

●

तमोली फाटक अधखुला छोड़कर ही चला गया था, इसलिए गायें बेरोकटोक कम्पाउण्ड में आ गयीं। बँगले के फूलपात-वाली सजावट को अपना आहार बनाती हुई एक गाय पिछवाड़े, कुन्ती के कमरे की तरफ़ पहुँच गयी। उसे देख कर कुन्ती की चिन्ता में एक अदद और जुड़ा। उसे भय हुआ कि कहीं वह रीता की तरफ़ न बढ़ जाय। जब एक ओर गाय भी उधर आ पहुँची तो कुन्ती के मन से सारे समाधान बिदा हो गये। भरसक वह हट-हट चिल्लाती जाती है और कलेजा धड़कता जाता है। रीता देर से शान्त पड़ी है—कुनमुनाई तक नहीं। निराधार होने की भावना और चौकन्नेपन में एक ध्यान उधर भी जाता है, कहीं कुछ हो तो नहीं…? शंका आते ही अन्तर तड़प उठा—''नहीं! नहीं!!''—अन्तर का वह वेग स्वर ने पाया, ''हट! हट!!''

जँगले की छड़ों से मुट्ठियाँ कस गयीं, मन की प्रबल व्यग्रता से उसके हाथ काँपे जा रहे थे, चेहरे की एक-एक नस तनी जा रही थी।

जँगले के अन्दर जैसे उसका शरीर रुद्ध था, वैसे ही शरीर के अन्दर उसके प्राण। दोनों ही बाहर निकलने के लिए एक साथ तड़प रहे थे—एक भी नहीं निकल पाता था।

मास्टर ब्यूक का हार्न अधखुले फाटक पर बज उठा—फिर बजा—फिर देर तक बजा। जब फाटक खोलने के लिए अन्दर से कोई नहीं आया तो शशि स्वयं उतरे। कम्पाउण्ड में पीछे के हिस्से से गाय आती देखी, गेंदे की नष्ट हुई क्यारियाँ देखीं; उन्हें गुस्से का नशा चढ़ने लगा। भन्नाते हुए आकर कार स्टार्ट की और पोर्टिको में आये।

कामिनी और शशि ने कार से उतरकर देखा, दफ़्तरवाले कमरे के दरवाज़ों पर मकान का ताला बन्द था। शशिकान्त अपना आपा खो बैठे, और कामिनी के मातृ-हृदय को भी एक बार धक-से लगा कि रीता आख़िर गयी, तो गयी कहाँ?

कोई उपाय न देख शशिकान्त पीछे, अपने क़ैदी से रीता के सम्बन्ध में पूछने चले। कामिनी न गयी, बरामदे में ही खड़ी रही। जिधर गाय को देखा था, उधर से न जाकर शशिकान्त दूसरी तरफ़ से पीछे गए। सामने ज़मीन पर बिस्तर बिछा हुआ देखा, छतरी के ओट के कारण वे रीता का मुख न देख पाये। निकट आने पर शशिकान्त ने कुन्ती के वेदनात्रस्त चेहरे पर उचटती नजरें डाल कर रीता को बड़ी व्यस्तता के साथ देखा। पति को रीता के पास देखकर कुन्ती के निर्जीव चेहरे पर संतोष की मंदी-सी चमक उसी तरह झलकी, जैसे बियाबान में दूर पर दिया टिमटिमाता है। रीता के सिर पर हाथ रखकर शशिकान्त ने बुख़ार की तेज़ी महसूस की, फिर नज़रें बिगाड़कर कुन्ती से पूछा—"बाहर का ताला किसने बन्द किया? आया और छेदा कहाँ गये?"

"जिसके नौकर हों वही जाने।" कुन्ती ने पति के चढ़े तेवरों की उपेक्षा कर कहा और सामने से हट गयी।

शशिकान्त की हिंसा पेंचताब खाने लगी। तैश में आकर खिड़की के नीचे लटके हुए खाली गमले को उठाकर पूरी शक्ति के साथ गाय पर उन्होंने दे मारा। गाय तिलमिला कर भागी। शशिकान्त तेज़ी से चलकर सामनेवाले बरामदे में आये। कामिनी अपने नौकर को फटकार रही थी जो रीता को ढूँढ़ता हुआ उसी समय वहाँ पहुँचा था। शशि ने बतलाया कि रीता बुख़ार में बेहोश पड़ी है। कामिनी विकल हो दौड़ पड़ी, शिवगुलाम उसके पीछे-पीछे तेजी से चलने लगा।

अपनी बेटी को बेहोश पड़ी देखकर कामिनी का मातृत्व करुणा से हिल उठा, किन्तु अपने विकृत संस्कारवश वह सहज स्वाभाविक अनुभूति पर नाटकीयता का गहरा रंग चढ़ाकर, मेरी लाड़ली, डार्लिंग, मेरी बच्ची वगैरह प्रलाप करने लगी। आत्मजा के प्रति उमड़ती हुई करुणा को वह घृणा की कीचड़ में सानकर कुन्ती पर उछालने लगी।

शशिकान्त सामने से चले आ रहे थे। कुन्ती पर एक सख़्त नज़र डालकर कामिनी ने शशि से कहा—"यह डाइन है—। ज़रूर डाइन है।"

शिवगुलाम रीता को लेकर आगे बढ़ रहा था। कुन्ती के कानों में आवाज़ आई, "माँ!"—और सामना सूना हो गया। कामिनी और शशि उसकी दृष्टि के सामने होते हुए भी नहीं थे।

"मैं इसका स्कूल बन्द कर दूँगा।"

"मैं इसके मातृत्व को कुचल दूँगा।" कुन्ती के हृदय में पति की बात इस तरह लगी। मरुभूमि में ज्यों कहीं से बाढ़ का पानी आ दौड़े, यों कुन्ती के मन में तूफ़ान आया। रीता किसी की भी हो, उसके पास आनेवाले बच्चों की माताएँ भले ही अन्य हों, अनेक हों, पर कुन्ती इन सबकी माँ है। इनके द्वारा ही कुन्ती के जीवन में रस आया है। कुन्ती इन्हें हरगिज नहीं छोड़ेगी। बच्चों को उससे कोई नहीं छुड़ा सकता—कोई नहीं—कामिनी और शशि भी नहीं। बढ़ते हुए भविष्य के आगे, न्याय और प्रेम के आगे, भूत और वर्तमान का कोई सम्बन्ध बाधक बनकर अब उसके सामने नहीं आ सकता। आज के सम्बन्ध नकली हैं, उनमें झूठ भर गया है। वह झूठी नहीं बनेगी। वह इन बच्चों की माँ है—वह सारे जगत् के बच्चों की माँ है। झूठे सीखचों में बन्द कर उसे अब नहीं रखा जा सकता।

"दरवाज़े का ताला खोलते जाओ।"—कुन्ती ने कामिनी के साथ जाते हुए पति से कड़ककर कहा—"खोलते जाओ! नहीं तो मैं चीख़-चीख़कर चारों ओर से भलेमानसों को इकट्ठा कर लूँगी। मैं अब इस क़ैदखाने में नहीं रहूँगी।—नहीं-नहीं, हरगिज नहीं।"

कुन्ती के आँसू अब न मान सके। वह अपने लिए रोई, उसके अपनेपन में न जाने कितनी विशालता बन्दिनी बनी हुई अपनी स्वतंत्रता के लिए रोई थी। लेकिन ये आँसू सामन्ती महाजनी परम्पराओं के दासीत्व-पत्नीत्व के प्रतीक नहीं, मातृत्व की अनादि-अनन्त शक्ति का प्रतीक बनकर झलके थे।

●

एक दिल हज़ार दास्ताँ

कोल्हापुर के शालिनी सिनेटोन में ऊपर बने हुए एक-ईंटिया, टीन के छप्पर पड़े कमरों की कतार में एक कमरा मेरा भी था। वही मेरा घर और दफ़्तर था। टाट के झीने पार्टीशन के दूसरी तरफ़ पब्लिसिटी वाले कमरे में मौलाना रहते थे। वह इन्दौर के रहने वाले और अपने प्रदेश के मशहूर कांग्रेसी लीडर थे। उस वक़्त व्यक्तिगत सत्याग्रह के अपराध में जेल भुगतकर हाल ही में छूटे थे। देश-सेवा ने बीवी-बच्चों को बेगाना बना रखा था, अब उन्हीं से अपनापन निबाहने के लिए काम की तलाश में भटकते-भटकते बम्बई और बम्बई से कोल्हापुर आ गए थे। मैं भी एक फ़िल्म के संवाद लिखने के लिए बम्बई से गया था। अनजानों के बीच हम अपने होकर मिले। जबान, वजादारी, तकल्लुफ़ को मौलाना अपने पुरखों की अमानत के तौर पर सहेजकर रखते थे, और करीने से बरतते थे। गदर में उजड़कर तितर-बितर हुए अवध के घरानों में से एक उनका भी था। शालिनी सिनेटोन के उस टाट के पार्टीशन लगे, एक-ईंटिया कमरे में मेरे लिए लखनऊ आबाद हो गया।

घनघोर बरसात की रातों में जब कम्पनी के पब्लिसिटी डिपार्टमेंट की छत छलनी बन जाती, तब मौलाना का रैन-बसेरा भी उजड़ जाता था। वह मेरे ही कमरे में मेज का दफ़्तर अलमारी में पहुँचाकर उसी पर अपना बिस्तर जमाते थे। पानदान की क़सम, हमने बड़े अच्छे दिन बिताए हैं। इमारत के नीचे साँपों से, और इमारत के अन्दर गनपती नाम के लाल रंग के बिसखोपड़ों से—जिन्हें मारना वहाँ वाले बुरा समझते हैं—घिरे हुए हैं, टीन की छत पर मूसलाधार बारिश का धौंसा बज रहा है, हवा बड़े जोम के साथ कम्पनी के 'सुतारखाने' में बने हुए लिफ़ाफ़िया दरवाज़ों से ज़ोर-आजमाइश करने के लिए बार-बार झपटती है और कब्जे-कुंडी से मजबूर बिचारे दरवाज़े अजीब चर्र-मर्र की आवाज़ के साथ खड़ाखड़ाकर रह जाते हैं।···लेकिन हम इन सबके आदी हो चुके थे। उस खड़खड़-धड़खड़ में नींद तो आती नहीं थी, अक्सर ऐसी रातें हम बातों में गुज़ार देते थे।

कह ही चुका हूँ कि मौलाना बड़े शरीफ, देवता आदमी थे। लेकिन मैं कोल्हापुर के रियासती माहौल में कभी-कभी ग़रीबुलवतनी की हाय से

तड़पकर छाँव पाने के लिए जान-पहचान की एकाध ज़गह में शहर भी चला जाया करता था। लौटने में कभी देर हो जाया करती थी। ताँगेवाले ख़ासतौर पर चौमासे की रात में एकाएक शालिनी सिनेटोन जाने के लिए राजी न होते थे। वह इलाका आबादी से दूर, और साँपों की पैदावार के लिहाज़ से बड़ा उपजाऊ था। भय में भूत तो जुड़ ही जाते हैं। अक्सर पैदल ही लौटना पड़ता था। शालिनी पैलेस और झील किनारे की रोशनी-भरी ज़िन्दगी के बाद जब एक हाथ में टार्च और एक में छड़ी लिये हुए मैं मौत-लोक में क़दम रखता, तो मौलाना की याद आती—वह कितनी सादी और सधी हुई ज़िन्दगी बिताते हैं। और मैं? ग़ुनाह से दबे हुए लेकिन आदत से मजबूर शराबी की तरह रात के ग्यारह-साढ़े ग्यारह बजे जब दोनों तरफ़ घने पेड़ों से छायी हुग्री अँधेरी सड़क से गुज़रता तो वह डग-डग पर दिखाई पड़नेवाले साँपों और न दिखाई पड़ने वाले भूतों के अलावा मेरी लाख-लाख सूझती—अंधी तौबाओं से भर जाती थी। सड़क के दोनों तरफ़ नीचे फैली हुई झाड़-झंखाड़ों से तरह-तरह की सीटियाँ सुनाई पड़ती थीं। तेज़ और दम साधकर बजने वाली सीटियाँ, मद्धिम झनझनाहट से गूँजती हुई सीटियाँ, 'पुक-पुक' की डबल गूँज उठाकर कानों में खौलते तेल-सी टपकनेवाली आवाज़ें, झिल्ली-झींगुरों की लम्बी मनहूस झंकार, मेंढकों की टर्र-टर्र, बीच-बीच में ऊपर से घुग्घुओं और उल्लुओं का कर्कश स्वर साँस को सलाख की तरह खड़ा कर देता था। ऊपर-नीचे, दायें-बायें—हर तरफ़ साँपों का ही डर बना रहता था। सघन पेड़ सड़क को सायबान की तरह ढँके रहते थे, जिसमें चौमासे की बादलों घिरी रात का अँधेरा और भी गहरा होकर सूनी सड़क पर छाता था। पेड़ों की नीची डालों से लिपटकर झूलते हुए साँप भी अक्सर दिखाई पड़ जाते थे, जरा औचक से भी उनके नीचे होकर कोई गुज़र आए तो सीधे ब्रह्माण्ड में ही विष के दाँत गड़ें। अक्सर टार्च की रोशनी में खुश्की की लहरों जैसे बल खाते हुए ये ख़ौफ़नाक कीड़े चमक जाते थे। मैं अपने भाग सराहता कि जान बची।

एक बार टार्च जलाते ही, चार-पाँच क़दम बायें पर एक बड़ा नाग अपनी केंचुल छोड़ता हुआ दिखाई पड़ा। टार्च की रोशनी पड़ते ही उसने तड़पकर फ़न उठाया। उसकी आँखों की चमक मेरी नज़रों को बाँध गई। फिर न जाने कौन-सी बुद्धि समाई कि मैं टार्च बुझाकर वहीं का वहीं खड़ा हो गया। बत्ती बुझा देने से अँधेरे में और भी तबीयत उलझती थी, कहीं पैरों के पास ही न आ गया हो। न रहा गया, टार्च जलाई। नागराज जा चुके थे, उनकी ढाई-तीन फुट लम्बी केंचुल सामने पड़ी हुई थी। सारे डर के

बावजूद उसे उठा लेने को जी चाहा। जल्दी से रूमाल निकाला, छड़ी के सहारे केंचुल उठाकर रखी और उसकी पोटली बाँधकर ले चला।

चलते-चलते रास्ते में ख़याल कहाँ का कहाँ ले गया। मैं सोचने लगा, रूमाल में साँप की केंचुली के बजाय फूलों के गहने हैं, जिन्हें लेकर मैं आपसदारों की निगाहों से छिपता-कतराता पिछवाड़े की गलियों से चाहत की मंज़िल की तरफ़ बढ़ता जा रहा हूँ। मुझे हँसी आ गई।

आकर देखा—मौलाना मेरे ही कमरे में मेज पर आसन जमाए बैठे हैं। मुझे देखते ही बोले, "आ गए पण्डितजी! कसम ख़ुदा की जो आज के बाद फिर कभी देर से लौटे तो अनशन करूँगा मैं। आप यों नहीं मानेंगे।"

मैंने हँसकर कहा, "आपके लिए तजुर्बे की सौगात लाया हूँ, मौलाना।" मैंने रूमाल खोलकर उनके सामने रख दिया। क़िस्सा सुनकर बोले—"मानता हूँ कि आप लखनऊ के हैं।" बातों-बातों में लखनऊ की रंगीनी क़िस्सागोई का फ़न बन गई। रोमान की तवारीख़ के बर्क़ उलटते हुए मौलाना ने एक किस्सा उठा लिया। फ़रमाने लगे :

"मेरे एक अज़ीज़ थे, और बड़े दोस्त भी। ज़मींदारी उनकी सीतापुर में थी, मगर रहना-सहना ज़्यादातर लखनऊ में ही होता था। आप तो ख़ैर, शौक के फूल ही चुनते हैं, मगर वह इश्क़ के बाग के माली थे। उन्होंने घर फूँककर तमाशा देखा। सदा दर्दे-जिगर से ही तड़पते रहे।

एक बार का क़िस्सा बतलाते थे कि उनकी मुलाकात एक लड़की से हुई, नाम था शबनम। उसमें कुछ बात थी जो इनके दिल में घर कर गई। बहुतों-से रिश्ते बने और बिगड़ गए, मगर शबनम गले का हार बन गई। बाला उमर, बड़ी-बड़ी आँखों में बाज़ार की शोख़ी और घर की लाज का संगम लहराता था, जिसे अज़ीज़ कभी पार न कर पाए, पुतलियों की भँवर में सदा के लिए डूब गए।

शबनम नखास की गलियों में किसी ख़स्तादम कोठी के बचे-खुचे हिस्से में बदरिया-ढँके पूनो के चाँद-सी रहती थी, जिसने देखा वही उस गली का होकर रह गया। माँ अपने शबाब के दिनों में कहीं पान की दूकान चलाती थी। एक नवाब की नज़रे-इनायत हो गई, ख़ानगी बनकर लखनऊ चली आई। जब तक नवाब रहे, दौरदौरा रहा। उनके बाद घरवालों ने उसको और शबनम को सब-कुछ छीनकर, रोटी-कपड़ों से भी मुहताज कर, घर से निकाल दिया। रियासत और इज़्ज़त के साथ ज़िन्दगी बसर करने की आदत ने उन्हें बाज़ार में कोठा लेने से तो रोक दिया, मगर पेशा

करने पर मजबूर कर दिया। दलाल के सहारे ख़ानगी कारबार चलने लगा। उम्र पाकर शबनम ने माँ को सहारा दिया। उनकी उम्मीदों के नये सपने बँधने लगे, मगर मौत ने वे सपने पूरे न होने दिए। शबनम पड़ोस के मकान में बड़ी बी की सरपरस्ती में आकर बस गई। बुद्धन दलाल शौकीनों और रईसज़ादों में घूम-घूमकर उसके हाथ के कढ़े तकिये के गिलाफ़, मेजपोश वग़ैरह बेचकर उसकी, उसके बड़े ख़ानदान और ऐशोइशरत की कहानी के बड़े-बड़े दीबाते बाँधता, 'कहाँ तो ये हालत थी कि जिसको अपने हाथ से चुटकी उठाकर दे दी उसका घर पल गया, और आज वही ताजे गुलाब के फूल-सी मासूम बच्ची अपना पेट पालने के लिए मेहनत-मशक्कत करती है।'

मेरे अज़ीज़ से शबनम की मुलाकात तब हुई जब वह बड़ी बी के यहाँ रहने लगी थी। बड़ी बी की कमर और गर्दन से ख़म खाई हुई देह, जिसकी गोरी चमड़ी पर अनगिनत झुर्रियों से उनकी गई-गुज़री जवानी की रूह झाँकती, उस घर के टूटे-फूटे कोठे-दालानों में डाली से गिरे चमेली के फूल की तरह धीरे-धीरे इधर-उधर डोलती हुई बड़ी भली मालूम होती थी। हर किसी के दिल में उनको देखकर इज़्ज़त पैदा होती थी। ताजा बुझी हुई शमा के गुल में मन्दी चमक के मानिन्द बड़ी बी की काँपती हुई आवाज़ का हर पर्दा एक पर्दानशीन दर्द की झलक बनकर सुननेवालों के कानों में समाता। बड़ी बी अक्सर शबनम से कहा करती, 'ज़िन्दगी बखेर बेटा, लेना, खूब खेलना—मगर देखना कि खेलते-खेलते ग़म के पहलू में किसी के दिल का चैन न खो जाए। ख़ुदा न करे किसी की रातें नींद की दुश्मन बन जायें। जज़्बात की सफ़ेद चादर पर पाँव पोंछकर पाँव रखना बिटिया, कहीं दाग़ न लग जाये।'

तब कोई उनकी माड़े से धुँधली पुतलियों को ग़ौर से देखता, तपती हुई बालू पर तड़पती हुई मछलियाँ जिन पर आँसू भी नहीं पिघलते। हर बहार ख़िज़ाँ बनकर बड़ी बी-की झुर्रियों पड़ी धुँधली आँखों में समा गई थी। चेहरा बर्फ़ की तरह सर्द, सफ़ेद। तोड़ने पर बर्फ़ के अन्दर से भी धुआँ निकलता है, लेकिन बड़ी बी का नाता उससे भी टूट चुका था। हर तरह से टूट चुकी थी। उस ज़माने की क्यारी के टूटे हुए गुलाब के फूल-सी मुरझा चुकी थी, जिसकी ख़ुशबू अभी तक लखनऊ की मिट्टी में बसी हुई है।''

मौलाना रुके। मैंने पान पेश किए। दास्तान के नशे में हम दोनों ही झूम रहे थे। पल-भर के लिए भी ख़ुमार के तौर पर शालिनी सिनेटोन के उस

टाट के पार्टीशन लगे एक-ईंटिया कमरे को महसूस करना मुझे अच्छा नहीं लगा। नानी-दादी की कहानियाँ सुनते वक़्त जैसे हुँकारी भरते हैं, मैंने भी कहा, ''हाँ मौलाना, फिर?''

मौलाना ने तकिये का सहारा लिया। पान की गिलौरी मुँह में एक-दो बार इधर-उधर फेरकर गाल में दबाई और कहने लगे :

''हाँ, साहब, तो एक दिन की बात है कि मेरे अज़ीज़ जब पहुँचे, तो पता लगा कि शबनम पास-पड़ोस वालियों के साथ शाहमीना की दरगाह पर चादर चढ़ाने गई है। वह उसका इन्तज़ार करते हुए कुछ देर के लिए बड़ी बी के पास बैठ गए। नवाबी के रंगीन आलम से लेकर आज के ख़ुदगर्ज ज़माने तक उन्होंने बहुत-कुछ देखा-सुना था, कठिन आँचों में तपी थी। ज़िन्दगी के नये-पुराने तजुर्बों का भंडार लुटाते हुए बड़ी बी एक दास्तान सुनाने लगीं। उनकी काँपती हुई आवाज़ धीरे-धीरे बयान कर चली:

'ईद का दिन था, बरस-भर का त्योहार। शाही महलों में बेगमात से मिलने के लिए शहर के बड़े-बड़े अमीरों-उमरा और अच्छे घरों की बहू-बेटियाँ भारी-भारी जोड़े पहनकर डोले-पालकियों पर चढ़ी चली जा रही थीं। महल के फाटक पर पालकियों का ताँता बँधा हुआ था। एक खाली होती है। दूसरी आगे बढ़ती है। कोई अन्दर से मिलकर लौटती है, उसके पालकी के कहारों की पुकार पड़ रही है। चारों तरफ़ 'हटो-बचो' की धूम मची हुई है। दूर-दूर तक डोले-पालकियाँ महलों में जाने के इन्तज़ार में खड़ी हैं। पीछे के कहार आगे वालों को हाँक मार रहे हैं कि जल्दी करो, जल्दी करो।

उसी तरफ़ से बादशाह के एक चचाजाद भाई गुज़रे। घोड़े पर सवार चले जा रहे थे कि एकाएक नज़रें अटक गईं। एक डोले के परदे से किसी गुलबदन की ज़रदोज़ी का काम की हुई लहरियोंदार ओढ़नी का कोन बाहर लटक रहा था। ओढ़नी वाली कितनी अल्हड़ होगी—सोचते ही नवाब का जी लहरा उठा। घोड़े से उतरे, डोले के नज़दीक आए, ओढ़नी ऊँची उठा दी। डोलेवाली ने बाहर किसी का हाथ महसूस किया, तो परदे के नीचे से चार गोरी-चिट्टी हिनाई उँगलियाँ सहमकर बाहर निकल पड़ीं। ओढ़नी अन्दर चली गई, साथ नवाब साहब का दिल भी।

डोलीवाली के लिए तो आई बात पार भी हो गई, मगर नवाब साहब सीतलपाटी ले पड़ गए। दिल में ऐसी जली कि ईद होली-सी दहक उठी। उन चार नाज़ुक उँगलियों वाली का न देखा हुआ भोला-सा मुखड़ा रात के

सितारों में तरह-तरह से नक़्श हो गया। अनजान ने जान ले ली। जिसने देखा, मुँह से हाय निकली, महलों में कुहराम मच गया, नवाब साहब दिन-ब-दिन सूखकर काँटा होते जा रहे थे। लोग घर-घर के पूछते कि क्या हुआ, कुछ तो कहिए कि बात क्या है? बेचारे नवाब फ़क़त आँखों से नीर बहाकर निसाँस ढाल देते। कहते भी क्या? जिसके माशूक का पता न हो, उसके दिल का ठिकाना भी भला क्या पूछिए।

नवाब साहब के हम-प्याला हम-नवाला थे एक मिर्ज़ा साहब। न माने, एक दिन क़सम खाकर इस पर तुल गए कि या तो ग़म में शरीक होंगे, वरना यहीं पर जान दे देंगे। वह दोस्त क्या, जो दोस्त के काम न आए?

बहुत कहने-सुनने पर नवाब साहब ने अपने दिल की बात कही और दोस्त के गले से लिपटकर रोते हुए बोले कि मिर्ज़ा, भला इस पागलपन का भी कोई इलाज है? मगर मैं क्या करूँ? ऐसी घड़ी का रोग लगा है कि जान लेकर ही जाएगा।

मिर्ज़ा बोले, 'आप ये सोग-वियोग छोड़िए, जैसे रहते थे रहिए। मैं वादा करता हूँ, ख़ुदा ने चाहा तो महीने-भर के अन्दर ही जिसने आपको रुलाया है वही पहलू में हँसने भी आ जाएगा।"

मौलाना रुके, कहा, "पण्डितजी, चाय पीजिएगा?"

मैंने कहा, "क़िस्सा पूरा कीजिए, मौलाना। अभी तो मेरी जान भी नवाब के साथ ही वादे की सूली पर टँगी हुई है।" मौलाना मुस्कराए, फिर बँधे ख़याल के नशे में उनकी आँखें लहरा उठीं। कहना शुरू किया, "ख़ैर, जनाब, मिर्ज़ा साहब वादा करके तो चले आए, मगर यह समझ में न आया कि आख़िर इस गुत्थी को सुलझायें क्योंकर? उस दिन सैकड़ों डोले महलों में आए थे। कैसे पता चले कि उनमें लहरियों वाली कौन थीं? शहर में जितने कहारों के अड्डे थे, एक-एक करके सब छान मारे, चारों तरफ़ कुटनियाँ छोड़ीं, हर अमीर-उमरा की महरियों, बाँदियों को मिलाया—सब जतन करके हार गए। किसी तरह भी पता न चला कि लहरियोंदार ज़रदोज़ी की ओढ़नी ओढ़कर कौन चोर महलों में घुसा था, जो नवाब साहब का दिल ले आया। मिर्ज़ा मायूस हो गए। वादे की मुहलत पूरी होने में बस दो ही एक दिन और बचे थे। यही सोचें कि अगर बात न निभा सका तो दोस्त को क्या मुँह दिखलाऊँगा। और ख़ुदा न करे कि नवाब यह सदमा बर्दाश्त न कर सकें, उन्हें कुछ हो गया, तो फिर मैं ही जीकर क्या करूँगा...जी में ठान लिया कि बस आज रात ख़ुदकुशी कर लेंगे।

दिन में घर का एक-एक कोना हसरत-भरी निगाहों से देखा : बेगम के साथ चौपड़ खेली, मीठी बातें कीं, घर के नौकरों-चाकरों को बात-बात पर बख़्शीशें दीं कि मरने के बाद याद करें। शाम को छत पर चढ़े कि बस अब आख़िरी दिन है, दो घड़ी यहाँ बैठ लें...जाने कितनी चाँदनी रातें यहाँ बेगम के साथ प्यार की बातों में गुज़ारी हैं।

ऊपर पहुँचते ही मिर्ज़ा की आँखें चमक उठीं, कलेजा धक् से रह गया। अपने और पड़ोसी के बीच की दीवाल पर कुछ कपड़े फैले हुए देखे, उनमें ज़रदोज़ी की काम की हुई एक लहरियोंदार ओढ़नी भी थी।

मिर्ज़ा उल्टे पाँव नीचे लौटे। बेगम से पूछा, 'ऊपर कपड़े किसके सूख रहे हैं?'

'मेरे।' बेगम ने सादा-सा जवाब दे दिया।

मिर्ज़ा का चेहरा मुर्दों की तरह सफ़ेद हो गया। जी को कड़ाकर फिर पूछा, 'ईद के दिन महलों में क्या यही दुपट्टा ओढ़कर गई थीं?'

'हाँ, क्यों?' बेगम की परेशानी बढ़ रही थी कि मियाँ क्यों पूछ रहे हैं।

मिर्ज़ा साहब ने और भी जी को बढ़ाकर पूछा, 'उस दिन कोई ख़ास बात हुई थी?'

बेगम उलझन में पड़ी। फिर सोचकर कहा, 'और तो कुछ नहीं, मुझसे बेपर्दगी हो गई थी, दुपट्टा बाहर लटक रहा था। कोई शरीफ़ज़ादे बेचारे···'

बात पूरी भी न हो पाई थी कि मिर्ज़ा को गश आ गया। इतनी देर में बेगम पहेलियों के जाल में तड़प-तड़पकर घुट गई। होश आने पर मिर्ज़ा ने बेगम को सब हाल सुनाया, कहा, 'अब तुम मेरे किसी काम की न रहीं। आज ही तलाक़ दूँगा, और आज रात को ही तुम्हें नवाब साहब के महलों में जाना होगा।'

बेगम ने लाख सिर पटका, बहुत रोई कहा, 'यह तुम किस क़ुसूर की सज़ा दे रहे हो मुझे? ऐसा मैंने क्या गुनाह किया है?'

''मिर्ज़ा साहब का कलेजा फटने लगा। बड़ी मुश्किल से अपने ऊपर काबू पाया, बोले, 'दोस्ती का हक़ अदा कर रहा हूँ बेगम, तुम अगर ज़रा भी मुझे प्यार करती हो तो मेरी लाज निभाना।'

यह कहकर तीन बार तलाक़-तलाक़ कहा और नवाब साहब के यहाँ चल दिए। जाकर हँसते हुए बोले, 'भाई जान, मुँह मीठा कराइए, आपकी मुराद बर आई।'

नवाब ने गले से लगा लिया।

उसी रात डोले के साथ मिर्ज़ा नवाब साहब के यहाँ गए। बेगम वही लहरियोंदार ओढ़नी ओढ़कर आई थी। डोला अन्दर पहुँचा दिया गया। नवाब की बाँछें खिली जा रही थीं। बार-बार पागल की तरह मिर्ज़ा को गले लगाकर यही कहते कि तुम्हारे एहसान का बदला किसी क़ीमत से न चुका सकूँगा।

मिर्ज़ा हँसकर बोले, 'पहले अन्दर जाकर अपना जी तो भर लीजिए। मैंने पहचानने में गलती तो नहीं की? फिर मैं इजाज़त लूँ और आप अपना दिल शाद फ़रमाएँ।'

नवाब साहब अन्दर तशरीफ ले गए। ओढ़नी पहचानी। ओढ़नी वाली पर सौ जान से क़ुर्बान हुए। उनके तसब्बुर से कई लाख गुना ज़्यादा वह हसीन थी। मगर उनके जानो-ईमान की मलका फूलों की सेज पर बैठी चौधार आँसू बहा रही थी। बड़ी-बड़ी क़समें दिलाने के बाद राज़ खुला। नवाब ज्यों के त्यों बैठे रह गए। दोस्त ने क्या देकर दोस्ती का हक़ अदा किया है। एक वह है, और एक···

नवाब साहब बाहर चले आए। मिर्ज़ा ने पूछा, 'कहिए, पहचाना?'

'हाँ मिर्ज़ा, पहचाना। तुम भला ग़लती कर सकते हो?···मगर मिर्ज़ा, मुझे वहाँ जाते डर लगता है।'

'डर? और आपको? क्या फ़रमाते हैं नवाब साहब?' मिर्ज़ा ने ताज्जुब के साथ कहा।

'सही अर्ज़ करता हूँ, मिर्ज़ा। मैं जब-जब सेज की तरफ बढ़ता हूँ, अँधेरे में रोशनदान से एक हाथ निकलकर मुझे मना करता है। मैं डरकर काँप जाता हूँ, मिर्ज़ा।'

'मुआफ़ी बख्शें, मगर मुझे आपकी बात पर यकीन नहीं आता नवाब साहब।' मिर्ज़ा सोच में पड़कर बोले।

'तुम ख़ुद ऊपर जाकर देख लो···हाँ, हाँ, बेखटके चले जाओ। भला तुमसे भी कोई पर्दा है?'

दोस्त से इजाज़त पाकर मिर्ज़ा अन्दर तशरीफ़ ले गए। बेगम से पूछा, 'तुमने बेजा जिद तो नहीं की?'

तभी रोशनदान में से एक हाथ झलका। मिर्ज़ा ने फ़ौरन ही तलवार चला दी। हाथ कटकर अन्दर गिर पड़ा।

मिर्ज़ा फ़ौरन बाहर आए, मगर देखा कि नवाब साहब वहाँ तशरीफ़ नहीं रखते। शक हुआ। पीछे जाकर देखा तो उनके कटे हाथ से ख़ून के धारे बह रहे थे।'

'यह क्या किया, नवाब साहब?'

नवाब तकलीफ़ को जब्त कर मुस्कराने की कोशिश करते हुए बोले, 'इसी नापाक हाथ ने दोस्त की बीवी का पाक दामन छुआ था। इसकी यही सज़ा थी, मिर्ज़ा।'

मिर्ज़ा देखते रह गए।'

कुछ देर के लिए हम दोनों ही चुप रहे। मौलाना ने एक ठण्डी साँस ली, ओठों पर दर्द की भीनी मुस्कराहट आई, बोले, ''और क्या आपको यह भी बतलाना पड़ेगा कि यह कहानी बड़ी बी की आपबीती…''

''यह बात तो ख़ैर कहानी शुरू होते ही साफ हो गई थी। क़िस्सा बड़ा रंगीन और दिलचस्प है। दिल पर असर भी करता है…मगर यहाँ कोई ख़ास अच्छा असर नहीं पड़ा मेरे दिल पर। सच कहूँ मौलाना, कहानी मुझे किसी आशिक मिज़ाज लखनवी की रंगीन कल्पना-सी मालूम देती है।''

मौलाना तब तक स्टोव के पास पहुँच चुके थे। शायद उन्हें मेरी बात अखरी। मेरी ओर मुँह घुमाकर बोले, 'मैं तो समझता हूँ कि इस कहानी में एक जबर्दस्त 'मॉरॅल' है, पण्डितजी।''

बात काटकर मैं तुरन्त बोल उठा, ''यही न कि दूसरों की बहू-बेटियों के दुपट्टे पर आशिक होना चाहिए और दोस्ती का फ़र्ज़ अदा करने के लिए कुटने-कुटनियों का जाल बिछाकर उन्हें भगा लाने की तरकीब करनी चाहिए?''

मौलाना अचकचाकर मेरी ओर देखने लगे। ज़ाहिर था कि इस कहानी की बाबत उनकी बरसों की राय पर मेरी बातें कुल्हाड़ी चला रही थीं, और उससे उन्हें तकलीफ़ महसूस हो रही थी। मौलाना जब बहस में उलझते या नाराज़ होते तो वह नकसारे फुलाकर दो-एक साँस झटकार लेते थे, इस बार भी वैसा ही करके बोले, ''पण्डितजी, आप दूसरे ही नुक्ते-नज़र से देख रहे हैं। मेरी राय में दोस्ती की फ़र्ज़-अदायगी ही इस कहानी की जान है—इसका मॉरॅल है। साथ ही उस बेचारी बड़ी बी की दुःखभरी कहानी भी कलेजा मसोसकर रख देती है।''

''मुझे उस पर भी रहम नहीं आता, मौलाना। वाजिदअली कल्चर में पलनेवाले मिर्ज़ा या नवाब को तो मैं नज़रअंदाज़ भी कर सकता हूँ। मगर

जिस शहर में बेगम हज़रतमहल ने औरतों की फ़ौज बनाकर अंग्रेज़ों के छक्के छुड़ाए हों, बड़ी से बड़ी आफ़तों से मोर्चा लिया हो, उस शहर और उस ज़माने की औरत इतनी लाचार हो कि···"

"भई पण्डितजी, मियाँ, दिल देखा करो, यार।" मौलाना स्टोव के पास से उठ आए। उनके चेहरे से दीनता टपकी पड़ती थी। वह मिर्ज़ा, नवाब और बड़ी बी की तरफ़ से दया की भीख माँग रहे थे। मेज के पास आकर खड़े होते हुए बोले, "आप तो वकील की तरह बहस करने लग जाते हैं, किब्ला। अजी, हर औरत हज़रतमहल या लक्ष्मीबाई नहीं बन सकती, उसी तरह जैसे हर मर्द महात्मा गाँधी नहीं बन सकता। हमें इंसान को उसकी कमज़ोरियों के साथ प्यार करना चाहिए। कमज़ोरियाँ न हों, तो इन्सान इन्सान न रहे।"

मौलाना का यह नर्म, हर एक के लिए हमदर्दी से भरा हुआ दिल सौ बातों का एक जवाब बन जाया करता है। जी को यों परस जाता है कि चुप होते ही बनती है। मगर मेरे मन में बात उबल रही थी। फिर भी तैश को सँवारकर ठण्डे मन से मैंने जवाब दिया, "मौलाना, मैं भी कमज़ोरियों का कायल हूँ। ख़ुद भी अनजान में बहुत-सी कमज़ोरियाँ लाद ली हैं। मगर जैसे-जैसे समझ आती जाती है, कमज़ोरियों से लगाव रखने की नीयत भी कम होती जाती है।"

मौलाना मुस्कराए, कहा, "अजी कहाँ? आप तो अभी भी अँधेरी रात में साँप की केंचुल बटोरते फिरते हैं, हज़रत। आख़िर हैं तो आप भी नवाब साहब के ही हमवतन? और जब तक आप ऐसे करम फरमाते रहेंगे, बहुत-सी शबनम और बड़ी बी ज़नाब जूतियों के तुफैल से परवरिश पाती रहेंगी। अच्छा ख़ैर होगा, आइए चाय बन गई।"

मौलाना ने मेरी कमज़ोरी पर छींटा मारकर मन के उबलते हुए हक़ को अपनी जगह पर बिठा दिया, यह सही है, मगर इससे वह ठण्डा नहीं हुआ। बात घुमड़ती रही। रह-रहकर इसी का मलाल होता कि अपनी ही बुरी आदत से मैं मन की सचाई का मुँह बन्द कर देता हूँ। मुझे अपने ऊपर गुस्सा आ रहा था।

चाय बनी, मेरा ध्यान उलझनों के समुद्र में गहरा डूब रहा था। मौलाना मुझे अनमना देखकर जल्द ही अपने कमरे में चले गए। मैं अपनी आदत पर ग़ौर करता रहा, सचमुच मौलाना की मीठी मार ने मुझे आज बुरी तरह घायल कर दिया था।

और यह भी सच है कि यह आदत अब महज एक आदत रह गई है, इसमें वह तड़प नहीं रही जो कभी आठों पहर आह-वाह और हाय की मौजों में लहराती हुई आँखों में रंगीन ख़्वाब के नशे को दुबाला किया करती थी। अब असलियत समझ में आ गई है। फिर भी कभी काम-काज से थककर, अक्ल के दड़बों में पलने वाले तरह-तरह के ख़यालों से ऊबकर जी चाहता है कि अपने-आपको मस्ती से भर लूँ, थोड़ी देर के लिए बेफ़िक्र बन जाऊँ, इतना ख़ुददार हो जाऊँ कि दुनिया की हर चीज़ मेरी परवाह करती नज़र आए। पैसे फेंककर यही खब्त रंगीन मिज़ाजी की सूरत अख़्तियार कर लेता है।

यह आदत लखनऊ की ही देन है। इसे खुशनसीबी कहूँ या बदनसीबी मानूँ कि मैंने अपने बचपन में उस लखनऊ की आख़िरी उड़ती हुई-सी झलक देखी है जिसमें ओढ़नियों पर आशिक होने वाले फ़नकार रहते थे। कनकौव्वों में नोट चिपकाकर उड़ाए जाते थे। शाम को चौक के सँकरे बाज़ार में चिकन के कुर्ते, दुपलिया टोपी, दुपट्टा, धोती, या छकलिया अंगरखा, नुक्केदार दुपलिया, चूड़ीदार पाजामा, पट्टेदार बाल और सुरमई आँखों का मेला लगता था। उनके साथ रेशमी रूमालों से ढँके हुए, मुट्ठियों में भींजते हुए हज़रत बटेर भी तशरीफ़ लाया करते थे। मेहँदी से रची हुई दाढ़ी वाले एक मियाँ जी भी लम्बा कुर्ता और ढीली मोहरी का पाजामा पहने कंधे पर दुपट्टा डालकर पतली-सी संदूकची में इत्र-फुलैल, अंजन, मंजन और मिस्सी के अलावा नये फैशन के पाउडर, लैवेण्डर और 'ओटो दिल बहार' लिए कान पर हाथ लगाकर कोठेवालियों को पुकारा करते थे, ''माशूकाना।...!!...'' गोल दरवाज़े के फाटक पर फूलों के गहने और गजरे लेकर माली अपने बेला, चमेली और मोतिये की वाहवाही में आप ही मगन रहते थे। रईसों के यहाँ शादी-ब्याह के मौकों पर दिनों और हफ्तों तक नाच-गाने और भाड़ों की महफ़िलें हुआ करती थीं। यहाँ साग-सब्जी तक गा-गाकर बेची जाती थी। गली-सड़कों में हर वक़्त बड़े-बड़े तानसेन राग अलापते घूमा करते थे। जगह-जगह मुशायरे होते थे, और अक्सर होते थे। कहीं तीतर लड़ाए जाते थे, कहीं बटेर और बुलबुल। हर तरफ़ मस्ती और बेफ़िक्री का आलम था।

लखनऊ उस वक़्त भी अपनी पुरानी कहानियों से नई ज़िन्दगी में रस पा रहा था। खरबूजे और आमों की फ़सल में घर के बर्तन-भाँड़े और बीवी के सुथने तक बेचकर जबान को रस देनेवाले शौकीन मौजूद थे। अफ़ीमचियों, मदकचियों चण्डूबाजों और निठल्ले गपफरोशों की फ़ौज नये ज़माने से पिट

चुकी थी, मगर मोर्चा नहीं छोड़ा था। जहाँ महफ़िल हो रही हो, वहाँ दरवाज़ों के धक्के और गालियाँ खाकर, चिल्ले के जाड़े में फ़कत मजलिसी रईसों के क़ीमती गर्म कपड़ों के ध्यान में रात काटकर जानों और बाइयों के सुरीले गलों पर निछावर होनेवाले मुफ़लिस तमाशबीन भी देखने को मिल जाते थे। दिवाली की जमघट में कनकौव्वों की क़िस्मों और रंगों की मीलों लम्बी फ़ेहरिस्त लोगों की जबानों पर दौड़ती थी, सवा का तीन, अद्धा, छह का दस, आड़ा-सीधा-पोनतावा, पट्टीकम ताव, कलीदार, मुक्कैशिया, झुल-झुज, बाँची, दमड़ची, जमधड़, खरबूजिया, लँगोटिया, सिंघाड़िया, करौंदिया, तौकिया, मालेदार, लट्ठेदार, पट्टीदार, तिपन्ना, दुपन्ना, दुबाज, चाँदतारा, मौगदार, सुराहीदार और न जाने कितने नाम और क़िस्में। बुढ़िया की दमड़चियाँ मशहूर थीं। यूसुफ हुसैन के बड़े कनकौव्वों की धूम थी। कनकौव्वेबाजी में मुहम्मद हादी, नवाब कजल, छोटे बड़े आगा, फत्तन साहब, बाबू भसड़े, लाला बेलीमल के नाम जवाहरलाल, सुभाष बोस और सरदार पटेल की तरह मशहूर थे। जली खुरशैद और ठाकुर नवाबअली के पेंचों के क़िस्से बखाने जाते थे। लाला मुन्नेलाल काग़ज़ी ने तो पँचखड़ी इमारत इसलिए बनवाई ही कि दिखाव अच्छा रहे, पेंच लड़ाने में सुभीता हो। लड़के लंगड़ और लग्गे लिए दौड़ा करते थे। दिल्ली और कानपुर से मैदान बदे जाते थे, बड़ी-बड़ी शर्तें लग जाती थीं कि फलाँ के हाथ में कनकौव्वा रहा तो दूनी चौपड़ पड़ जाएगी। एक-एक पंच पर वह शोर मचता था कि कानों के पर्दे फट जाएँ। 'अबे झोल है, पेटा है, अबे नीचे घर से, अबे ऊपर घर से, वो कन्नी से मारा, वो काट्टा।' दिवाली में खिलौनों और आतशबाजी की भी धूम रहती थी। गोल दरवाज़े से अकबरी दरवाज़े तक खिलौनों की नुमायश लगती थी, फलों की तश्तरियाँ देखिए तो मालूम पड़े कि डाल के तोड़े रखे हैं, उँगली के पोर बराबर इकन्नी के सोलह पंछी मिलते, सफाई ऐसी कि क्या मजाल नकल और असल में भेद रह जाए। फिर भी बड़े बुजुर्ग कहा करते थे कि अब वह बात नहीं रही। लोग मेवा को याद करते जो मूर्तियाँ बनाने में अपना सानी नहीं रखता था। मास्टर काशीनाथ के खिलौने की सजावट देखते ही बनती थीं। फर्शी आतिशबाजा ऐसी बनती थी कि कपड़े या हाथ पर जलाइए, और बाल बाँका न हो।

मुहर्रम के ताजिये, मर्सिये और इमामबाड़े की रोशनी देखने के लिए दूर-दूर से लोग आते थे। क्वार में सआदतगंज की झाँकियाँ, नौटंकियाँ और रहस-भरथरी की धूम मचती थी। दुर्गा टुंडे ऐसी भरथरी खेलते थे

कि जब मरे तो शहर-भर की मंडलियाँ उनकी लाश के साथ नाचती-गाती हुई गईं। सुबह की चली अर्थी रात के दो बजे गुलाल्ले के मशान पहुँची। पार की इन्दर सभा मशहूर थी। ख़यालबाजों में लखनऊ के कलगीवाले सरनाम थे। शम्भू शायर खड़ी के घराने के बाबा मयाराम और हाफिज अहमद अली जहाँ चंग लेकर बैठ जाएँ, वहाँ तिल रखने की जगह न मिले। लखनऊ कलावन्तों का घर था। पाँड़ों खिलौना और फजल हुसैन जिस महफिल में न हों, वह महफिल वीरान, नक्कालों में बड़े पेटवाले क़दर और मुकद्दर न हों तो हँसी के फव्वारे कैसे छूटें?

कहीं नाच होता तो लोग बिन्दा-कालका की जोड़ी को याद करते थे। तवायफें बिन्दा महाराज का नाम लेकर पैरों में घुंघरू बाँधती थीं।

बाँकों का बाँकपन निकालकर गो उन्हें सींका कर दिया गया था, मगर शरीफों के लड़के उनके डर से तब भी अकेले घर से निकल नहीं पाते थे। उनके क़िस्से तो अभी दो-तीन बरस पहले नब्बन इक्केवाले से सुने थे : 'हुजूर, यह शहर ही बाँकों का है। एक से एक नामी उस्ताद यहाँ पर हो गए हैं। सौ-सौ पट्ठों को साथ लेकर बाजार में निकलते थे। बड़े-बड़े रईस तक उनसे थर्राया करते थे बंदानवाज।'

यहाँ एक हरनासिंह महराज हो गए हैं, हुजूर। बिरहमन थे। एक ही फिकैत। और तमंचा तो ऐसा चलाते थे कि उड़ती चिड़ियाँ भूनकर रख दें। एक हुजूर बाजार में बैठे थे तो उधर से शाहजी की सवारी निकली। और शाहजी का यह हाल था गरीब-परवर, कि शहर के सबसे बड़े सेठ-बाशश। तक उनकी इज्जत करते थे—हुजूर अल्ला, आपको जीता रखे—जी हाँ। तो वह तामझाम में चले जा रहे थे, पचास सिपाही साथ में। बड़े रुआब थे उनके हुजूर, बड़ा दबदबा था। कुछ लहर आ गई तो बैठे-बैठे मूँछों पर हाथ फेर लिया। ऐ हैं, बस कुछ न पूछिए बन्दानवाज, इस जरी बात में गोलियाँ चल गईं। शाहजी का दस्ते मुबारिक हुजूर मूँछों से पलटा भी न होगा कि दन्न से गोली दाग दी हरनासिंह महराज ने। वह तो कहिए किस्मत के धनी थे, बच गए, गोली तामझाम में बने शेर को लगी वरना ढेर हो गए होते। नम्बरी निशानेबाज थे, सरकार। लखनऊ के बाँके थे—उस्तादों के उत्साद—उनसे बर्दाश्त नहीं हुआ हुजूर कि कोई उनके सामने मूँछों पर ताव देके निकल जाए। वह उस वक़्त के बाँकों की आन थी। क्या मजाल कि उनके सामने कोई टेढ़ी-तिरछी टोपी पहनकर निकल जाए, उनके मनपसंद का जामा-जोड़ा पहन ले या उनके सामने मूँछों पर ताव फेरे। मगर शाही हुक्म के आगे हरनासिंह भी कुछ नहीं थे, हुजूर। मुश्कें कसवा दी गईं

उनकी। भरे दरबार में जाने आलम ने कोतवाल से फरमाया कि क्या देखते हो, सूली पर चढ़ा दो फौरन। अल्ला आपको जीता रखे मालिक, अब जरी शाहजी का जिगरा भी फरमाइएगा। लचक के उठे, झुक के ताजीम की, और अर्ज करने लगे कि आलीजाह, मेरी तो दोनों आँखों का सवाल आ गया है। इधर देखता हूँ तो जहाँपनाह का हुक्म हो चुका है, किसकी मजाल कि फौरन अमल न करे, और उधर नज़र जाती है, तो हुजूर मेरे पुरोहित की जान जाती है।

बादशाह सलामत ने उन्हें छोड़ दिया हुजूर। ऐसे इकबाल के आदमी थे। अरे हुजूर, इन्हीं हरनासिंह का किस्सा है कि पीर बुखारे में बाश्शा के साले रहते थे। पंचभैयों के नाम से मशहूर थे। अपने यहाँ काप्तैन का जुआ कराते थे, बन्दानवाज। उनका यह कायदा था कि खुद जीते तो कोई बात नहीं, और जो कोई दूसरा जीता तो उसे जान से मारकर रुपया छीन लेते थे। बाश्शा के साले थे, इसलिए उनका कोई कुछ बिगाड़ तो सकता नहीं था, जो चाहते थे कर गुजरते थे। मगर हरनासिंह महराज उनसे भी रुपया ऐंठ लाते थे, हुजूर। एक हाथ में तमंचा और एक में कौड़ी लेके खेलते थें, सरकार।

हमारे वालिद बतलाया करते थे, और कुछ तो सरकार, हमने भी देखा है कि गदर के बाद अंग्रेजी सल्तनत तोपों के जोर से कायम तो हो गई, मगर जम न सकी। यहाँ बाँकों का राज था। अच्छे-अच्छे रईसों के पलस्तर उखाड़ डालते थे। बाँका कहलाना शान की बात समझी जाती थी, हुजूर। वे लोग बात की आन भी निबाहते थे। जिसका नमक खाते थे, उसका अदा भी करते थे हुजूर। ननकऊ, सनकऊ तीन भाई थे हुजूर, ···कायस्थ बड़े बेढब। हाजी बेगम के यहाँ कुड़की आई तो उन्होंने तीनों को दरवाजे पर बिठा दिया। लौट गए कुड़कीवाले। बड़े जुल्म करते थे हुजूर। उस वक़्त में लड़कों का खूबसुरत होना गुनाह था। आए दिन खूनखराबे होते थे शहर में। उस्ताद सुभानखाँ, बुद्धूखाँ, ज्वालेमस्त उस्ताद, शिद्दी गुलामअली—हाकिम इनके नाम से घबराते थे। गरीब परवर। यह तो कहिए कि एक अंग्रेज कमिश्नर आया, हुजूरेआली। उन्हीं ने चाल चली। उन्हीं ने एलान करवाया कि हुकूमत लखनऊ के बाँकों के करतब देखना चाहती है। इनाम और सनदें बाँटी जाएँगी। सबके सब जमा हो गए हुजूर। और वहीं घेर लिए गए। तब से शहर में अमन कायम हुआ है, अल्ला आपको जीता रखे।

गदर का आँखों-देखा हाल सुनानेवाले जईफ भी उस वक़्त मौजूद थे। आलमबाग की लड़ाई, सिकन्दरबाग, दिलकुशा, शाहनजब, कदमरसूल, बेगम कोठी और सआदतगंज के मोर्चों के हाल, राजा बालकिसन, मौलवी अहमद शाह, विदेही हनुमान, बेगम हज़रतमहल और उनकी जनानी फ़ौज की बहादुरी के क़िस्से और शहर के क़त्ले-आम का आँखों-देखा हाल सुनकर रोंगटे खड़े हो जाते थे। क़िस्से जो उस छोटी उम्र में सुने थे···काश, आज उसी तरह याद रहते तो गदर की कुछ जिन्दा तस्वीरें पेश कर सकता।

हमारे मुहल्ले में छोटी कालीजी के पास एक बूढ़े लाला रहा करते थे। सौ के करीब उनकी उम्र थी। घर में कोई नहीं था, घर खंडहर हो रहा था। सामने वाला बैठका और वह दालान जिसमें कि रसोई करते थे, उसे छोड़कर घर की हर कोठरी दालान और छत मिट्टी की पुरानी गुड़गुड़ियों से अटी पड़ी थी। सुबह सात बजे बासी गुड़गुड़ी पीकर आधा फलांग दूर बड़ी कालीजी के बाजार से नई गुड़गुड़ी लाने के लिए अपने घर से चल देते थे, और दस-ग्यारह बजे से पहले कुम्हार की दूकान तक पहुँच नहीं पाते थे। क़दम-क़दम पर बच्चे, बूढ़े, जवान, सब उन्हें टोंकते कि 'लाला, चौक चलोगे?' और लाला वहीं पर रुककर कहनेवाले को, साथ ही अंग्रेज़ों की माँ-बहन और सात पुश्त को गालियाँ सुनाने लग जाते थे। रास्ते-भर एक मिनट के लिए गालियों का ताँता नहीं टूटने पाता था।

गदर के बाद से लाला ने चौक का बाज़ार नहीं देखा था, इस डर से कि कहीं वह भी न बदल गया हो। गदर में अंग्रेज़ों ने उनके घर में घुसकर उनको और उनके लड़कों को खम्भों से बाँधकर उन्हीं की आँखों के सामने घर की बहू-बेटियों को बेइज्ज़त किया था। बाद में बाप-बेटों को गोली मारकर, सामान लूटकर चले गए। बहू ने अपने पति के निए साधा गया निशाना लेकर जान दी। पति फिर भी न छोड़ा गया, दूसरी गोली ने उसकी भी जान ले ली। बड़ी लड़की ने कुएँ में कूदकर जान दी, छोटी का पता नहीं क्या हुआ। लाला बदनसीबी से जखमी होकर भी बच गए।

उस जमाने के शरीफजादों की तरह गो मुझे भी वर्षों तक अकेले घर से बाहर निकलने का मौका नहीं मिला, गली-बागों में खेलनेवाले हम उम्र लड़कों को अपने घर से ही हसरत-भरी नज़रों से देखकर रह जाता, फिर भी समय की छाप मुझ पर ज़रूर पड़ी। बहुत-सी कहानियाँ बहुत-सी पहेलियाँ मेरे अकेलेपन का खिलौना बनकर ज़िन्दगी में समा गईं। इसीलिए जब उम्र पाकर आज़ादी हासिल की तो संगी-साथियों में दोनों तरह के लोगों को चुन लिया।

नसीरुद्दीन हैदर, वाजिदअली शाह, शबनम, बड़ी बी और बाँकों के शहर में, गालियाँ लिखी हुई दीवारों के मुहल्ले से निकलकर दूर-दूर तक फैली हुई हरियाली की तरह ही बड़ी दुनिया में भी लखनऊ की खूबियों को पहचाना। मीर तकी मीर, इन्शाह, नासिक, आतिश, अनीस, दबीर, मीर हसन, दयाशंकर नसीम, मिर्ज़ा जौक, शरसार, चकबस्त, और आरजू ने लखनऊ की सैर की, बैनी प्रवीन और विशाल के साहित्य की कच्ची कड़ियों को मज़बूत बनानेवाले शिवनाथ शर्मा, पुरन्दर, मिश्रबन्धु, रूपनारायण पाण्डेय और महाकवि निराला की अटूट लगन से नया जोश लेकर रामविलास शर्मा के साथ आगे बढ़ा। दूसरी तरफ़ कुछ ऐसे भी साथी मिले, जो जज़बात के फूलों की पंखुड़ियाँ नोंच-नोंचकर उन्हें हवा में तितलियों की तरह उड़ाते चलते थे।

मेरी नई जवानी के साथियों में ऐसे भी एक सिनरसीदाखाँ साहब थे जिनकी सुरमई आँखों में पुराना लखनऊ लहराया करता था। खाँ साहब ने गो कभी किसी उस्ताद से नाच नहीं सीखा था, मगर जब बैठकर भाव बतलाते थे तो अच्छी-अच्छी नाचने वालियाँ भी पानी-पानी हो जाती थीं। फ़रमाया करते थे : ''यहाँ वालों में बस एक ही ऐब है—नज़र का ऐब। इसीलिए लखनऊ बदनाम है। मगर क्या ऐब है, बन्दानवाज़। बकौल शायर के :

खुदा आबाद रखे लखनऊ को फिर गनीमत है—
नज़र कोई न कोई अच्छी सूरत आ ही जाती है।''

एक लफ़्ज 'लखनऊ' में ये तमाम तसवीरें सिमटकर सदा मेरे साथ रहती हैं। आदमी अपने माहौल से जुदा होकर कुछ भी नहीं। वह जिस जगह रहता है वहाँ की आबो-हवा, कुदरत के नजारे, वहाँ का इतिहास, रीति-रिवाज, रहन-सहन सब-कुछ जाने-अनजाने तौर पर उसके जीवन का अंग बन जाता है। वह उससे अपने को अलग करके रह ही नहीं सकता।

तब क्या अपनी ख़ूबियों और ख़ामियों के साथ जिस हद तक मेरा विकास हुआ है, वही आख़िरी सीमा है? लखनऊ जैसा है, वैसा ही रहेगा? पहली शंका जितनी ही निराश करनेवाली थी, दूसरी उतनी ही आशावान साबित हुई। मोह का मारा आदमी अक्सर अपने बारे में साफ नहीं सोच पाता, दूसरे की मिसाल के आइने में खुद को देखकर असलियत को पहचानना उसके लिए आसान होता है। जब लखनऊ के विकास को लेकर सोचने लगा तो महसूस किया, लखनऊ बदला है। मेरे देखते ही देखते

लखनऊ बहुत बदला है। उसने तरक्की की है। जिन गलियों में कभी सूरज की रोशनी नहीं पहुँची, वहीं अब उर्दू-हिन्दी के अख़बार पहुँचने लगे हैं। लोग अपने और दुनिया के गहरे नाते को नई नज़र से देखने लगे हैं। लखनऊ नवाबों से पहले मण्डी के रूप में अपनी अहमियत को अब भूल चुका है, नवाबी जमाने का रंगीन नगर भी महँगाई के बमों की मार खाकर खण्डहर हो चुका है, नया लखनऊ राजनीतिक चेतना लेकर आगे बढ़ा है, यू० पी० की राजधानी होने के नाते ही उसने नई अहमियत, नई ज़िन्दगी पाई है।

यह सही है कि पुरानी परम्पराएँ हर सतह की ज़िन्दगी पर गहरा असर डालती हैं। महाजनी सभ्यता की मिठास, मिलनसारी, दुनियादारी के व्यौहारों की कुशलता और चतुराई अवध की सामन्ती सभ्यता के संस्कारों के साथ समान भाव से शहर की तहजीब व तमद्दुर पर गहरा असर डालती हैं। विशाल मैदान, अवध की बड़ी ही उपजाऊ धरती यहाँ के लोग-लुगाइयों को सहज मस्ती से भरा मन देती है। मस्ती, बेफ़िक्री, कल्पनाशीलता यहाँ का आम स्वभाव है। इसके साथ ठाकुरशाही, खुद्दारी और अक्खड़पन एक तरफ़ और दूसरी तरफ़ बनियापन की कायरता यहाँ की आम जनता में घुल-मिलकर अनेक रूपों में झलकती हैं। ये दोनों रंग एक होकर कहीं झूठ, शेखीखोरी, लफ़्जों की लड़ाई, बेशर्म और निहायत ही टुच्ची ज़िन्दगी के नमूने पेश करते हैं, और कहीं शराफ़त, आनबान, दरियादिली, निडर तबीयत और बुलन्दख़याली बख्शते हैं।

मुगल साम्राज्य की शक्तियों के बिखरने पर पतन के जमाने में लखनऊ कस्बे से शहर बना था। कस्बा भी ऐसा जो बड़ी पुरानी मण्डी होने की वजह से बेशुमार दौलत का धनी था। नवाबों ने लखनऊ के, और लखनऊ ने नवाबों के चलन में कहीं समानता पाई, कहीं दोनों ने एक-दूसरे पर असर डाला। एक नई लखनवी सभ्यता ढली। इसमें जहाँ कई तरह के फ़न और हुनर चमके, अवध के आला दिमाग का पता चला, वहाँ साथ ही साथ कनकौव्वेबाजी, चंडू बाजी, रण्डीबाजी वगैरह तरह-तरह की बाजियों पर इन्सान के दिमाग़ की रचनात्मक शक्तियों की बाजी लगा दी गई, उनका बलिदान कर दिया गया।

हाँ, एक बात जो ख़ासतौर पर वाजिदअली शाह के जमाने में बड़े मार्के की हुई, वह यह थी कि हिन्दू-मुस्लिम संस्कृतियाँ मिलकर शहर को नई चेतना दे गईं। होली, दीवाली, मुहर्रम समान रूप से नगर के त्यौहार बने। मस्ती में उरूज की यह मिसाल—हिन्दू-मुस्लिम-एकता इस शहर की

अनूठी खूबी है। दरियादिली, एकता और कला के प्रेम से इस शहर में इंसानियत की देवी का सिंगार हुआ है। इंसानियत का यही रूप इस शहर की उन्नतिशील आत्मा है। यही उसके विकास की शक्ति है।

मन को लगा कि यही स्वभाव अपने असली रूप में मेरे भी विकास की आत्मा हो सकता है—होगा—है। दिमाग की गुत्थी सुलझने के आसार नज़र आए। आदतें स्वभाव के सहारे अमरबेल-सी चलती हैं, और उसकी शक्ति लेकर खुद ही फूलने-फलने लगती हैं—खुद स्वभाव बन जाती हैं। मगर यह नकली स्वभाव फौरन ही अपनी असलियत की थाह पा जाता है, जब कि जमाने की कद्रें बदलती हैं, शहर और समाज बदलता है, इंसान बदलता है। गलियों के दायरे में रहकर मेरी ज़िन्दगी कुछ और थी, मेरे ख़याल कुछ और थे। ज्यों-ज्यों बाहर की दुनिया देखता गया, नये-नये प्रान्तों और नगरों की संस्कृतियों से जान पहचान बढ़ती गई, संस्कृति की अनेकता और एकता का गहरा सम्बन्ध समझ में आता गया, मेरे विचार बदले, आदतें बदलीं, ज़िन्दगी बदल गई।

यह सब होते हुए भी मैं एक जगह कतई न बदल पाया। मेरा मनोरंजन और मेरे सिद्धान्त दो अलग-अलग जगहों से रस पाते रहे। इंसान की आर्थिक, राजनीतिक और सामाजिक बराबरी को मानकर भी मैं उस पर अमल कहाँ कर पाता हूँ। अपनी सुख-सुविधाओं के लिए दूसरों की आर्थिक दासता को कुबूल करता, और दूसरों से करवाता हूँ। ये दो विरोधी बातें जब आपस में टकराती हैं, तो मैं चिड़चिड़ा उठता हूँ। समझौते की भावना इसी चिड़चिड़ाहट को ठण्डा करने के लिए आती है। और समझौते के माने ये हैं कि जहाँ हो, वहीं खड़े रहे। इस बन्धन में रस कहाँ, और रस बग़ैर आनन्द कहाँ, जीवन कहाँ?

मैं और मेरा शहर बहुत बदलकर भी, बहुत तरक्की कर लेने के बाद भी, इसी बन्धन में जकड़ा हुआ है। संस्कृति के अनेक अंगों को कमाल की हद तक कलात्मक बारीकियों से सजाकर भी हम उसका इस्तेमाल उन चंद लोगों को खुश करने के लिए करते हैं, जिन्होंने अपनी दौलत के असर से समाज को बाँध रखा है। हमारी कलाएँ सिर्फ व्यक्ति को खुश करने में ही अपनी तमाम खूबियों को निछावर कर देती हैं। और जो कलाकार सिर्फ़ अपनी कला को ही रिझाता है, उसे समाज से रोटी-कपड़ा मिलना दूभर हो जाता है। इस महाजनी-सामंती सभ्यता के संस्कार अपनी खूबियों को वैसे ही लील जाते हैं, जैसे नागिन अपने बच्चों को। कसरत, कुश्ती का शौक बाँकपन बन जाता है, नृत्य संगीत, शिल्प, साहित्य, चित्रकला—सब रईस

की विलासिता के जरखरीद गुलाम बनकर पूरे समाजी जीवन की कद्रों पर गहरा असर डालते हैं।

मगर इन सबको बदलना होगा। क्या मैं इन्हें नहीं बदल सकता? क्या मैं अपनी कमज़ोरियों के ऊपर नहीं उठ सकता?

"I can, I can." मैं अंग्रेज़ी में बड़बड़ा उठा। मेरा निश्चय विदेशी भाषा में ढलता है। इससे खुद अपने-आप पर ही ज़ाहिर हो रहा है कि मेरा निश्चय अपना नहीं—दिल का नहीं—सिर्फ़ दिमाग़ का है, विचारों का है। उफ रे इंसान की मजबूरी! उफ रे मेरी नज़र का ऐब!

इसी नज़र के ऐब ने, जिसे मैंने कभी बड़े शौक से दिल के काबुक में बटेर की तरह पाला था, आज मौलाना के सामने लाजवाब कर दिया। मन की बात मन ही में घुमड़कर रह गई। यह नज़र का ऐब अब महज एक हविस की तरह पलता है और मेरे मन से पूजा पाने वाली हज़रत-महल और लक्ष्मीबाई की मूर्ति को खंडित कर उनकी जगह शबनम और बड़ी बी पर तरस खाने के बहाने अपनी प्यास को बढ़ावा दिया करता है।

रात करवटों में ही बीती।

●

●

सुबह पाँच बजे टैक्सीवाले ने रोज़ की तरह आकर दस्तक दी। उन दिनों फ़िल्म की शूटिंग न होने के सबब से रोज ही टैक्सी पर कोल्हापुर के आसपास के दृश्य देखने निकल जाता था। एक बार अलसाया, मगर फिर चल पड़ा।

सड़क और पहाड़ियाँ झीनी फुहारों के धुँधलके से भरी हुई थी। ठण्डी मजेदार हवा रात की कोरी आँखों को लोरियों-सी छू रही थी। टैक्सी की तेज़ रफ़्तार की गूँज कानों में भरने लगी। सिर की झनझनाती नसों को आराम मिला, ठण्डक पड़ी। झपकी आ गई।

मोटर का हार्न बजा, मेरी नींद खुल गई। इतनी-सी देर में ही बड़ा सुख मिल गया, मन में ताज़गी आ गई। आँख खुलते ही मैं सीधा टिककर बैठ गया। सामने, एक पहाड़ी नाले पर बना हुआ एक छोटा-सा पुल था। पुल की ऊँचाई तक बढ़े हुए पेड़ों के सघन कुंज। सड़क की ऊँची सतह पर, और नीचे घाटियों में खेत और छोर तक फैली हुई हरियाली, झोंपड़ियों से निकलता हुआ धुआँ फुहारों से टकरा लेकर ऊपर उठ रहा था।

मोटर का हार्न फिर बजा। दो बैलगाड़ियाँ खड़-खड़ करती छोटी-सी सड़क को बड़े जोरों में घेरे चली आ रही थी। मोटर के हार्न ने उन्हें बतलाया कि अभी स्वराज नहीं हुआ। गाड़ीवान ने हड़बड़ाकर 'टिख-टिख', 'हिला-हिला' की। घंटियाँ बड़ी मस्ती के साथ टुनटुनाकर बैलों से झूमती-झूमती हुई मेरे कानों के पास से गुज़र गई और गाड़ियो के निकलते ही टैक्सी कोल्हापुर के पास से होकर बहनेवाली पंचगंगा नदी के पुल पर आ गई, मुझे बड़ी खुशी हुई। बरसात में नदी का बहाव तेज़ था।

गोमती से लखनऊ और लखनऊ से रात की बात--याद की कड़ियाँ जुड़ीं, दिमाग़ फिर मन की चिन्ता समेटने लगा।

बुझी हुई चौकोर कंदील को हाथ में लिये हुए एक आदमी और उससे एकदम ही सटकर एक औरत चली जा रही थी। मुझे अपने बच्चों की याद आ गई। मैं मुड़कर उस जोड़े को देखने लगा। सड़क पर छाया हुआ बारिश का धुँधलका और पुल के नीचे से पंचगंगा का एक कोना झलक रहा था—इस बैक-ग्राउण्ड में उस जोड़े की सिलुएट सरीखी वह छवि मुझे बड़ी ही अच्छी लगी। बरब्स अपनी पत्नी की याद आ ही गई। शर्म से आँखें यों झप गईं, जैसे वह मेरे पास ही बैठी हों। नज़रें दूसरी तरफ़ देखने लगीं। सड़क के बाईं ओर दो पेड़ों का सहारा पाकर फैलती हुई अमरबेल को देखा। दोनों पेड़ों पर बुरी तरह छाकर वह बीच में झूले की पटरी की तरह लटक रही थी। उन दरख़्तों के पीछे एक झोंपड़ी, उसके सामने एक बैलगाड़ी रखी हुई, वहीं मुर्गे का एक जोड़ा पास-पास चुग रहा था।

अपने गुनाह से बचने के लिए दिमाग़ उपन्यास और कहानियों की कल्पना में बहने लगा। मैंने राहत महसूस की, और उसे बढ़ने दिया। कल्पनाएँ और विचार मोटर की रफ्तार के साथ ही स्पीड पकड़ने लगे।

खेत के किनारे एक दो-ढाई साल का बच्चा नंग-धड़ंग नाच रहा था। उसकी मस्ती ने रोम-रोम में आनन्द की लहरें उठा दीं। तरह-तरह की तसवीरें तेजी से मन में झलकने लगीं। सोचने लगा, किसी फ़िल्म कहानी का हीरो पिकनिक पार्टी में ऐसी झीनी फुहारों से खुशनुमा मौसम में खड़ा होकर नाच रहा है। सब उसकी मस्ती पर हँस रहे हैं, हीरोइन भी हँस-हँसकर रीझ रही है। फिर ख़याल आया, नहीं, ऐसी मस्ती का इस्तेमाल किसी ड्रामाई घटना के साथ हो। मान लो, हीरोइन मर गई है, हीरो श्मशान में नाच रहा है। या मान लो, कोई भी सिचुएशन हो जैसे···जैसे···रोम जल रहा है, और हीरो खड़ा बीन बजा रहा है। शहर के जलने का सीन जबर्दस्त बनेगा, पर हीरो बजाय बीन बजाने के अगर नाचे तो अच्छा होगा।

कल्पनाएँ टेढ़ी-मेढ़ी गलियों में होती हुई न जाने कहाँ की कहाँ पहुँच गई। हर तस्वीर सजती, मन को थोड़ी देर के लिए लुभाती। फिर उससे जी ऊब जाता, मन नई तस्वीर खोजता। तस्वीरों में से पात्र की मस्ती और बेफ़िक्रापन ग़ायब हो गया, सिर्फ नृत्य का ही भाव रहा। नृत्य भी हो सकता है···''नटनम अडिना—र···'' मन में दक्षिणी स्वर और ऑरकेस्ट्रा गूँज उठा। फिर सोचा, नहीं नटराज के बजाय कत्थक नाच हो। बड़ी महफ़िल में हो। उँ—हुँ, अ े ले हीरो ही बैठा है—मैं बैठा हूँ। लखनऊ में हूँ। सिकन्दर नाच रही है :

> हटो छेड़ो न कन्हाई।
>
> काहे की रार मचाई॥
>
> पकड़ो न सारी मोरी, हटो-चलो, जाओ···

गेहूँए रंग की बड़ी-बड़ी आँखोंवाली, कमानदार भवें, पतले होंठ, लम्बी-नुकीली नाक, पतली कमर जैसी वाकई कम देखने में आती है, बड़ी सुडौल जिस्मवाली···मैं उसे सर सिकन्दर कहकर पुकारता था। मगर शरीर से वह जितनी ही सुन्दर थी, दिमाग़ से उतनी ही कुन्द। नाच अच्छा जानती थी, पर उसमें जान नहीं डाल पाती थी। उसके मुक़ाबिले में बड़े मुनीर···

नाम ध्यान में आते ही रस आ गया। गोल चेहरा, चेचक होते हुए भी हसीन लगती थी, छोटे-छोटे कत्थे से रँगे दाँत, आगे के दो दाँतों में सोने की कीलें चमकती थीं। ठोड़ी पर देहाती क़िस्म का फूल गुदा हुआ, गाँठ-गठीली-सी, लम्बी चोटीवाली। उसमें अदब की रंगीनियत थी, गालिब पर जी-जान से फ़िदा···ओफ। कैसी बुरी मौत पाई बेचारी ने। सिफलिस से सारा बदन सड़ गया था, ओठ और नाक का हिस्सा तक जल गया था। हे भगवान्।

पुरानी याद से रोम-रोम सिहर उठा। मन बेहद गिर गया। गहरा डूब गयी। फिर झुंझलाहट पैदा हुई, कहाँ से कहाँ सोच गया। सारी मस्ती ग़ायब हो गई। वह रस जो खेल में नाचते हुए बच्चे से पाया था, अब मेरा होकर ज़हर बन गया।

मैं थक गया। बेदम हो गया।

फिर बड़े मुनीर की आख़िरी हालत की तस्वीर के साथ मौलाना की बात याद आई, ''जब तक आप ऐसे करम फर्मा रहेंगे···'' मगर यह कौन-सा करम है जो मैं या मेरे ही जैसे ख़ुदगर्ज रंगीन मिज़ाज समाज के ऊपर

करते हैं? यह कौन-सा रस है, जिसके पीछे एक शहर के कल्चर की सारी शक्तियाँ लगा दी जाती हैं? कुटनियाँ, गुण्डे, शोहदे, दलाल, मेरे और मेरे ही जैसे लोगों के रस की परवरिश करने के लिए न जाने कहाँ-कहाँ से औरतों, लड़कियों को भगा कर लाते हैं। उनके ऊपर बला के ज़ोर-ज़ुल्म करते हैं, दिन-भर मज़दूरनी की तरह उनसे काम-काज करवाते हैं, हमें रिझाने की तालीम देते हैं और रात में···कभी-कभी तो एक रात ग्यारह-ग्यारह आदमी···।

बड़े मुनीर का ऐसा ही हाल हुआ। जब बीमार पड़ी तो उसके तन की कमाई खानेवाला राक्षस दल उसे छोड़कर चला गया। मैं महसूस करने लगा कि इस पेशे को बढ़ावा देनेवाला मैं भी जाने-अनजाने तौर पर उसकी दर्दनाक मौत का जिम्मेवार हूँ। ओढ़नी पर आशिक होने वाला लखनऊ बड़े मुनीर का हत्यारा है?

इस नज़र से अपनी बुराई पहले कभी नहीं देखी थी। अपनी ही नज़रों में मैं मामूली गुनहगार नहीं, बल्कि हत्यारा बन गया था। मेरा सारा पढ़ना-लिखना, सोचना, मेरा आदर्श, फलसफा सब बेकार था। मैं झूठा साबित हुआ।

बरसों बाद मेरा संगदिल पिघलकर पानी-पानी हो गया।

गाड़ी गैबी पीरघाट पहुँच चुकी थी। मोटर से उतरकर ऊँची पहाड़ियों के साये में मैं खड़ा हो गया। क़ुदरत की हर शै मुझ पर फटकार बतला रही थी। पीर की मज़ार पर मैंने रो-रोकर कसम खाई—''अब नहीं। अब नहीं।''

●

दो आस्थाएँ

''अरी कहाँ हो? इन्दर की बहुरिया!''—कहते हुए आँगन पार कर पण्डित देवधर की घरवाली सँकरे, अँधेरे, टूटे हुए जीने की ओर बढ़ीं।

इन्दर की बहू ऊपर कमरे में बैठी बच्चे का झबला सी रही थी। मशीन रोककर बोली, ''आओ, बुआजी! मैं यहाँ हूँ।''—कहते हुए वह उठकर कमरे के दरवाज़े तक आयी।

घुटने पर हाथ टेककर सीढ़ियाँ चढ़ते हुए पण्डिताइन इस क़दर हाँफ रही थीं कि ऊपर आते ही जीने के बाहर की दीवार से पीठ टेककर बैठ गईं।

इन्दर की बहू आगे बढ़कर पल्ले को दोनों हाथों की चुटकियों से पकड़ सात बार अपनी फुफिया सास के पैरों पड़ी।

''ठंडी सीरी बूढ़, सुहागन, दूधन नहाओ पूतन फलो—'' आशीर्वाद देती हुई पण्डिताइन रुकीं, दम लेकर अपने आशीर्वाद को नया बल देते हुए कहा, ''हम तो, बहुरिया, रात-दिन यही मनाएँ हैं। पहलौठी का होता तो आज दिन ब्याह की फिकर पड़ती। (दबी आह) राम करै, मारकण्डे की आर्बल लैके आवै जल्दी से। राम करैं, सातों सुख भोगो, बेटा।''

इन्दर की बहू का मुख-मंडल करुणा और श्रद्धा से भर उठा, पलकें नीची हो गयीं। फुफिया सास की बाँह पकड़कर उठाते हुए कहा, ''कमरे में चलो बुआजी।''

''चलो, रानी। तनिक सैंताय लिया, तो साँस में साँस अमायी। अब हमसे चढ़ा-उतरा नाहीं जाय है बेटा। क्या करैं?''

बुआजी उठकर बहुरिया के साथ अन्दर आयीं। मशीन पर नन्हा-सा झबला देखकर बुआजी ने अपनी भतीज-बहू को ख़ुफिया पुलिस की दृष्टि से देखा, फिर पूछा—''ई झगला...''

''दूधवाली के बच्चे के लिए सी रही हूँ। चार बिटियों के बाद अब के लड़का हुआ है उसे। बड़ा शुभ समै है बिचारी के लिए।''

''बड़ी दया-मामता है बहू तुमरे मन में। ठाकुरजी महाराज तुमरी सारी मनोकामना पूरी करैं। तुम्हें औ इन्दर को देख के ऐसा चित्त परसन्न होय है, ऐसा कलेजा जुड़े हैं, बेटा कि···जुग-जुग जियौ! एक हमरे भोलातिरभुवन की बहुयें हैंगी। (आह फिर विचार मग्नता) हुँ:! जैसा मानुख, वैसी जोय। बहू बानी तो कच्चा-कच्चा बेत होमें हैंगी। पराये घर की बेटियों को क्या दोख दूँ।''

''कोई नई बात हुई, बुआजी?''

''अरे, जिस घर के सिंस्कार ही बदल जाय, उस घर में नित्त नई बात होवेगी। हम तो कहमें हैं, रानी, कि हमरे पाप उदै भए हैं।''

कहकर बुआजी की आँखें फिर शून्य में सध गईं। इन्दर की बहू को 'नई बात' का सूत्र नहीं मिल पा रहा था, इसलिए उसके मन में उथल-पुथल मच रही थी। कुछ नई बात ज़रूर हुई है, वो भी कहते थे कि फूफा जी कुछ उखड़े-से, खोये हुए-से हैं।

''बड़े देवर की कुतिया क्या फिर चौके में···''—इन्दर की बहू का अनुमान सत्य के निकट पहुँचा। घटना पण्डित देवधर के ज्येष्ठ पुत्र डॉक्टर भोलाशंकर भट्ट द्वारा पाली गयी असली स्काटलैंड के श्वान की बेटी जूलियट के कारण ही घटी। इस बार तो उसने ग़ज़ब ही ढा दिया। पण्डित जी की बगिया में पुरखों का बनवाया हुआ एक गुप्त साधना-गृह भी है। घर की चहारदीवारी के अन्दर ही यह बगिया भी है, उसमें एक ओर ऊँचे चबूतरे पर एक छोटा-सा मन्दिर बना है। मन्दिर में एक संन्यासी का पुराना कलमी चित्र चन्दन की नक्काशीदार जर्जर चौकी पर रखा है। उस छोटे से मन्दिर में उकड़ूँ बैठकर ही प्रवेश किया जा सकता है। मन्दिर के अन्दर जाकर दाहिने हाथ की ओर एक बड़े आलेनुमा द्वार से अपने सारे शरीर को सिकोड़कर ही कोई मनुष्य साधना-गृह में प्रवेश कर सकता है। इस गृह में संगमरमर की बनी सरस्वती देवी की अनुपम मूर्ति प्रतिष्ठित है, जिस पर सदा तेल से भिगोया रेशमी वस्त्र पड़ा रहता है। केवल श्री मुख के ही दर्शन होते हैं। मूर्ति के सम्मुख अखण्ड दीप जलता है। यह साधना-गृह एक मनुष्य के पालथी मारकर बैठने लायक चौड़ा तथा मूर्ति को साष्टांग प्रणाम करने लायक लम्बा है। पण्डित देवधरजी के पितामह के पिता को संन्यासी ने यह मूर्ति और महा सरस्वती का बीज मन्त्र दिया था। सुनते हैं, उन्होंने संन्यासी की कृपा से यहीं बैठकर वाग्देवी को सिद्ध किया और लोक में बड़ा यश और धन कमाया था। पण्डितजी के पितामह और पिता भी बड़े नामी-गिरामी हुए, रजवाड़ों में पुजते थे। पण्डित देवधरजी को

यद्यपि पुरखों का सिद्ध हुआ बीज-मन्त्र नहीं मिला, फिर भी उन्होंने अपने यजमानों से यथेष्ट पूजा और दक्षिणा प्राप्त की। बीज मन्त्र इसलिए न पा सके कि वह उत्तराधिकार के नियम से पिता के अन्तकाल में उनके बड़े भाई धरणीधरजी को ही प्राप्त हुआ था और वे भरी जवानी में ही हृदय-गति रुक जाने से स्वर्ग सिधार गए थे। फिर भी पण्डित देवधरजी ने आजीवन बड़ी निष्ठा के साथ जगदम्बा की सेवा की है।

एक दिन नित्य-नियमानुसार गंगा से लौटकर सवेरे पण्डितजी ने जब साधना-गृह में प्रवेश किया, तो उसे भोला की कुतिया के सौरी-घर के रूप में पाया। पण्डितजी की क्रोधाग्नि प्रचण्ड रूप से भड़क उठी। लड़के-लड़कों की बहुएं एकमत होकर पण्डित देवधर से जबानी मोर्चा लेने लगे। पण्डित देवधरजी ने उस दिन से घर में प्रवेश और अन्न-जल ग्रहण न करने की प्रतिज्ञा ले रखी है। वे साधना-गृह के पास कुएँ वाले दालान में पड़े रहते हैं। आज चार दिन से उन्होंने कुछ नहीं खाया। कहीं और बाज़ार में तो वे खाने-पीने से रहे, शायद इन्दर के घर भोजन करते हों। यही पूछने के लिए इन्दर की बुआ इस समय यहाँ आयी थीं। परन्तु उनकी भतीज-बहू ने जब उनके यहाँ भोजन न करने की बात बताई तो सुनकर बुआजी कुछ देर के लिए पत्थर हो गयीं। पति की अड़सठ वर्ष की आयु, नित्य सवेरे तीन बजे उठ दो मील पैदल चलकर गंगाजी जाना आना, अपना सारा कार्यक्रम निभाना, दोपहर के बारह-एक बजे तक ब्रह्म-यज्ञ, भागवत पाठ, सरस्वती कवच का जप आदि यथावत् चल रहा है; और उनके मुँह में अन्न का एक दाना भी नहीं पहुँचा। यह विचार बुआजी को जड़ बना रहा था।

''ये तो सब बातें मुझे इत्ती बखत तुमसे मालूम पड़ रही हैं बुआजी। फूफाजी ने तो मेरी जान में कभी कुछ भी नहीं कहा। कहते तो मेरे सामने जिकर आये बिना न रहता।''

''अरे तेरे फूफाजी रिसी-मुनी हैंगे बेटा! बस इन्हें करोध न होता, तो इनके ऐसा महात्मा नहीं था पिरथी पे। क्या करूँ, अपना जो धरम था निभा दिया। जैसा समय हो वैसा नेम साधना चाहिए। पेट के अंश से भला कोई कैसे जीत सके हैं।''

''तो फूफाजी आख़िर कितने दिन यों ही बिना खाए चल सकेंगे। बुढ़ापे का शरीर है...''

''बोई तो मैं भी कहूँ हूँ, बेटा। मगर इनकी जिद के अगाड़ी मेरी कहाँ चल पाये हैं? बहोत होवे है, तो कोने में बैठके रोलू हूँ।''

—कहते-कहते बुआजी का गला भर आया, बोलीं—"इनके सामने सबको रखके चली जाऊँ तो मेरी गत सुधर जाय। जाने क्या-क्या देखना बदा है लिलार में!"—बुआजी टूट गयीं, फूट-फूटकर रोने लगीं।

"तुम फिकर न करो, बुआजी। इतने दिनों तक तो मालूम नहीं था, पर आज से फूफाजी के खाने-पाने का सब इन्तजाम हो जायेगा।"

●

●

डौक्टर इन्द्रदत्त शर्मा के यूनिवर्सिटी से लौटकर आने पर चाय पीते समय उनकी पत्नी ने सारा हाल कह सुनाया। इन्द्रदत्त सन्न रह गए। प्रेयसी के समान मनोहर लगने वाली चाय की प्याली परित्यक्ता वधू की तरह उनके ध्यान-मन से उतर गयी। इन्द्रदत्त अपने फूफाजी के हठ को पहचानते थे। फूफाजी बिना किसी से कुछ कहे-सुने इसी प्रकार अनशन कर प्राण-त्याग कर सकते हैं, यह इन्द्रदत्त अच्छी तरह जानते थे। उनके अन्तर का कष्ट चेहरे पर तपड़ने लगा। पति की व्यथा को गौर से देखकर पत्नी ने कहा, "तुम आज उन्हें खाने के लिए रोक ही लेना। मैं बड़ी शुद्धताई से बनाऊँगी।"

"प्रश्न यह है, वे मानेंगे भी? उनका तो चन्द्र टरै सूरज टरै वाला हिसाब है।"

"तुम कहना तो सही।"

"कहूँगा तो सही, पर मैं जानता हूँ। लेकिन इस तरह वे चलेंगे कितने और दिन? भोला को ऐसा हठ न चाहिए।"

"भोला क्या करे। कुतिया के पीछे-पीछे घूमते फिरे? शौक है अपना तो क्या? फूफाजी को भी इतना विरोध न चाहिए।"

"फूफाजी का न्याय हम नहीं कर सकते।"

"अभी मान लो, तुम्हारे साथ ही ऐसी गुजरती?"

"मैं निभा लेता।"

"कहना आसान है, करना बड़ा मुश्किल है। फूफाजी तो चाहते हैं कि सब पुराने जमाने के बने रहें। चोटी जनेऊ, छूतछात, सिनेमा न जाना, घूँघट काढ़ो, भला ये कोई भी मानेगा?"

"मेरे ख़्याल में फूफाजी इस पर कुछ…"

''भले न कहें, उन्हें अच्छा तो नहीं लगता।''

''ठीक है। तुम्हें भी मेरी बहुत-सी बातें अच्छी नहीं लगतीं।''

''कौन सी बातें?''

''मैं शिकायत नहीं करता, उदाहरण दे रहा हूँ। ठीक-ठीक एक जैसा कोई दो आदमी नहीं होते। होते भी हैं, तो बहुत कम। पर इससे क्या उनमें निभाव नहीं होता? भोला और उसकी देखादेखी त्रिभुवन में भी ठन गया; माँ-बाप को ऐसे देखते हैं, जैसे उनसे पैदा ही नहीं हुए। फूफाजी और रूढ़िपन्थी हैं सही, पर एकदम अवज्ञा के योग्य नहीं। ये लोग उन्हें चिढ़ाने के लिए घर में प्याज, लहसुन, अंडा, मांस-मछली—सब-कुछ खाते हैं। फूफाजी ने अपना चौकाघर ही तो अलग किया। किसी से कुछ कहा-सुना तो नहीं?''

स्वभाव से शान्त और बोलने में मितव्ययी इन्द्रदत्त इस समय आवेश में आ गए थे। फूफाजी चार दिनों से निराहार हैं। फूफाजी के प्रति उसका सदा से आदर भाव था। लोक उनका आदर करता है। इधर महीनों से इन्द्रदत्त के आग्रह पर पं० देवधरजी प्रतिदिन शाम के समय दो-ढाई घण्टे उनके घर बिताते हैं। कभी भागवत, कभी रामायण, कभी कोई पौराणिक उपाख्यान चल चड़ता है। पण्डितजी अपनी तरह से कहते हैं, इन्द्रदत्त उनके द्वारा प्राचीन समाज के क्रम-विकास के चित्र देखता, उनसे अपने लिए नया रस पाता। कभी-कभी बातों के रस में आकर अपने राजा-ताल्लुकेदार यजमानों के मजेदार संस्मरण सुनाते हैं, कभी उनके बचपन और जवानी की स्मृतियों तक से टकराती हुई पुरानी सामाजिक तस्वीरें, इन मुहल्लों की पुरानी झाँकियाँ सामने आ जाती हैं। फूफाजी के अनुभवों से अपने लिए ज्ञान-सूत्र बटोरते हुए उनके निकट सम्पर्क में आकर इन्द्रदत्त को आदर के अलावा उनसे प्रेम भी हो गया है।

इन्द्रदत्त की पत्नी के मन में आदर-भाव तो है, पर जब से वे बराबर आकर बैठने लगे हैं तब से उसे एक दबी ठण्डी शिकायत भी है। पति के साथ घड़ी दो घड़ी बैठकर बातें करने, कैरम या चौसर खेलने या अपने पैत्रिक घर के सम्बन्ध में, जो अब नए सिरे से बन रहा है, सलाह-सूत करने का समय उसे नहीं मिल पाता। अपनी छोटी देवरानी त्रिभुवन की बहू से बड़ा नेह-हेत होने के कारण उसकी बातों में विश्वास रखकर वह फूफाजी के पुरानेपन से किसी हद तक फिरंट भी है। इसलिए जब इन्द्रदत्त ने यह कहा कि घर में मांस-मछली के प्रयोग के बाद फूफाजी ने अपना चौका अलग कर लिया, मगर कुछ बोले नहीं, तो उनकी पत्नी से रहा नहीं

गया। कहने लगी ''तो उन लोगों से—अरे पोते-पोतियों तक से तो बोलते नहीं, फिर शिकायत किससे करेंगे?''

''फूफाजी को पहचानने में बस यहीं तुम लोग ग़लती करते हो। उनका प्रेम प्रायः गूँगा है। मैंने अनुभव से इस बात को समझा है।''—बन्द रहने पर भी झिरझिर दरवाज़ों से जिस तरह लू के तीर आते हैं, संयमी इन्द्रदत्त के अन्तर में उद्वेग इसी तरह प्रकट हो रहा था।

पत्नी ने पति के रुख पर रुख किया; तुरन्त शान्त और मृदु स्वर में कहा, ''मैं फूफाजी को पहचानती हूँ। उनके ऐसे विद्वान् की क़दर उस घर में नहीं। उनका प्रेम तुम जैसों से हो सकता है। तुम चिन्ता न करो। बरत आज पूरा हो जायगा।''

''मान जायेंगे?''—पत्नी के चेहरे तक उठो इन्द्रदत्त की आँखों में शंका थी, उनका स्वर करुण था।

''प्रेम नेम से बड़ा है।''—पति के क्षोभ और चिन्ता को चतुराई के साथ पत्नी ने मीठे आश्वासन से हर लिया, परन्तु वह उन्हें फिर चाय-नाश्ता न करा सकी।

●

●

डॉक्टर इन्द्रदत्त शर्मा फिर घर में बैठ न सके। आज उनका धैर्य डिग गया था। फूफाजी लगभग छह साढ़े छह बजे आते हैं। इन्द्रदत्त का मन कह रहा था कि वे आज भी आयेंगे पर शंका भी थी। मुमकिन है अधिक कमज़ोर हो गये हों, न आएं। इन्द्रदत्त ने स्वयं जाकर उन्हें बुला ले आना ही उचित समझा। हालाँकि उन्हें यह मालूम है कि इस समय फूफाजी स्नान-संध्या आदि में व्यस्त रहते हैं। पं० देवधरजी का घर अधिक दूर न था। डॉक्टर इन्द्रदत्त सदर दरवाज़े से घर में प्रवेश करने के बजाय एक गली और पार कर बगिया के द्वार पर आये। फूफाजी गंगा लहरी का पाठ कर रहे थे। फूलों की सुगन्धि-सा उनका मधुर स्वर बगिया की चहारदीवारी के बाहर महक रहा था :

अपि प्राज्यं राज्यं तृणमिव परित्यज्य सहसा,
विलोल द्वानीरं तव जननि तीरं श्रित वताम्।
सुधातः स्वादीथः सलिलभिदाय तृप्ति पिबताम्।
जनानामानन्दः परिहसति निर्वाण पदवीम्॥

इन्द्रदत्त दरवाज़े पर खड़े-खड़े सुनते रहे। आँखों में आँसू आ गये। फूफाजी का स्वर उनके कानों में मानो अन्तिम बार की प्रसादी के रूप में पड़ रहा था। कुछ दिनों बाद, कुछ ही दिनों बाद यह स्वर फिर सुनने को न मिलेगा। कितनी तन्मयता है, आवाज़ में कितनी जान है। कौन कहेगा कि पण्डित देवधर का मन क्षुब्ध है, उन्होंने चार दिनों से खाना भी नहीं खाया है?···ऐसे व्यक्ति को, ऐसे पिता को भोला-त्रिभुवन कष्ट देते हैं? इन्द्रदत्त इस समय अत्यन्त भावुक हो उठे थे। उन्होंने फूफाजी की तन्मयता भग न करने का निश्चय किया। गंगा लहरी पाठ कर रहे हैं, इसलिए नहाकर उठे हैं या नहाने जा रहे हैं, इसके बाद संध्या करेंगे। फूफाजी से भेंट हो जायेगी। उनके कार्यक्रम में विघ्न न डालकर इतना समय बुआ के पास बैठ लूँगा यह सोचकर वे फिर पीछे की गली की ओर मुड़े।

●

●

"अम्मा!"

"हाँ, बड़ी।"—अपने कमरे में, दरवाज़े के पास घुटनों पर ठोड़ी टिकाये दोनों हाथ बाँधे गहरे सोच में बैठी थीं। जेठे बेटे की बहू का स्वर सुनकर तड़पड़ ताजी हो गयीं। हाँ, इतनी देर के खोयेपन ने उनके दीन स्वर में बड़ी करुणा भर दी थी।

बड़ी बहू के चेहरे की ठसक को उनकी कमर के चारों ओर फूली हुई चर्बी सोह रही थी, आवाज़ भी उसी तरह मिज़ाज के काँटे पर सधी हुई थी, वे बोलीं, "उन्होंने पुछवाया है कि दादा आख़िर चाहते क्या हैं?"

"वो तो कुछ भी नहीं चाहे हैं, बहू।"

"तो ये अनशन फिर किस बात का हो रहा है?"

पण्डित देवधर की सहधर्मणी ने स्वर को और संयत कर उत्तर दिया—"उनका सुभाव तो तुम जानो ही हो बहुरिया।"

"ये तो कोई जवाब नहीं हुआ, अम्मा। तो क्या जान देंगे? ऐसा हठ भी भला किस काम का? बड़े विद्वान् हैं, भक्त हैं···दुनिया भर को पुन्न और परोपकार सिखाते हैं···कुत्ते में क्या उसी भगवान् की दी हुई जान नहीं है?"

बड़ी बहू तेज़ पड़ती गयी, सास चुपचाप सुनती रही।

"ये तो माँ बाप का धरम नाहीं हुआ, ये तो दुश्मनी हुई, और क्या? घर में सब से बोलना-चालना तो बन्द कर ही रखा था।"

''बोलना-चालना तो उनका सदा का ऐसा ही है, बेटा। तुम लोग भी इतने बरसों से देखो हो, भोला-तिरभुअन तो सदा से जाने हैं।''

''इन्दर भाई साहब के यहाँ यों घुल-घुल के बातें करते हैं।''

''इन्दर पढ़ा-लिखा है न, वैसी ही बातों में इनका मन लगे है। इसमें...''

''हाँ-हाँ हम लोग तो सब गँवार हैं, भ्रष्ट हैं। हम पापियों की तो छाया देखने से भी उनका धर्म नष्ट होता है।''

''बहू, बेटा, गुस्सा होने से कोई फायदा नहीं। हम लोग तो चिता में खड़े भये हैंगे रानी। तुम सबको रखके उनके सामने चली जाऊँ, विश्वनाथ बाबा से उठते-बैठते आँचल पसार के वरदान माँगूँ हूँ, बेटा...अब मेरे कलेजे में दम नहीं रहा क्या करूँ?''

बुआजी रो पड़ीं।

इन्द्रदत्त ज़रा देर से दालान में ठिठके खड़े थे, बुआ को रोते देख उनकी भावुकता थम न सकी, पुकारा, ''बुआ।''

बुआजी एक क्षण के लिए ठिठकीं; चट से आँसू पोंछ, आवाज़ सँभालकर मिठास के साथ बोलीं—''आओ, भैया।''

भोला की बहू ने सिर का पल्ला ज़रा सँभाल लिया और शराफ़ती मुस्कान के साथ अपने जेठ को हाथ जोड़े।

इन्द्रदत्त ने कमरे में आकर बुआजी के पैर छुए और पास ही बैठने लगे। बुआजी हड़बड़ाकर बोलीं—''अरे चारपाई पर बैठो।''

''नहीं। मैं सुख से बैठा हूँ आप के पास।''

''तो ठहरो। मैं चटाई...''

बुआजी उठीं, इन्द्रदत्त ने उनका हाथ पकड़कर बैठा लिया और फिर भोला की बहू को देखकर बोला—''कैसी हो सुशीला? मनोरमा कैसी है?''

''सब ठीक हैं।''

''बच्चे?''

''अच्छे हैं। भाभीजी और आप तो कभी झाँकते ही नहीं। इतने पास रहते हैं और फिर भी...

''मैं सब की राजी-खुशी बराबर पूछ लेता हूँ। रहा आना-जाना सो...''

''आपको तो ख़ैर टाइम नहीं मिलता, लेकिन भाभीजी भी नहीं आतीं, बाल नहीं, बच्चे नहीं, कोई काम...''

''घर में मदद लगी है। ऐसे में घर छोड़ के कैसे आये बिचारी?— बुआजी ने अपनी बहू की बात काटी।

बहू आँखें चढ़ाकर याद आने का भाव जानते हुए बोली—''हाँ, ठीक है। कौन-सा हिस्सा बनवा रहे हैं, भाई साहब?''

''पूरा घर नये सिरे से बन रहा हैगा। ऐसा बढ़िया कि मुहल्ले में ऐसा घर नहीं है किसी का।'' सास ने बहू के वैभव को लज्जित करने की दबी तड़प के साथ कहा। बुआजी यों कहना नहीं चाहती थीं, पर जी की चोट अनायास फूट पड़ी। बड़ी बहू ने आँखें चमका, अपनी दुहरी ठोड़ी को गर्दन से चिपकाकर अपने ऊपर पड़ने वाले प्रभाव को जतलाया, और पूछा— ''पर रहते तो शायद···।''

''पीछे वाले हिस्से में रहते हैं।''

''इसी हिस्से में जीजी का, मेरा और भैया का जनम भया। एक भाई और भया था। सब यहीं भये? हमारे बाप, ताऊ, दादा और जाने कौन-कौन का जन्म···!''

''वो हिस्सा घर भर में सबसे ज़्यादा खराब है। कैसे रहते हैं?

''जहाँ पुरखों का जन्म हुआ, वह जगह स्वर्ग से भी बढ़कर है। पुरखे पृथ्वी के देवता हैं।''

बड़ी बहू ने आगे कुछ न कहा, सिर का पल्ला फिर सँभालने लगी।

''आज तो बहुत दिनों में आये, भैया। मैं भी इतनी बार गई। बहू से भी भेंट हो जावे है।''

बुआ-भतीजे को बातें करते छोड़कर बहू चली गई। उसके जाने के बाद दो क्षण मौन रहा। उसके बाद दोनों ही प्राय: साथ-साथ बोलने को उद्यत हुए। इन्द्रदत्त को कुछ कहते देखकर बुआजी चुप हो गयीं।

''सुना फूफाजी ने···!''

''उनकी चिन्ता न करो, बेटा। वो किसी के मान हैं?''

''पर इस तरह कितने दिन चलेगा?

''चलेगा जितने दिन चलना होगा।'' बुआजी का स्वर आँसुओं में डूबने-उतराने लगा, ''जो मेरे भाग में लिखा होगा''···आगे कुछ न कह सकीं, आँसू पोंछने लगीं।

''सच-सच बताना, बुआजी, तुमने भी कुछ खाया···!''

"खाती हूँ। रोज ही खाती हूँ।" पल्ले से आँखें ढँके हुए बोली। इन्द्रदत्त को लगा कि झूठ बोल रही हैं।"

"तुम इसी वक़्त मेरे घर चलो, बुआजी। फूफाजी भी वैसे तो आयेंगे ही, पर आज मैं⋯उन्हें लेकर ही जाऊँगा। नहीं तो आज से मेरा भी अनशन आरम्भ होगा।"

"करो, जो जिसकी समझ में आये। मेरा किसी पर जोर नहीं, बस नहीं।"—आँखों में फिर बाढ़ आ गई, पल्ला आँखों पर ही रहा।

"नहीं, बुआजी! या तो आज से फूफाजी का व्रत टूटेगा⋯!"

"कहिए, भाई साहब?"—कहते हुए भोला ने प्रवेश किया। माँ को रोते देख उसके मन में कसाव आया। माँ ने अपने दुख का नामनिशान मिटा देने का असफल प्रयत्न किया, परन्तु उनके चेहरे पर पड़ी हुई आन्तरिक पीड़ा की छाया और आँसुओं से ताजी नहायी हुई आँखें उनके पुत्र से छिपी न रह सकीं। भोला की मुख-मुद्रा कठोर हो गई। माँ की ओर से मुँह फेरकर चारपाई पर अपना भारी-भरकम शरीर प्रतिष्ठित करते हुए उन्होंने अपने ममेरे भाई से पूछा—"घर बन गया आपका?"

"तैयारी पर ही है। बरसात से पहले ही कम्पलीट हो जायेगा।"

"सुना है, नक्शा बहुत अच्छा बनवाया है आपने।"

इन्द्रदत्त ने कोई उत्तर न दिया।

"मैं भी एक कोठी बनवाने का इरादा कर रहा हूँ। इस घर में अब गुज़र नहीं होती।"

इन्द्रदत्त ख़ामोश रहे, भोला भी पल भर चुप रहे, फिर बोले—"दादा का नया तमाशा देखा आपने? आजकल तो वे आपके यहाँ ही उठते-बैठते हैं। हम लोगों की ख़ूब-ख़ूब शिकायतें करते होंगे।"

"तुमको मुझसे ज़्यादा जानना चाहिए, पर निन्दा और शिकायत करने की आदत फूफाजी में कभी नहीं रही।" इन्द्रदत्त का स्वर संयत रहने पर भी किंचित् उत्तेजित था।"

"न सही। मैं आपसे पूँछता हूँ, इन्साफ कीजिए आप। यह कौन सा ज्ञान है, कि एक जीव से इतनी नफ़रत की जाय। और⋯और ख़ास अपने लड़कों और बहुओं से⋯पोते-पोतियों से नफ़रत की जाय⋯यह किस शास्त्र में लिखा है जनाब, बोलिए!"—भोला की उत्तेजना ऐसे खुली, जैसे मोरी से डाट हटाते ही हौदी का पानी बहता है।

इन्द्रदत्त ने शान्त, दृढ़ स्वर में बात का उत्तर दिया—तुम बात को गलत रंग दे रहे हो, भोला। इस प्रकार यह विकट, कहना चाहिए कि घरेलू समस्याएँ कभी हल नहीं हो सकतीं।''

''मैं ग़लत रंग क्या दे रहा हूँ, जनाब? सच कहता हूँ, और इन्साफ की बात कहता हूँ। ताली हमेशा दोनों हाथों से बजा करती है।''

''लेकिन तुम एक ही हाथ से ताली बजा रहे हो, यानी धरती पर हाथ पीट-पीटकर।''

''क्या? मैं समझा नहीं।''

''तुम अपने-आप ही से लड़ रहे हो और अपने को ही चोट पहुँचा रहे हो, भोला। फूफाजी के सब विचारों से सहमत होना ज़रूरी नहीं है। मैं भी उनके बहुत से विचारों को ज़रा भी नहीं मान पाता। फिर भी वे आदर के पात्र हैं। वे हमारी पिछली पीढ़ी हैं, जिनकी प्रतिक्रियाओं पर क्रियाशील होकर हमारा विकास हो रहा है। उनकी ख़ामियाँ तो तुम ख़ूब देख लेते हो, देखनी भी चाहिए; मगर यह ध्यान रहे कि ख़ूबियों की ओर से आँख मूँदना हमारे-तुम्हारे लिए, सारी नई पीढ़ी के लिए केवल हानिप्रद है और कुछ नहीं।''

भोला ने अपनी जेब से सोने का सिगरेट केस निकाला और चेहरे पर आड़ी-तिरछी रेखाएँ डालकर कहने लगा—''मैं समझता था, भाई साहब, कि आपने हिस्ट्री-उस्ट्री पढ़कर बड़ी समझ पाई होगी।''—इतना कहकर भोला के चेहरे पर सन्तोष और गर्व का भाव आ गया। प्रोफेसर इन्द्रदत्त के पढ़े-लिखेपन को दो कौड़ी का साबित कर भोला सातवें आसमान की बुर्जी पर चढ़ गया: ''ढकोसलों में ढकेलने वाली ऐसी पिछली पीढ़ियों से हमारा देश और ख़ास तौर से हमारी हिन्दू सोसायटी, बहुत 'सफ़र' कर चुकी जनाब। अब चालीस बरस पहले का ज़माना भी नहीं रहा, जो 'पिताहि देवा पिताहि धर्मा' रटा-रटाकर ये लोग अपनी धौंस गाँठ लें। मैं कहता हूँ, आप पुराने हैं, बड़े निष्ठावान हैं, होंगे। अपनी निष्ठा-विष्ठा को अपने पास रखिए। नया ज़माना आप लोगों की तानाशाही को बरदाश्त नहीं करेगा।''

''तुम अगर किसी की तानाशाही को बरदाश्त नहीं करोगे, तो तुम्हारी तानाशाही को भला कौन बरदाश्त करेगा?''

''मैं क्या करता हूँ जनाब?''

"तुम अपने झूठे सुधारों का बोझ हर-एक पर लादने के लिए उतावले क्यों रहते हो?"

"बतलाइए, मैंने ऐसा क्या किया है?"

"तुम फूफाजी को चिढ़ाते हो, भोला। मैं आज साफ-साफ ही कहूँगा। तुम और त्रिभुवन, दोनों—" इन्द्रदत्त ने सधे स्वर में कहा।

"मैं यह सब बेवक़ूफ़ी की सी बातें सुनने का आदी नहीं हूँ भाई-साहब! जनाब, हमको गोश्त अच्छा लगता है और हम खाते हैं और ज़रूर खायेंगे। देखें, आप हमारा क्या कर लेते हैं?"

"मैं आपका कुछ भी नहीं कर लूँगा, भोलाशंकरजी। आप शौक़ से खाइए, मेरे ख़्याल में फूफाजी ने भी इसका कोई विरोध नहीं किया। वह नहीं खाते, उनके संस्कार ऐसे नहीं हैं, तो तुम यह क्यों चाहते हो कि वह भी तुम्हारी बात, तुम्हारा मत मानने लगें? रहा यह कि उन्होंने अपना चौका अलग कर लिया या वह तुम लोगों के कारण क्षुब्ध हैं, यह बातें तानाशाही नहीं कही जा सकतीं। उन्हें बुरा लगता है, बस।"

"मैं पूछता हूँ, क्यों बुरा लगता है? मेरी भी बड़े-बड़े प्रोफेसरों और नामी आलिम-फाजिलों से दिन-रात की सोहबत है। आपके वेद के ज़माने के ब्राह्मण और मुनि तो गऊ तक को खा जाते थे।"

भोला ने गर्दन झटकायी, चेहरे का मांस थुलथुला उठा, उनकी सिगरेट जल गयी। इन्द्रदत्त बोले—"ठीक है, वे खाते थे। राम, कृष्ण, अर्जुन, इन्द्र वगैरा भी खाते थे, पीते भी थे, मगर यह कहने से तुम उस संस्कार को धो तो नहीं सकते, जो समय के अनुसार परिवर्तित हुआ और वैष्णव धर्म के साथ क़रीब-क़रीब राष्ट्रव्यापी भी हो गया।"

"हाँ, तो दूसरा संस्कार भी राष्ट्रव्यापी हो रहा है।

"हो रहा है, ठीक है।"

"तो फिर दादा हमारा विरोध क्यों करते हैं?

"भोला, हम फूफाजी का न्याय नहीं कर सकते। इसलिए नहीं कि हम अयोग्य हैं, वरन् इसलिए कि हमारे न्याय के अनुसार चलने के लिये उनके पास अब दिन नहीं रहे। आदत बदलने के लिए आख़िरी वक़्त में अब उत्साह भी नहीं रहता।"

"मैं पूछता हूँ, क्यों नहीं रहता?"

''यह सरासर ज्यादती है तुम्हारी। वह बीता युग है, उस पर हमारा वश नहीं। हमारा वश केवल वर्तमान और भविष्य पर ही हो सकता है। विगत युग की मान्यताओं को उस युग के लिए हमें जैसे का तैसा ही स्वीकार ⋯रना होगा⋯पहले बात सुन लो, फिर कुछ कहना⋯हाँ तो मैं कह रहा था कि हमें अपने पुरखों की ख़ूबियाँ देखनी चाहिए, ताकि हम उन्हें लेकर आगे बढ़ सकें। उनकी ख़ामियों को या सीमाओं को समझना चाहिए, जिनसे कि हम अपनी नयी सीमा स्थापित कर सकें। उनके ऊपर अपनी सुधारवादी मनोवृत्ति को लादना घोर तानाशाही है?''

''और वो जो करते हैं, वह तानाशाही नहीं है।''

''अगर तानाशाही है, तो तुम उसका ज़रूर विरोध करो। मगर नफ़रत से नहीं। वे तुम्हारे अत्यन्त निकट के सम्बन्धी हैं, तुम्हारे पिता हैं। इतनी श्रद्धा तुम्हें करनी ही होगी, इतनी सहानुभूति तुम्हें देनी ही होगी।''

इन्द्रदत्त बहुत शान्त भाव से पालथी मारकर बैठे हुए बातें कर रहे थे।

भोला के चहरे पर कभी लापरवाही भरी अकड़ के साथ सिगरेट का धुँआ लहराता था। इन्द्रदत्त की बात सुनकर तमककर बोला, ''अ—अ—आप चाहते हैं कि हम गोश्त खाना छोड़ दें?

''दोस्त, अच्छा होता कि तुम अगर यह मांस-मछली वगैरह के अपने शौक़ कम से कम उनके और बुआजी के जीवन-काल में घर से बाहर ही पूरे करते तो परिवार में और भी शोभा बढ़ती। ख़ैर झगड़ा इस बात पर तो है नहीं। झगड़ा तो तुम्हारी⋯''

''जूलियट की वजह से है। वह उनके कमरे में जाती है, या अभी हाल ही में उसने सरस्वती जी के मन्दिर में बच्चे पैदा किये⋯तो-तो आप एक बेज़ुबान जानवर से भी बदला लेंगे, जनाब? यह आपकी इन्सानियत है?''

''मैं कहता हूँ, तुमने उसको पाला ही क्यों? कम से कम माँ-बाप का ज़रा-सा मान तो रखा होता।''

''इसमें मान रखने की क्या बात है भाई साहब,'' भोला उठकर छोटी सी जगह में तेज़ी से अकड़ते हुए टहलने लगे। चारपाई से कमरे के एक कोने तक जाकर लौटते हुए रुककर कहा, ''हमारा शौक़ है, हमने किया। और कोई बुरा शौक़ तो है नहीं। साहब औरों के फ़ादर-मदर्स होते हैं, तो लड़कों के शौक़ पर ख़ुश होते हैं⋯और एक हमारी क़िस्मत है कि⋯''

"तुम सिर्फ़ अपनी ही ख़ुशी को देखते हो, भोला तुमने यह नहीं देखा कि फूफाजी कितने धैर्य और संयम से तुम लोगों की इन हरकतों को सहन करते हैं।"

"ख़ाक-धूल है···संयम है! हजारों तो गालियाँ दे डालीं हम लोगों को!"

"और बदले में तुमने उनके ऊपर कुतिया छोड़ दी?"

"ऐसी ही बहुत शुद्धता का घमण्ड है, तो अपनी तरफ़ दीवार उठवा लें। हम जो-जो हमारे जी में आयेगा करेंगे, और अब तो बढ़-बढ़कर करेंगे।"

"यह तो लड़ाई की बात हुई, समझौता नहीं हुआ।"

"जी हाँ, हम तो खुले आम कहते हैं कि हमारा और दादा का समझौता नहीं हो सकता। इस मामले में मेरी और त्रिभुवन की राय एक है। मगर वे हमारे 'प्रोग्रेसिव' ख़्यालात को नहीं देख सकते, तो उनके लिए हमारे घर में कोई जगह नहीं है।"

"भोला!"—बड़ी देर से गर्दन झुकाये ख़ामोश बैठी हुई माँ ने काँपते स्वर में और भीख का सा हाथ बढ़ाते हुए कहा, "बेटा, उनके आगे ऐसी बात भूल से भी न कह देना। तुम्हारे पैरों···"

"कहूँगा, और हज़ार बार कहूँगा! अब तो हमारी उनकी ठन गयी। वो हमारे लड़कों-बच्चों का पहनना-ओढ़ना नहीं देख सकते, हँसना-खेलना नहीं बर्दाश्त कर सकते, हम लोगों को बर्दाश्त नहीं कर सकते, तो मैं भी उनके धर्म को ठोकर मारता हूँ। उनके ठाकुर, पोथी, पुराण सब मेरे जूते की नोंक पर हैं।"

माँ की आँखों से बूँदें टपक पड़ीं। उन्होंने अपना सिर झुका लिया। भोला की यह बदतमीजी इन्द्रदत्त को बुरी तरह तड़पा रही थी। स्वर ठण्डा रखने का प्रयत्न करते सनक भरी हँसी हँसते हुए बोले, "अगर तुम्हारी यही सब बातें नये और 'प्रोग्रेसिव' विचारों का प्रतिनिधित्व वाक़ई करती हों, इसी से मनुष्य सुशिक्षित और फैशनेबिल माना जाता हो, तो मैं कहूँगा कि, भोला, तुम और तुम्हारी ही तरह का सारा नया ज़माना जंगली है। बल्कि उनसे भी गया-गुज़रा है। तुम्हारा नया ज़माना न नया है न पुराना। तुम्हारे विचार नये तो ख़ैर हैं ही नहीं, अँग्रेज़ी दासता के अवशेष चिन्ह हैं। और तुम्हारी सभ्यता सामन्तों, पैसे वालों के खोखले जोम से बढ़कर कुछ भी नहीं है। तुम्हारे विचार इन्सानों के नहीं, हैवानों के हैं।"

इन्द्रदत्त स्वाभाविक रूप से उत्तेजित हो उठे।

''ख़ैर, आपको अपनी इन्सानियत मुबारक रहे। हम हिपाक्रेट लोगों को ख़ूब जानते हैं और उन्हें दूर ही से नमस्कार करते हैं।'' भोलाशंकर तमककर खड़े हुए, तेज़ी से बाहर चले, दरवाजे पर पहुँचकर माँ से कहा, ''तुम दादा को समझा देना, अम्मा। मैं अनशन की धमकियों से ज़रा भी नहीं डरूँगा। जान ही तो देंगे…तो मरें न! मगर मैं उनको अपने घर में यों नहीं मरने दूँगा। जायँ गंगा किनारे मरें…यहाँ उनके लिए अब जगह नहीं है।''

''पर यह घर अकेला तुम लोगों का ही नहीं है।''

''ख़ैर, यह तो हम कोर्ट में देख लेंगे, अगर ज़रूरत पड़ी तो। लेकिन मेरा अब उनसे कोई वास्ता नहीं रहा।''

भोलाशंकर चले गये। बुआजी चुपचाप सिर झुकाये टप्-टप् आँसू बहाती रहीं। इन्द्रदत्त उत्तेजित मुद्रा में बैठे थे। जिसके पास किसी वस्तु विशेष का अभाव रहा हो, उसके पास वह वस्तु थोड़ी-सी ही हो जाय, तो बहुत मालूम पड़ती है। इन्द्रदत्त के लिए इतना क्रोध और उत्तेजना इसी तरह अधिक प्रतीत हो रही थी। पल भर चुप रहकर आवेश में आ बुआजी के हाथ पर हाथ रखते हुए कहा, ''तुम और फूफाजी मेरे घर चलकर रहो, बुआ! वह भी तो तुम्हारा ही घर है।''

''तुम अपने फूफाजी से भोला की बातों का जिकर न करना, बेटा।''

''नहीं।''

''तुम अपने फूफाजी का किसी तरह से यह बरत तुड़वा दो, बेटा तुम्हें बड़ा पुत्र होगा।. तुम्हें मेरी आत्मा उठते-बैठते असीसेगी, मेरा भैया!''

''मैं इसी इरादे से आया हूँ। तुम भी चलो, बुआ, तुम्हारा चेहरा कह रहा है कि तुम भी…!''

''अरे, मेरी चिन्ता क्या है?''

''हाँ तुम्हारी चिन्ता नहीं। चिन्ता तो तुम्हें और फूफाजी को करनी है…मेरी ओर से।''

''तुम दोनों के भोजन कर लेने तक मैं भी अपने प्रण से अटल रहूँगा।''

बुआजी एक क्षण चिन्ता में पड़ गईं। फिर मीठी वाणी में समझाकर कहा, ''देखो, भैया इन्दर, मेरे लिए जैसे भोला-तिरभुवन, वैसे तुम। जैसा

ये घर, वैसा वो। आज तुम अपने फूफाजी को किसी तरह जिया लो। उनके बरत टूटने की खबर सुनते ही, तुम्हारी कसम, मैं आप ही ठाकुरजी का भोग पा लूँगी। लेकिन इसी घर में। किसी के जी को कलेस हो बेटा, ऐसी बात नहीं करनी चाहिए। क्या कहूँ, तेरे फूफाजी का करोध, मेरी कुछ चलने नहीं देवे हैं। अपने जी को कलेस देवे हैं, सो देवे हैं, बाकी बच्चों के जी को जो कलेस लगै है, उसके लिए तो कहा ही क्या जाय? कलजुग-कलजुग की तरै से चलेगा, भैया!''

इन्द्रदत्त कुछ देर तक बुआ के मन की घुटन का खुलना देखते रहे।

●

●

पण्डित देवधर जी भट्ट ने नित्य-नियम के अनुसार झुटपुटे समय अपने भतीजे के आँगन में प्रवेश कर आवाज़ लगायी—इन्द्रदत्त!

''आइए फूफाजी!''

सँकरे, टूटे सीलन-भरी लखौरी-ईंटों पर खड़ाऊँ की खट-खट चढ़ती गयी। इन्द्रदत्त कटहरे के पास खड़े थे। जीने के दरवाज़े से बाहर आते हुए पण्डित देवधर उन्हें दिखलाई दिये। उनके भस्म लगे कपाल और देह पर पड़े जै शिव छाप के दुपट्टे में उनकी देह से एक आभा-सी फूटती हुई उन्हें महसूस हो रही थी। फूफाजी के आते ही घर बदल गया। उन्हें देखकर हर रोज़ ऐसा ही महसूस होता है, पर आज की बात तो न्यारी ही थी। फूफाजी के चार दिनों का व्रत आज उनके व्यक्तित्व को इन्द्रदत्त की दृष्टि में और भी अधिक तेजोमय बना रहा था। फूफाजी को लेकर आज उनका मन अत्यन्त भावुक हो रहा था, पीड़ा पा रहा था। इन्द्रदत्त ने अनुभव किया कि फूफाजी के चेहरे पर किसी प्रकार की उत्तेजना नहीं, भूख की थकान नहीं। चेहरा सूखा, कुछ उतरा हुआ अवश्य था; परन्तु मुख की चेष्टा नहीं बिगड़ी थी। पण्डित देवधर की यह बात इन्द्रदत्त को बहुत छू रही थी।

पण्डितजी आकर चौकी पर बैठ गये। इन्द्रदत्त उनके सामने मूढ़े पर बैठे। घर बनने के कारण उनका बैठका उजड़ गया था। अभ्यागत के आने पर इन्द्रदत्त संकोच के साथ इसी टूटे कमरे में उसका स्वागत करते। फूफाजी से तो खैर संकोच नहीं। पंखे का रुख उन्होंने उनकी ओर कर दिया और फिर बैठ गये। कुछ देर तक दोनों ओर से खामोशी रही, फिर फूफाजी ने बात उठायी—''तुम अभी घर गये थे, सुना।''

"जी हाँ।"

"तुम्हारी बुआ मुझसे कह रही थीं। मैंने यह भी सुना है कि तुम मेरे कारण किसी प्रकार का बाल हठ करने की धमकी भी दे आये हो।"

पण्डित देवधर ने अपना दुपट्टा उतारकर कुर्सी पर रख दिया। पालथी मारकर वे सीधे तने हुए बैठे थे। उनका प्रायः पीला पड़ा हुआ गोरा बदन उनके बैठने के सधाव के कारण ही 'स्पिरिचुअल' जँच रहा था, अन्यथा उनका यह पीलापन उनकी रोगी अवस्था का भी परिचय दे रहा था।

इन्द्रदत्त ने सध-सधकर कहना शुरू किया—"मेरा हठ स्वतंत्र नहीं, बड़ों के हठ में योगदान है।"

"इन बातों से कुछ लाभ नहीं, इन्द्र। मेरी गति के लिए मेरे अपने नियम हैं।"

"और मेरे अपने नियम भी तो हो सकते हैं।"

"तुम्हें स्वाधीनता है।"

"तब मैंने भी यदि अनशन का फैसला किया है, तो ग़लत नहीं है।"

"तुम अपने प्रति मेरे स्नेह पर बोझ लाद रहे हो। मैं आत्म-शुद्धि के लिए व्रत कर रहा हूँ…पुरखों के साधना-गृह की जो यह दुर्गति हुई है, यह मेरे ही किसी पाप के कारण…अपने अन्तःकरण की गंगा से मुझे सरस्वती का मन्दिर धोना ही पड़ेगा। तुम अपना आग्रह लौटा लो, बेटा।"

एक मिनट के लिए कमरे में फिर सन्नाटा छा गया, केवल पंखे की गूँज ही उस ख़ामोशी में लहरें उठा रही थीं।

इन्द्रदत्त ने शान्त स्वर में कहा, "एक बात पूछूँ? मन्दिर में कुत्ते के प्रवेश से यदि भगवती अपवित्र हो जाती हैं, तो फिर घट-घट व्यापी ईश्वर की भावना बिल्कुल झूठी है, एक ईश्वर पवित्र और दूसरा अपवित्र क्यों माना जाय?"

पण्डित देवधर चुप बैठे रहे। फिर गंभीर होकर कहा, "हिन्दू धर्म बड़ा गूढ़ है। तुम इस झगड़े में न पड़ो।"

"मैं इस झगड़े में न पड़ूँगा फूफाजी, पर एक बात सोचता हूँ…भगवान् राम अगर प्रेम के वश में होकर शबरी के जूठे बेर खा सकते थे, हिन्दू लोग यदि इस आख्यान में विश्वास रखते हैं, तो फिर छूत-अछूत का कोई प्रश्न ही नहीं रह जाता। युधिष्ठिर ने अपने साथ-साथ चलने वाले कुत्ते के बिना स्वर्ग में जाने तक से इन्कार कर दिया था। यह सब कहानियाँ क्या

हिन्दू-धर्म की महिमा बखानने वाली नहीं हैं? क्या यह महत् भाव नहीं है? फिर इनके विपरीत छुआछूत के भय से छुईमुई होने वाले कूढ़ धर्म की महिमा को आप क्यों मानते हैं? इन रूढ़ियों से बँधकर मनुष्य क्या अपने को छोटा नहीं कर लेता?''

पण्डितजी शान्तिपूर्वक सुनते रहे। इन्द्रदत्त को भय हुआ कि बुरा न मान गये हों। तुरन्त बोले—''मैं किसी हद तक उत्तेजित ज़रूर हूँ, लेकिन जो कुछ पूछ रहा हूँ, जिज्ञासु के रूप में ही।

''ठीक है।'' पण्डित जी बोले—''हमारे यहाँ आचार की बड़ी महिमा है! मनुस्मृति में आया है कि 'आचारः प्रथमो धर्मः' जैसा आचार होगा, वैसे ही विचार भी होंगे। तुम शुद्धाचरण को बुरा मानते हो?''

''जी नहीं।''

''तब मेरा आचार क्यों भ्रष्ट कर रहे हो?''

''ऐसी धृष्ठता करने का विचार स्वप्न में भी मेरे मन में नहीं आ सकता। हाँ, आपसे क्षमा माँगते हुए यह ज़रूर कहूँगा कि आपके आचार नये युग को विचार-शक्ति नहीं दे पा रहे हैं। इसलिए उनका मूल्य मेरे लिए कुछ नहीं के बराबर है। मैं दुर्विनीत नहीं हूँ, फूफाजी, परन्तु सच-सच यह अनुभव करता हूँ कि दुनिया आगे बढ़ रही है और आपका दृष्टिकोण व्यर्थ के रोड़े की तरह उसकी गति को अटकाता है।...पर इस समय जाने दीजिए...मैं तो यही निवेदन करने घर गया था और यही मेरा आग्रह है कि आप भोजन कर लें।''

पण्डितजी मुस्कराये। इन्द्रदत्त के मन में आशा जागी। पण्डितजी बोले, ''करूँगा, एक शर्त पर।''

''आज्ञा कीजिए।''

''जो मेरे, अर्थात् पुरानी परिपाटी के यम, नियम, संयम आदि हैं, वे आज से तुम्हें भी निभाने पड़ेंगे। जिनका मूल्य तुम्हारी दृष्टि में कुछ नहीं है, वे आचार-विचार मेरे लिए प्राणों से भी अधिक मूल्यवान हैं।''

इन्द्रदत्त स्तम्भित रह गये। वे कभी सोच भी नहीं सकते थे कि फूफाजी सहसा अनहोनी शर्त से उन्हें बाँधने का प्रयत्न करेंगे। पूछा, ''कब तक निभाना पड़ेगा।

''आजीवन।''

इन्द्रदत्त किंकर्त्तव्यविमूढ़ हो गये। जिन नियमों में उनकी आस्था नहीं, जो चीज़ उनके विचारों के अनुसार मनुष्य को अन्धविश्वासों से जकड़ देती

है, और जो भारतीय संस्कृति का कलंक है, उनसे उनका प्रवृद्ध मन भला क्योंकर बँध सकता है? हाँ कहें, तो कैसे कहें? उन्होंने इस व्रत, नियम, बलिदान, चमत्कार और मिथ्या विश्वासों से भरे हिन्दू धर्म को समाज पर घोर अत्याचार करते देखा है। अपने-आपको तरह-तरह से प्रपीड़ित कर धार्मिक कहलाने वाला व्यक्ति बस देश को रसातल में ले गया। इस कठोर जीवन को साधने वाले 'शुद्धाचरणी' ब्राह्मण धर्म ने इस देश की स्त्रियों और हीन कहलानेवाली जातियों को सदियों तक दासता की चक्की में बुरी तरह पीसा है, और अब भी बहुत काफ़ी हद तक पीस रहा है। हो सकता है कि मनुष्य की चेतना के उगते युग में इस शुद्ध कहलाने वाले आचार से अंधकार में उन्नत विचारों की ज्योति जगायी हो, पर अब तो सदियों से इसी झूठे धर्म ने औसत भारतवासी को दास, अंधविश्वासी, और असीम रूप से अत्याचारों को सहन करनेवाला, झूठी दैवीशक्तियों पर यानी अपनी ही धोखा देनेवाली, लुभावनी, असम्भव, कल्पनाओं पर विश्वास करनेवाला, झूठा भाग्यवादी बनाकर देश की कमर तोड़ रखी है। इसने औसत भारतवासी से आत्म-विश्वास छीन लिया है। इस जड़ता के ख़िलाफ़ उपनिषद् जागे, मानवधर्म जागा, योग का ज्ञान जागा, बौद्ध, भागवतधर्म जागा, मध्यकाल का सन्त आन्दोलन उठा और आज के वैज्ञानिक युग ने तो इसे एकदम निस्सार सिद्ध कर सदा के लिए इसकी क़ब्र ही खोद दी है। यह जड़ धर्म कभी भारत को महान् नहीं बना सका होगा। भारत की महानता उसके कर्मयोग में है, उसके व्यापक मानवीय दृष्टिकोण में है, व्यास-वाल्मीकि आदि के परम उदार भावों में है। प्राचीन भारत के दर्शन, न्याय वैशेषिक, साहित्य, फ़िल्म, संगीत आदि इस जड़ धर्म की उपज हरगिज़ नहीं हो सकते। फिर भी यह जड़ता भारत पर अर्से से भूत की तरह छायी हुई है। इसी से घृणा करने के कारण आज का नया भारतीय बिना जाँच-पड़ताल किये, अपनी सारी परम्पराओं से घृणा करते हुए, सिद्धान्तहीन, आस्थाहीन और निष्क्रिय हो गया है···नहीं, वे फूफाजी का धर्म हरगिज़ न निभा सकेंगे, हरगिज़ नहीं, हरगिज़ नहीं! पर वे भोजन कैसे करेंगे? बुआजी फिर कैसे और कब तक भोजन करेंगी? कैसी विडम्बना है? दो मनुष्यों की मौत की नैतिक ज़िम्मेदारी उनके ऊपर आयेगी।''

पण्डित देवधर ने उन्हें मौन देखकर पूछा—''कहो, भोजन कराओगे मुझे?''

''जी···मैं धर्म-संकट में पड़ गया हूँ।''

''स्पष्ट कहो, मेरा धर्म ग्रहण करोगे?''

''फूफाजी, आज बहुत माँग रहे हैं। मेरा विश्वास माँग रहे हैं। मैं आपके धर्म को युग का धर्म नहीं मानता, अपना नहीं मानता।''

''मैं तुम्हारी स्पष्टवादिता से प्रसन्न हूँ। तुम धार्मिक हो, इसी तरह अपने से मुझको पहचानो। मैं भी अपना धर्म नहीं छोड़ सकता। यद्यपि तुम्हारे सत्संग से मैंने इतने दिनों में यह समझ लिया है कि मेरा युग, मेरा धर्म अब सदा के लिए लोप हो रहा है। फिर भी मेरी अन्तिम साँस तक तो हरगिज़ नहीं। मेरी आस्था तप:पूत है। तुम्हारा कल्याण हो। सुखी हो, बेटा···अच्छा तो अब चलूँ—''

''परन्तु मेरा अनशन का निश्चय अडिग है, फूफाजी। मैं आपके चरण छूकर कह रहा हूँ।''

''पैर छोड़ दो बेटे, इन पैरों में पहले ही जड़ता समा चुकी है—और अब तो जीवन के साथ ही मिटेगी, अन्यथा नहीं।···ख़ैर, कल विचार करना अपने अनशन पर।''

अन्तिम वाक्य पण्डितजी ने इस तरह कहा कि इन्द्रदत्त को करारा झटका लगा। पर वे मौन रहने पर विवश थे। पण्डित देवधर चलने लगे। इन्द्रदत्त के मन में भयंकर तूफ़ान उठ रहा था। वे हार गये। बुआजी को क्या उत्तर देंगे? इस अगति का अन्त क्या होगा? क्या वे फूफाजी की बात मान लें?··· कैसे मान लें? यह ठीक है कि फूफाजी अपने धर्म पर किस प्रकार एकनिष्ठ हैं, यह एकनिष्ठता उन्हें बेहद प्रभावित करती है, फिर भी उनके धर्म को वह क्योंकर स्वीकार करें?

पण्डित देवधरजी जीने पर पहुँचकर रुके। इन्द्रदत्त उनके पीछे-पीछे चल रहे थे। पण्डितजी घूमकर बोले—''तुम्हारी मान्यताओं में मेरी आस्था नहीं है, इन्द्र, फिर भी मैं उसके वास्तविक पक्ष को कुछ-कुछ देख अवश्य पा रहा हूँ। एक बात और स्पष्ट करना चाहता हूँ। तुम भोला, त्रिभुवन के धर्म को आज का या किसी भी युग का वास्तविक धर्म मानते हो?''

''जी नहीं, उनका कोई धर्म ही नहीं है।''

''तुम्हारा कल्याण हो, बेटे। धन मद से जन्मे इस खोखले धर्म से सदा लड़ना, जैसे मैं लड़ा। तुम अपने मत के अनुसार लड़ो, पर लड़ो अवश्य। यह आस्थाहीन, दम्भ-भरा अदार्शनिक, अधार्मिक जीवन लोक के लिए अकल्याणकारी है। बोलो वचन देते हो?''

"मैं आपको अपना विश्वास देता हूँ।"—कहकर इन्द्रजीत ने फूफाजी के चरण छू लिये। खड़ाऊँ की खट्-खट् जीने से उतर गयी, आँगन पार किया, दूर चली। इन्द्रदत्त आकर कटे पेड़ से अपने पलँग पर गिर गये।

नया युग पुराने युग से स्वेच्छा से विदा हो रहा था; पर विदा होते समय कितना प्रबल मोह था, और कितना निर्मम व्यवहार भी।

●

ऐटम बम

चेतना लौटने लगी। साँस में गंधक की तरह तेज़ बदबूदार और दम घुटानेवाली हवा भरी हुई थी। कोबायाशी ने महसूस किया कि बम के उस प्राण-घातक धड़ाके की गूँज अभी उसके दिल में धँस रही है। भय अभी उस पर छाया हुआ है। उसका दिल ज़ोर-ज़ोर से धड़क रहा है। उसे साँस लेने में तकलीफ़ होती है, उसकी साँस बहुत भारी और धीमी चल रही है।

हारे हुए कोबायाशी का जर्जर मन इन दोनों अनुभवों से खीझकर कराह उठा। उसका दिल फिर ग़फलत में डूबने लगा। होश में आने के बाद, मृत्यु के पंजे से छटकर निकल आने पर जो जीवनदायिनी स्फूर्ति और शान्ति उसे मिलनी चाहिए थी, उसके विपरीत यह अनुभव होने से ऊबकर, तन और मन की सारी कमज़ोरी के साथ वह चिढ़ उठा। जीवन कोबायाशी के शरीर में अपने अस्तित्व को सिद्ध करने के लिए विद्रोह करने लगा : उसमें बल का संचार हुआ।

कोबायाशी ने आँखें खोलीं। गहरे कुहासे की तरह दम घुटानेवाला ज़हरीला धुआँ हर तरफ़ छाया हुआ था। उसके स्पर्श से कोबायाशी को अपने रोम-रोम में हज़ारों सुइयाँ चुभने का-सा अनुभव हो रहा था। रोम-रोम से चिनगियाँ छूट रही थीं। उसकी आँखों में भी जलन होने लगी, पानी आ गया। कोबायाशी ने घबराकर आँखें मीच लीं।

लेकिन आँखें बन्द कर लेने से तो और भी ज़्यादा दम घुटता है। कोबायाशी के प्राण घबरा उठे। वे कहीं भी सुरक्षित न थे। मौत अंधेरे की तरह उस पर छाने लगी। यह हीनावस्था की पराकाष्ठा थी। कोबायाशी की आत्मा रो उठी। हारकर उसने फिर अपनी आँखें खोल दीं। हठ के साथ वह उन्हें खोले ही रहा। ज़हरीला धुआँ लाल मिर्च के पाउडर की तरह उसकी आँखों में भर रहा था। लाख तकलीफ़ हो, मगर वह दुनिया को कम से कम देख तो रहा है। बम गिरने के बाद भी दुनिया अभी नेस्त-नाबूद नहीं हुई—आँखें खुली रहने पर यह तसल्ली तो उसे हो ही रही है। गर्दन घुमाकर उसने हिरोशिमा की धरती को देखा, जिस पर वह पड़ा हुआ था। धरती के लिए उसके मन में ममत्व जाग उठा। कमज़ोर हाथ आप ही आप आगे

बढ़कर अपने नगर की मिट्टी को स्पर्श करने का सुख अनुभव करने लगे।

...मन नहीं खोया। अपने अन्दर उसे किसी जबरदस्त कमी का एहसास हुआ। यह एहसास बढ़ता ही गया। आन्तरिक हृदय से सुख का अनुभव करते ही उसकी कल्पना दु:ख की ओर प्रेरित हुई। स्मृति झकोले खाने लगी।

चेतना-बुद्धि पर छाये भय से बचने के लिए अन्तर-चेतना की किसी बात पर विस्मृति का मोटा पर्दा पड़ रहा था। मौत के चंगुल से छूटकर निकल आने पर, पार्थिवता की बोझ-स्वरूप धरती के स्पर्श से, जीवन को स्पर्श करने का सुख उसे प्राप्त हुआ था। परन्तु भावना उत्पन्न होते ही उसके सुख में घुन भी लग गये। भय ने नींवें डगमगा दीं। अपनी अनास्था को दबाने के लिए वह बार-बार जमीन को छूता था। अन्तर के अविश्वास को चमत्कार का रूप देते हुए, इस खुली जगह में पड़े रहने के बावजूद अपने जीवित बच जाने के बारे में उसे भगवान् की लीला दिखाई देने लगी।

करुणा सोते की तरह दिल से फूट निकली। पराजय के आँसू इस तरह अपना रूप बदलकर दिल में घुमेड़ें ले रहे थे। जहरीले धुएँ के कारण आँखों में भरे हुए पानी के साथ-साथ वे आँसू भी घुल-मिलकर गाल से ढुलकते हुए ज़मीन पर टपकने लगे।

बेहोश होने से कुछ मिनट पहले उसने जिस प्रलय को देखा था, उसकी विकरालता अपने पूरे वज़न के साथ कोबायाशी की स्मृति पर आघात करके उसके टुकड़े-टुकड़े कर रही थी। वह ठीक-ठीक सोच नहीं पा रहा था कि जो दृश्य उसने देखा, वह सत्य था क्या?...धड़ाका! जूड़ी बुख़ार की कँपकँपी की तरह ज़मीन काँप उठी थी। बम था--दुश्मनों का हवाई हमला। हज़ारों लोग अपने प्राणों की पूरी शक्ति लगाकर चीख उठे थे।...कहाँ हैं वे लोग? वे प्राणान्तक चीख़ें, वह आर्त्तनाद जो बम के धड़ाके से भी अधिक ऊँचा उठ रहा था--वो इस समय कहाँ है? ख़ुद वह इस समय कहाँ है? और...

कुछ खो देने का एहसास फिर हुआ। कोबायाशी विचलित हुआ। उसने कराहते हुए करवट बदलकर उठने की कोशिश की, लेकिन उसमें हिलने की भी ताब न थी। उसने फिर अपनी गर्दन ज़मीन पर डाल दी। हवा में काले-काले जर्रे भरे हुए थे। धुआँ, गर्मी, जलन, प्यास--उसका हलक सूखा जा रहा था। बेचैनी बढ़ रही थी। वह उठना चाहता था। उठकर अपने

चारों तरफ़ देखना चाहता था। क्या?—यह अस्पष्ट था। उसके दिमाग़ में एक दुनिया चक्कर काट रही थी। नगर, इमारतें, जन-समूह से भरी हुई सड़कें, आती-जाती सवारियाँ, मोटरें, गाड़ियाँ, साइकिलें···और···और··· दिमाग़ इन सब में खोया हुआ कुछ ढूँढ़ रहा था : अटका, मगर फ़ौरन ही बढ़ गया। जीवन के पच्चीस वर्ष जिस वातावरण से आत्मवत् परिचित और घनिष्ठ रहे थे, वह उसके दिमाग़ की स्क्रीन पर चलती-फिरती तस्वीरों की तरह नुमाया हो रहा था। लेकिन सब-कुछ अस्पष्ट, मिटा-मिटा-सा। कल्पना में वे चित्र बड़ी तेज़ी के साथ झलक दिखाकर बिखर जाते थे। इससे कोबायाशी का मन और भी उद्विग्न हो उठा।

प्यास बढ़ रही थी। हलक में काँटे पड़ गये थे। और उसमें उठने को ताब न थी। एक बूँद पानी के लिए ज़िन्दगी देह को छोड़कर चले जाने की धमकी दे रही थी, और शरीर फिर भी नहीं उठ पाता था। कोबायाशी को इस वक़्त मौत ही भली लगी। बड़े दर्द के साथ उसने आँखें बन्द कर लीं।

मगर मौत न आई।

कोबायाशी सोच रहा था, "मैंने ऐसा कौन-सा अपराध किया था जिसकी ये सज़ा मुझे मिल रही है? अमीरों और अफ़सरों को छोड़कर कौन ऐसा आदमी था जो यह लड़ाई चाहता था? दुनिया अगर दुश्मनी निकालती, तो उन लोगों से। हमने उनका क्या बिगाड़ा था? हमें क्यों मारा गया?...प्यास लग रही है। पानी न मिलेगा। ऐसी बुरी मौत मुझे क्यों मिल रही है? ईश्वर! मैंने ऐसा क्या अपराध किया था?"

करुणासागर कोबायाशी के दिल में उमड़ने लगा। आँखों से गंगा-जमना बहने लगीं। सब से बड़े मुंसिफ के हुजूर में लाठी और भैंसवाले न्याय के विरुद्ध वह रो-रोकर फ़रियाद कर रहा था। आँसू हलकान किये दे रहे थे। लम्बी-लम्बी हिचकियाँ बँध रही थीं। जिनसे पसलियों को और सारे शरीर को बार-बार झटके लग रहे थे। इस तरह रोने से दम घोंटने वाला ज़हरीला धुआँ जल्दी-जल्दी पेट में जाता था। उसका जी मिचलाने लगा। उसके प्राण अटकने लगे।

प्राणों के भय से एक लम्बी हिचकी को रोकते हुए जो साँस खींची तो कई पल तक वह उसे अन्दर ही रोके रहा, फिर सुबकियों में वह धीरे-धीरे टूटी। रो भी नहीं सकता!—कोबायाशी की आँखों में फिर पानी भर आया। कमज़ोर हाथ उठाकर उसने बेजान-सी उँगलियों से अपने आँसू पोंछे।

आँखों के पानी से उँगलियों के दो पोर गीले हुए, उतनी जगह में तरावट आई। कोबायाशी की काँटों-पड़ी जबान और हलक को फिर से तरावट की तलब हुई। प्यास बगूले-सी फिर भड़क उठी। हठात् उसने अपनी आँसुओं से नर्म उँगलियाँ जबान से चाट लीं। दो उँगलियों के बीच में बिखरी हुई आँसुओं की एक बूँद उसकी जबान का जायका बदल गई और उसे पछतावा होने लगा—इतनी देर रोया, मगर बेकार हो गया। उसकी फिर से रोने की तबीयत होने लगी, मगर आँसू अब न निकलते थे। कोबायाशी के दोनों हाथों में ताकत आ गई। नम आँखों से लेकर गीले गालों के पीछे कनपटियों तक की एक बूँद जुटाकर अपनी प्यास बुझाने के लिए वह उँगलियाँ दौड़ाने लगा। आँसू ख़ुश्क हो चले थे, और कोबायाशी की प्यास दम तोड़ रही थी।

●

●

चक्कर आने लगे। ग़फ़लत फिर बढ़ने लगी। बराबर सुन्न पड़ते जाने की चेतना अपनी हार पर बुरी तरह से चिढ़ उठी और उसकी चिढ़ विद्रोह में बदलती गई। गुस्सा शक्ति बनकर उसके शरीर में दमकने लगा—काबू से बाहर होने लगा। माथे की नसें तड़कने लगीं। वह एकदम अपने काबू से बाहर हो गया। दोनों हाथ टेककर उसने बड़े ज़ोर के साथ उठने की कोशिश की। वह कुछ उठा भी। कमज़ोरी की वजह से उसे फिर मूर्च्छा आने लगी। उसने सँभाला : मन भी तन भी। दोनों हाथ मज़बूती से ज़मीन पर टेके रहा। हाँफते हुए, मुँह से एक लम्बी साँस ली, और अपनी भुजाओं के बल पर घिसटकर वह कुछ और उठा। पीठ लगी तो घूमकर देखा—पीछे दीवार थी। उसने ज़िन्दगी की एक और निशानी देखी। कोबायाशी का हौसला बढ़ा। मौत को पहली शिकस्त देकर पुरुषार्थ ने गर्व का बोध किया। परन्तु पीड़ा और जड़ता का ज़ोर अभी भी कम न था। फिर भी उसे कुछ शान्ति मिली। दीवार की तरफ़ देखते ही ध्यान बदला। सिर उठाकर ऊँचे देखा, दीवार टूट गई थी। उसे आश्चर्यमय प्रसन्नता हुई। दीवार से टूटा मलबा दूसरी तरफ़ गिरा था। भगवान् ने उसकी कैसी रक्षा की। जीवन के प्रति फिर से आस्था उत्पन्न होने लगी। टूटी हुई दीवार की ऊँचाई के साथ-साथ उसका ध्यान और ऊँचा गया कि यह तो अस्पताल की दीवार है।···अभी-अभी वह अपनी पत्नी को भर्ती कराके बाहर निकला था। सवेरे से उसे दर्द उठ रहे थे, नई ज़िन्दगी आने को थी। पत्नी, जिसे बच्चा होने वाला था···डॉक्टर, नर्स, मरीजों के पलँग···डॉक्टर ने उससे कहा

था···बाहर जाकर इन्तज़ार करो।···वह फिर बाहर आकर अस्पताल के नीचे ही कँकड़ों की कच्ची सड़क पर सिगरेट पीते हुए टहलने लगा था। आज उसने काम से भी छुट्टी ले रखी थी। वह बहुत ख़ुश था।—तभी अचानक आसमान पर कानों के पर्दे फाड़नेवाला धमाका हुआ था। अन्धा बना देने वाली तीव्र प्रकाश की किरणें कहीं से फूटकर चारों तरफ बिखर गईं। पलक मारते ही काले धुएँ की मोटी चादर बदलों से घिरे हुए आसमान पर तेजी से बिछती चली गईं। काले धुएँ की बरसात होने लगी। चमकते हुए विद्युत्कण सारे वातावरण में फैल गये थे। सारा शरीर झुलस गया, दम घुटने लगा था। सैकड़ों चीख़ें एक साथ सुनाई दी थीं। इस अस्पताल से भी आई होंगी। दीवार उसी तरफ़ गिरी है और उन चीख़ों में उसकी पत्नी की चीख़ भी जरूर शामिल रही होगी···कोबायाशी का दिल तड़प उठा। उसे अपनी पत्नी को देखने की तीव्र उत्कंठा हुई।

होश में आने के बाद पहली बार कोबायाशी को अपनी पत्नी का ध्यान आया था। बहुत देर से जिसकी स्मृति खोयी हुई थी। उसे पाकर कोबायाशी को एक पल के लिए राहत हुई। इससे उसकी उत्कंठा का वेग और भी तीव्र हो गया।

साल-भर पहले उसने विवाह किया था। एक वर्ष का यह सुख उसके जीवन की अमूल्य निधि बन गया था। दुःख, यातना और संघर्ष के पिछले चौबीस वर्षों के मरुस्थल-से जीवन में आज की यह महायंत्रणा जुड़कर सुख-शांति के एक वर्ष को पानी की एक बूँद की तरह सोख गई थी।

बचपन में ही उसके माँ-बाप मर गये थे। एक छोटा भाई था जिसके भरण-पोषण के लिए कोबायाशी को दस बरस की उम्र में ही बुज़ुर्गों की तरह मर्द बनना पड़ा था। दिन और रात जी तोड़कर मेहनत-मज़दूरी की, उसे शाहज़ादे की तरह पाल-पोसकर बड़ा किया। तीन बरस हुए वह फ़ौज में भरती होकर चीन की लड़ाई पर चला गया। और कभी न लौटा।

अपने भाई को खोकर कोबायाशी ज़िन्दगी से ऊब गया था। जीवन से लड़ने के लिए उसे कहीं से प्रेरणा नहीं मिलती थी। वह निराश हो चुका था। बेवा मकान-मालकिन की लड़की उसके जीवन में नया रस ले आई। उनका विवाह हुआ। और आज उसके घर में एक नई ज़िन्दगी आने वाली थी। आज सवेरे से ही वह बड़े जोश में था। उसके सारे जोश और उल्लास पर वह गाज गिरी! ज़हरीले धुएँ की तपिश ने उसके अन्तर को भून दिया था। वेदना असह्य हो गई थी—और चेतना लुप्त हो गई।

अपनी पत्नी से मिलने के लिए कोबायाशी सब खोकर तड़प रहा था। वह जैसे बच गया वैसे ही भगवान् ने शायद उसे भी बचा लिया हो। लेकिन दीवार तो उधर गिरी है।

''नहीं!''—कोबायाशी चीख़ उठा। होश में आने के बाद पहली बार उसका कण्ठ फूटा था। सारे शरीर में उत्तेजना की एक लहर दौड़ गई। स्वर की तेज़ी से उसके सूखे हुए निष्प्राण कण्ठ में खराश पैदा हुई। प्यास फिर होश में आई। कोबायाशी के लिए बैठा रहना असह्य हो गया। अन्दरूनी जोम का दौरा कमज़ोर शरीर को झिंझोड़कर उठाने लगा। दीवार का सहारा लेकर वह अपने पागल जोश के साथ तेज़ी से उठा। वह दौड़ना चाहता था। दिमाग़ में दौड़ने की तेज़ी लिये हुए, कमज़ोर और डगमगाते हुए पैरों से वह धीरे-धीरे अस्पताल के फाटक की तरफ़ बढ़ा।

फाटक टूटकर गिर चुका था। अन्दर मलवा-मिट्टी ज़मीन की सतह से लगा हुआ था। कुछ नहीं—वीरान! जैसे यहाँ कभी कुछ बना ही न था। सब मिट्टी और खंडहर! दूर-दूर तक वीरान—खाली! खाली! खाली! उसकी पत्नी नहीं है। उसकी दुनिया नहीं है। वह दुनिया जो उसने पच्चीस बरसों तक देखी, समझी और बरती थी, आज उसे कहीं भी नहीं दिखाई पड़ती। सपने की तरह वह काफ़ूर हो चुकी है।

मीलों तक फैली हुई वीरानी को देखकर वह अपने को भूल गया, अपनी पत्नी को भूल गया। इस महानाश के विराट् शून्य को देखकर उसका अपनापन उसी में विलीन हो गया। उसकी शक्ति उस महाशून्य में लय हो गई। जीवन के विपरीत यह अनास्था उसे चिढ़ाने लगी। टूटी दीवार का सहारा छोड़कर वह बेतहाशा दौड़ पड़ा। वह ज़ोर-ज़ोर से चीख़ रहा था : ''मुझे क्यों मारा? मुझे क्यों मारा?''—मीलों तक उजड़े हुए हिरोशिमा नगर के इस खंडहर में लाखों निर्दोष प्राणियों की आत्मा बनकर पागल कोबायाशी चीख़ रहा था : ''मुझे क्यों मारा? मुझे क्यों मारा?''

●
●

कैम्प अस्पताल में हज़ारों जख़्मी और पागल लाये जा रहे थे। डॉक्टरों को फुर्सत नहीं, नर्सों को आराम नहीं, लेकिन इलाज कुछ भी नहीं हो रहा था। क्या इलाज करें? चारों ओर चीख़-चिल्लाहट, दर्द और यंत्रणा का हंगामा। ''गोरा दुश्मन! ख़ुदा दुश्मन! बादशाह दुश्मन!'' पागलपन के उस शोर में हर तरफ़ अपने लिए दर्द था, अपने परिवार और बच्चों के लिए सवाल था,

जिसकी यह सज़ा उन्हें मिली है! और दुश्मनों के लिए नफ़रत थी, जिन्होंन बिना किसी अपराध के उनकी जान ली।

अस्पताल के बरामदे में एक मरीज दहन फाड़कर चिल्ला उठा : ''मुझे क्यों मारा? मुझे क्यों मारा?''

अस्पताल के इंचार्ज डॉक्टर सुजुकी इन तमाम आवाज़ों के बीच में खोये हुए खड़े थे। वह हार चुके थे। कल से उन्हें नींद नहीं, आराम नहीं, भूख-प्यास नहीं। ये पागलों का शोर, दर्द, चीख़, कराह! उनका दिल, दिमाग़ और जिस्म थक चुका था। अभी थोड़ी देर पहले उन्हें ख़बर मिली थी, नागासाकी पर भी ऐटम बम गिराया गया। वे इससे चिढ़ उठे थे : ''क्यों नहीं बादशाह और वजीर हार मान लेते? क्या अपनी झूठी आन के लिए वह जापान को तबाह कर देंगे?'' उन्हें दुश्मनों पर भी गुस्सा आ रहा था, ''इन्हें क्यों मारा गया? ये किसी के दुश्मन नहीं थे। इन्हें अपने लिए साम्राज्य की चाह न थी। अगर इनका अपराध है तो केवल यही कि यह अपने बादशाह के मजबूरन बनाये हुए गुलाम हैं। व्यक्ति की सत्ता के शिकार हैं। संस्कारों के गुलाम हैं।...दुश्मन इन्हें मारकर खुश हैं। जापान की निर्दोष और मूक जनता ने दुश्मनों का क्या बिगाड़ा था उन पर ऐटम बम बरसाये गये? विज्ञान की नई खोज की शक्ति आजमाने के लिए उन्हें लाखों बेजवान, बेगुनाहों की जान लेने का क्या अधिकार था? क्या यह धर्म-युद्ध है?—सदादर्शों के लिए लड़ाई हो रही है? ऐटम का विनाशकारी प्रयोग विश्व को स्वतन्त्र करने की योजना नहीं, उसे गुलाम बनाने की जिद है। ऐसी जिद जो इन्सान को तबाह करके ही छोड़ेगी।...और इन्सानियत के दुश्मन कहते हैं कि ऐटम का अधिकार मानव-बुद्धि की सब से बड़ी सफलता है।...पागल कहीं के!...''

नर्स आई। उसने कहा, ''डॉक्टर! सेण्टर से खबर आई है, और नये मरीज़ भेजे जा रहे हैं।''

डॉक्टर सुजुकी के थके चेहरे पर सनक-भरी सूखी हँसी दिखाई दी। उन्होंने जवाब दिया : ''इन नये मुर्दा मरीज़ों के लिए नई ज़िन्दगी कहाँ से लाऊँगा, नर्स? विनाश-लोलुप स्वार्थी मनुष्य शक्ति का प्रयोग भी जीवन नष्ट करने के लिए ही कर रहा है, फिर निर्माण का दूसरा जरिया ही क्या रहा? फेंक दो उन ज़िन्दा लाशों को, हिरोशिमा की वीरान धरती पर! या उन्हें ज़हर दे दो! अस्पताल और डॉक्टरों का अब दुनिया में कोई काम नहीं रहा।''

नर्स के पास इन फिजूल की बातों के लिए समय नहीं था।—नये मरीज़ आ रहे हैं। सैकड़ों अस्पताल में पड़े हैं। वह डॉक्टर पर झुँझला उठी, ''यह वक़्त इन बातों का नहीं है डॉक्टर! हमें ज़िन्दगी को बचाना है। यह हमारा पेशा है, फ़र्ज़ है। ऐटम की शक्ति से हारकर क्या हम इन्सान और इन्सानियत को चुपचाप मरते हुए देखते रहेंगे? चलिए आइए, मरीज़ों को इंजेक्शन लगाना है, आगे का काम करना है।''

नर्स डॉक्टर सुजुकी का हाथ पकड़कर तेजी से आगे बढ़ गई। ●

देश-सेवा शाह मदारों की

कुछ बरसों पहले की बात है, जैसे आज वैसे ही उन दिनों भी उत्तर प्रदेश के पिछड़ेपन पर हमारे अख़बारी मैदानों में सब टोपी मार्का नेताओं के घड़ियाली आँसुओं का सैलाब उमड़ पड़ा था, जहाँ देखो जिसे देखो, वही उत्तर प्रदेश को उल्टा प्रदेश और पिछड़ा प्रदेश घोषित करने के लिए गले फाड़-फाड़ कर चीख़ रहा था, इन्हीं दिनों ज़मीन जायदाद के दलाल मुंशी गुरसहाय कुदेसिया अपने मुहल्ले के महापुरुष यानी नगर महापालिका के सदस्य और इमारती ठेकेदार पण्डित गजेन्द्रनाथ संड की सेवा में एक दिन डला भर गोभियों का तोहफा लेकर पहुँच गये और पैर छूकर हाथ जोड़ कर कहा, ''बाबू जी, आप हमारी पिछड़ी पब्लिक के लीडर और महापुर्श हैं, ऊपर वह नीली छतरीवाला है और नीचे बस आपका ही सहारा।''

अनुभवी नगर पिता ने उदीयम.ा नगर पुत्र को एक बार ग़ौर से देखा और फिर हुक्के की निगाली की तरफ़ अपना मुँह बढ़ाते हुए पूछा : ''तुम तो वकील साहेब के लड़के हो ना?''

''जी हाँ बाबू जी, पर इस बखत तो आप ही हमारे 'तुमेव माता च पिता तुमेव' हैंगे। हमारे वार्ड का पिछड़ापन बस आप ही से दूर हो सकता है।''

हुक्का गुड़गुड़ाते हुए संड जी ने मुंशी कुदेसिया को कनखी से देखा, फिर पूछा, ''कोई इस्कीम लाये हो?''

''इस्कीमें तो बाबू जी आप जैसे महापुरुषों के दिमाग़ से ही उपज सकती हैं, हम छोटे लोग तो छोटे-मोटे आइडियाजों तक ही उड़ान भर पाते हैं।''

मुंशी जी की विनय पण्डित जी को आगम निगमों के समान भेद भरी लगी, पूछा, ''और ये गोभियाँ?''

मुंशी जी ने हाथ जोड़कर त्रिपुटी में ध्यान लगानेवाली अदा के साथ कहा, ''ये-ये भगवान् का साक्षात् औतार हैं बाबू जी!''

संड जी की धार्मिक भावना को धक्का लगा, त्यौरी चढ़ा के कहा, ''क्या बकते हो?''

"बच्चा हूँ आपका, दो जूते लगा लीजिए तो भी चुप रह के ही मेरा गुजारा होगा बाबू जी। पर यह मेरी धरम बुद्धी से निकला हुआ भाव है। आज तीन-तीन बरसों से प्रतक्ष अपनी आँखों से देख रहा हूँ कि जब गोभी के फूल उगने लगे तो कब्रिस्तान से पुरानी कबरें लोप होने लगीं।"

घाघों के घाघ पण्डित जी मुंशी जी की यह उलटवाँसी सुनकर मन ही मन में उलट गये, सोचा लड़का बेढब कायथ खोपड़ी है। थाह नहीं देता। उन्होंने नेताशाही ढंग से डपटकर पूछा, "तुमने अल्पमतवालों के पवित्र अस्थान को क्या नाम के इस तरह से नष्ट कर डाला, क्या नाम के। बिचारे मुसलमानी मजब के जमदूत कयामत के दिन जब रूहें खोजेंगे तो यहाँ उन्हें कबरें ही नहीं मिलेंगी। धिक्कार है तुम्हारी स्वार्थपरता को क्या नाम के।" इस डॉट-डपट में एक डिग्री और आगे बढ़ के कोई सख़्त धमकी देने की लहर भी उनके मन में उठने-उठने को हुई पर दबा गये, सोचा इस्कीम सुन लें पहले।

●

●

पण्डित जी तो यों गुंताड़े भिड़ा के डपटते रहे और मुंशी जी सन्त सूरदास की तरह आँखें बन्द किये हरिस्मरण करते रहे। पण्डित जी के चुप होते ही हाथ जोड़कर कहा, "बाबू जी, आप का बच्चा हूँ, अपने धरम से गाफिल नहीं, पर सोसाइटी में सिक्यूलर हूँ। कब्रिस्तान को गोभी का खेत बनाने का आइडिया भर मेरा था, बाकी सारा काम मदकचीगंज और खुदायारखाँ के हातेवाले गरीब मुसलमानों ने, या कहिए कि उनके पापी पेटों ने किया है। औ' रही रूहों के हिसाब की बात, सो बाबू जी, जमीन से जितने अस्थी फूल निकले वो सब मैंने नदी में बहा दिये जिससे कि रूहें सीधे भगवान् के लंगरखाने में ही जा के बस जायें, फ़रिश्तों को उन्हें ढूँढ़ने की तकलीफ ही न हो। मेरा मतलब यह कि किसी भी धरम की आस्था से काम किया जाय, अगर धरम है तो राम रहीम एक हो जाते हैं। पिछड़ापन दूर—"

"अच्छा, अब मतलब की बात पर आ जाओ झट से। हमारे पास टाइम की कमी हैगी क्या नाम के।"

"बाबू जी, मतलब बस इतना ही है कि हमारा पिछड़ापन दूर कीजिए और ये वरदान दीजिए कि उस मित्तू लोक में फिर से नयी आबादी बसे। वो पाँच एकड़ जमीन आपके नाम से हो जाय और मेरा भी हाता और खेत-वेत मिलाकर कोई दस-बारह एकड़ जमीन वहीं है।"

"तुम्हारी जमीन—"

"जी वो खुदायार खाँ का हाता जो है ना, वो सन फौट्टी सेविन के साल से मेरे नाम ही है। शब्बीर मियाँ की फेमिली के लोग जब एक के बाद एक गायब होने लगे तो मेरे कान ठनके। आप जानिए कि उन दिनों मैं बचपन की नादानी में कमूनिस्ट था सो पिछड़ी बस्ती में ब्याज-बट्टा उगाही रुझाही करता था और यूनियन का काम भी करता था। मुझे वहाँ का सब पता था। खैर तो किस्सा कोता यह कि हाता और गोभी गार्डेन के बाद वाला दो एकड़ का फारम तब से मेरे नाम पर है। अब इन गोभियों को देखकर ज्ञान जागा कि इस जमीन में छोटे-छोटे प्लाट बन जायँ और हायर पर्चेज सिस्टम पर अपने बाबू क्लासवालों के लिए फ्लैट बन जायँ तो जंगल में मंगल हो जाय। गुरु गजिंदर कालोनी बस जाय।"

●

●

कालोनी की स्कीम बनी और नगरपिता संड जी के प्रभाव से महापालिका ने पास भी कर दी, पर उसका नाम गुरु गजेन्द्र कालोनी के बजाय गजेन्द्र नगर हो गया। मुंशी जी को बहुत दुख हुआ था। उनके बरसों के सपने पर लात पड़ी थी। इससे बड़ी चोट उन्हें तब लगी जब उनकी पत्नी गुनकली देवी मुहल्ले में कहीं से यह सुन आयीं कि संड जी की संडानी ने यह कहा कि उनके जैसे बड़े आदमी और ऊँचे ब्राह्मण के साथ किसी कुदेस की कायथ खोपड़ी का नाम भला अमर हो सकता है। सुनकर मुंशी जी बोले, "इस साँड़ के सींग न तोड़े तो कायस्थ नहीं चमार कहना।"

"खैर होगा। उन्होंने हमारी जात को नीच कहा तो अपनी ही नीचता दिखलायी। अब अपने मुँह से हम किसी और जात को नीच क्यों कहें। अपने प्लाटों को तुम जादा से जादा कायस्थ भाइयों में ही बेचो। वो ब्राह्मणों को हमारे प्लाटों में न भरने पाये, समझे!"

मुंशी जी बोले, "गुनकली तुम्हारी पहली बात ठीक है, उस साँड़ के सींग तोड़ने के लिए मुझे सिक्युलरिज्म के राकेट पर सवार होना पड़ेगा। मुनाफावाद जातिवाद से बड़ी चीज है। उधर के कुछ खेतों की जमीन भी मेरे पास आने वाली है। मैं चाहता हूँ ऐसे लोगों को बसाऊँ जो नये पैसेवाले हों और अब आबरूदार बनना चाहते हों। कायस्थ खत्री ब्राह्मणों का हाल एक ही जैसा है—सब के सब नौकरपेशा। बनियों का सूरज भी दोपहरिया पर आ गया समझो। इनके लड़के भी अब पढ़-लिख के अफसरी की

नौकरी पाना चाहते हैं। पैसा दूधवालों, हलवाई, तमोली, चिकवे, मनिहार और सब्जी फरोश कबड़ियों में बढ़ रहा है। इनके पतलूनबाज नौनिहालों को पटाऊँगा कि सड़ी गलियाँ छोड़कर बँगलों में रहो। इससे दो फायदे होगे, एक तो ये लोग संड जी की पण्डिताई अच्छी तरह से छाँटेंगे, दूसरे आगे अपनी इंडस्ट्री की स्कीम में उनका पैसा मैं आसानी से लगवा सकूँगा। मुझे अपना पिछड़ापन दूर करना है रानी। पैसेवालों की जाति ही अब सब से बड़ी जात है।''

मुंशी जी अपने स्कूटर पर घूम-घूमकर ऐसे ही असामियों में कनवेसिंग करने लगे। इसमें वे इतनी तेज़ी से सफल हुए कि संड जी जब अपने उच्च वर्णोंवाले ग्राहक ज़मीन दिखलाने के लिए लाने लगे तब तक कुदेसिया जी अपने आधे से अधिक प्लाटों का सौदा पटा चुके थे।

यह देखकर संड जी प्रचंड बने। मुंशी जी को बुलाकर डपटा, ''गुरसहाय तुम एग्रीमेंट की शर्त तोड़ रहे हो।''

मुंशी जी ने बड़े भोलेपन से पूछा, ''कौन-सी शर्त पण्डित जी?''

''कस्टमरों से तुम डायरेक्ट बात नहीं कर सकते।''

''ये तो पण्डित जी, एग्रीमेंट में कहीं लिखा नहीं है।''

''बिजनेस में जबान की साख होती है।''

''ठीक है मगर, ऐसी कोई बात भी हमारे बीच में नहीं हुई—न आप से न सुरेन्दर से। मेरे प्लाट हैं बेच रहा हूँ। आपके कब्रिस्तान का सौदा तो कर नहीं रहा!''

''तुमने मुझे बाबू जी-बाबू जी करके पहले तो फँसाया और अब चकमा देते हो। इस कालोनी में क्या अहिर चमार और नीच कौम के मियंटे—''

''पण्डित जी, आपकी ये बातें वोटरों में अगर अभी से फैलने लगें तो क्या आप चुनाव जीत सकेंगे? मैं तो जनाब यह जानता हूँ कि आदमी को सिक्यूलर होना चाहिए, गांधी, विवेकानंद और बादशाह खाँ, जमाने की तीन महान् उल्-महान हस्तियों का यही उपदेश है। इनमें भगवान् ने एक को बनिया, दूसरे को कायस्थ और तीसरे को मुसलमान बना के भेजा। ब्राह्मणों का भाव अल्लामियाँ के यहाँ भी घट गया है। पिछड़े समय और पिछड़ी जातियों को भगवान् भी नहीं पूछते हैं पण्डित जी। खैर तो पालागन।'' कहकर मुंशी जी उठे।

उनकी बातों से पण्डित जी का चेहरा तमतमाया तो जरूर पर उन्हें उठते देखकर सँभले, कहा, "सुनो-सुनो, तुम तो अपना जातिवाद फैला के चले, मगर मेरी भी सुन जाओ। प्लाट, खैर, अपनी मर्जी से बेचे। मगर कंस्ट्रक्शन संड एण्ड संस—"

"जी, हमारे कस्टमर्स में बहुतों की राय में कंस्ट्रक्शन का काम गुरसहाय चेलाराम कंबाइंड कंट्रैक्टर्स से कराना चाहिए।"

सुनकर पण्डित जी का ब्रह्मतेज एकदम शान्त हो गया, वैश्यनीति का अनुसरण करके चट से खीसें निपोरने लगे। बोले, "भैया, कालोनी के नाम के फेर में हम तुम्हारे इतने पराये हो गये हैं कि उस पराये सिंधी कैपिटलिस्ट से समझौता कर रहे हो। हम तुम्हारे पिता को हर्रो भाई कहते थे। हमारा तजुर्बा कहता है कि अगर साँप और सिंधी एक साथ मिलें तो पहले सिंधी को खतम करना चाहिए।"

मुंशी जी ने दार्शनिकों जैसा गंभीर मुख बनाकर कहा, "पण्डित जी, आपकी ये बातें नेशनल इंटीग्रेशन की पालिसी के खिलाफ हैं। दूसरे कथा बाँचना यों तो आप लोगों का काम है पर इस समै मुझसे सुन लीजिए कि एक बार, एक काने नाऊ ने कठोर तप करके शिव जी को खुश किया और उनके परगट होने पर उनसे कुछ बड़े छत्तीसे किस्म का वरदान माँगा। भँगेड़ी भोलानाथ उसके जाल में फँसने ही वाले थे कि उनके मुण्डमाल में से एक मुंड ने उनसे कहा कि भगवान् सँभल के। भगवान् सँभल गये! कुछ दूसरा वरदान देके नाऊ भगत को बिदा किया और अपनी माला के उस मुंड से पूछा, क्यों बे, तू कौन है? उसने कहा कि भगवान्, मैं कायथ खोपड़ी हूँ। सो आप बेफिकर रहिए, मैं भी तो बकौल आपके कायथ खोपड़ी ही हूँ। यू० पी० ही नहीं पंजाब सिंध गुजरात मराठा द्रविड़ उत्कल बंगा—किसी से भी अपनी खोपड़ी लड़ सकती है।"

"नहीं नहीं, मैंने तुम्हारे लिए ऐसा कभी नहीं कहा। मैं तो जातीवाद के घोर खिलाफ हूँ। प्रोग्रेसिव हूँ। देखो, ब्राह्मण हो के हुक्का पीता हूँ। काफी हाउस में लालबेगी बैरों के हाथ की काफी पीता हूँ और···तुम बच्चे हो, क्या कहूँ, जवानी में क्या नाम के मुसलमान रंडी के साथ बैठ के शराब-कबाब भी—मतलब यह कि मुझमें जरा भी जातीवाद नहीं। किसी दुश्मन ने तुम्हें भड़काया हैगा बेटा।"

"खैर तो फिर झगड़ा ही नहीं रहा।"

"तुम्हारे नाम से कालोनी में एक पार्क जरूर बनेगा।"

''ठीक है, जब आपका हुकुम है तो अपने नाम का एक संगमरमर का पत्थर खुदवाये लेता हूँ। चेलाराम के लिए आपकी सलाह नहीं है तो तिवारी ब्रदर्स से ही सौदा कर लूँगा।''

पण्डित जी दुष्ट कायथ खोपड़ी की इस बात से मन में भड़के पर मुँह से मिठबोले ही रहे, कहा, ''भई तिवारी जी हाँ, और तो सब ठीक है, पर कनौजियों में अकड़ फूँ बहुत होती है।''

''तो टंडंस प्राइवेट लिमिटेड।''

''भैया, खत्री मित्रम कभी न मित्रम, जब मित्रम तब दगा ही दगा—सुना होगा न। और एक बात और समझ लो, ये मेरा जातीवाद नहीं, बल्के सोशल साइकालोजी का तजुर्बा है। मुझको नुकसान पहुँचाकर तुम इनमें से किसी के साथ भी कालोनी नहीं बना सकोगे।''

''अच्छा, ये झिंगरन बद्रर्स तो आपके रिश्तेदार हैं। इनका काम—''

''दस पीढ़ियों ने पोथी पत्रा बाँच के गुजारा किया। लड़का अमरीका से आर्किटेक्ट क्या बन आया कि हम पुराने रईसों से होड़ लेने लगे। रिश्तेदार नहीं, दुश्मन हैं मेरे।'' पण्डित जी गरमा गये।

''तो ठीक है, किसी दूसरे शहर से—''

''देखो गुरसहाय, बड़ी सड़क से कालोनी को जोड़नेवाली सड़क का नाम भी मैं गुरसहाय मार्ग रखवा दूँगा। अब मेरी लाज रखो। ये मेरी फर्म की पहली कालोनी बनेगी। तुम्हारे प्रस्ताव पर हमें इसीलिए तो उत्साह आया था। आपस के झगड़े से बुढ़ापे में मेरी साख गिर जायेगी।'' कहते हुए उनकी आँखों में आँसू झलझला उठे।

मुंशी गुरसहाय ने हाथ जोड़कर कहा, ''अगर यह बात है बाबू जी, तो मेरी तरफ से अब कोई आपत्ति न होगी। मैं खाली एक शर्त लिखा-पढ़ी के साथ चाहता हूँ। इस कालोनी के निर्माता को मुझे नफे में छै आने—''

''छै आने? भई, ये बिजनेस की बात नहीं है गुरसहाय।''

''आपको चेलाराम का ऑफर दिखलाऊँ। कागज इत्तिफाक से मेरी जेब में ही हैं।'' कहते हुए जेब से चेलाराम कम्पनी की चिट्ठी निकालकर सामने रख दी। पण्डित जी निस्तेज़ हो गये, खिसियाये स्वर में कहा, ''मुझे तबाह करने के लिए चेलाराम तुम्हें फिफ्टी-फिफ्टी का पार्टनरशिप भी दे सकता था। खैर, इस बखत तुम्हारे ग्रह नक्षत्र उच्च के चल रहे हैं, जो कहोगे मान लूँगा। मगर एक बात है, अपने प्लाटों पर तुम्हें नफा न दूँगा, चाहे सौदा टूट जाय।''

"ग्रह नक्षत्रों की बात ही नहीं बाबू जी, यह तो पिछड़ापन दूर करने की बात है। आप सिंधी चेलाराम से और सुजातीय झिंगरन ब्रदर्स से पिछड़े हैं और पिछड़ना नहीं चाहते। मेरा भी यही हाल है। पिछड़े हुए लोग अगर आपस में यों ही सहयोग करके चलते रहें तो सब की उन्नति हो जायेगी और वो कब्रिस्तान तो मैंने आपको प्रेजेंट किया है। उस पर आगे का नफा छोड़ता हूँ। अच्छा तो फिर आप एग्रीमेंट कर लीजिए।"

●

●

इस लिखा-पढ़ी की बात जब पण्डित जी के कर्ता-धर्ता बेटे सुरेन्द्र ने सुनी तो पहले चट से चेलाराम के सहज़ादे से पूछताछ की। मालूम हुआ कि गुरसहाय और चेलाराम में कभी कोई बात नहीं हुई। न कोई लिखित आफर ही उन्हें भेजा गया है। यह सुनकर सुरेन्द्र संड अपने बाप को लाललूगा मानकर साँड़ की तरह उनकी ओर झपटे, "मैंने आपसे कितनी बार कहा पापा जी, कि अब बिजनेस के मामले में दखल देना बन्द कीजिए। आपका दिमाग सड़ गया है। आप जातिवाद की पॉलिटिक्स से ऊपर उठकर कभी सोच ही नहीं सके और गुरसहाय घुटा हुआ पॉलिटीशियन है।"

बेटे की गरज डपट से अधिक पण्डित जी को इस बात पर लज्जा आ रही थी कि कायथ खोपड़ी ने उन्हें पोंगा ब्राह्मण सिद्ध कर दिया। अपने पोंगापन की खिसियान से बचने के लिए उन्होंने सुरेन्द्र से कहा, "अच्छा बहुत हुआ। गलती मनुष्य से ही होती है। अब मैं भी अपनी चाल बदलता हूँ। वहाँ अब तुम्हारे बाबा के नाम से गौरी शंकर मार्केट बनेगा। दिल्ली के कनॉट प्लेस का नन्हा मॉडल बनाऊँगा। देख लेना, इधर की पब्लिक फिर गंज में गंजिग करना छोड़ के नहीं आयेगी। जिसके हाथ में मार्केट है वह राजा है।"

सुरेन्द्र ने सन्तुष्ट होकर कहा, "हाँ, मार्केट का विचार अच्छा है, लेकिन कालोनी के नक्शे में—"

"फेर बदल कराके मैं पास करा लूँगा। तब तक किसी को कानोकान खबर न हो। मार्केट के साथ एक सिनेमा और एक कॉफी हाउस भी स्कीम में पास कराऊँगा। अच्छी पार्टियाँ फँसेंगी।"

"ठीक है और एक मंदिर भी बनना चाहिए पापा जी। लेकिन उसे पापुलर और प्रॉफिटेबिल बनाने के लिए कुछ चमत्कार जरूर करना होगा। एक अदद शिव जी और एक अदद हनुमान जी किसी उजाड़ मंदिर से

लाकर पहले से ही जमीन में गड़वा दूँगा। नीवें डलवाते समय मूर्तियाँ निकलने से लोगों में शर्तियाँ भक्ति भाव उमड़ेगा। कब्रिस्तान के भूतों का भय भी जनता से दूर हो जायेगा।''

पण्डित जी गदगद हो उठे, कहा, ''वाह मेरे बेटे, तू खरा ब्राह्मण—''

''ब्राह्मण वाह्मण कुछ नहीं। मैं मॉर्डन जातिवादी हूँ। अब जातियों को सती की तरह नहीं वेश्या बना के एकसप्लायट करने का युग है, अपनी जाति को पहले कीजिये। मार्केट का नाम मेरे बाबा-वाबा पर नहीं मुसलमानी होना चाहिए, जिससे सब मामला सिक्यूलर लगे। बादशाह खाँ मार्केट या आजाद मार्केट—''

''नहीं, सिक्यूलर नाम रखना है तो अपने ही यहाँ के किसी धनी धोरी का रखो। हाजी मुन्नू को गुरसहाय ने फँसाया है तो हम भी फँसायेंगे। उनसे मार्केट का शिलान्यास कराओ और उन्हीं के नाम पर मार्केट का नाम करो। जहर को जहर से मारो इसी से अपना पिछड़ापन दूर होगा।''

●

●

जिस दिन हाजी मार्केट का शिलान्यास हुआ उस दिन पं० गजेन्द्रनाथ संड मुसलमानों के सब से बड़े हमदर्द और हीरो बने हुए थे। उनके 'सिक्यूलरवाद' की बड़ी-बड़ी तारीफें हो रही थीं। मुंशी जी ऊपर से बड़े खुश, दूना चौगूना जोश दिखलाकर पण्डित जी के प्रशंसकों में सब से आगे नज़र आने का नाटक कर रहे थे और मन ही मन सोच रहे थे इस साले गज्जू साँड़ ने मेरे पेट में बड़ा पैना सींग चुभोया है। मैं अपने सेक्टर में बाज़ार बनवाने का नक़्शा आख़िर पहले क्यों न बना पाया। मुंशी जी को अपने पिछड़ेपन पर बड़ी कोफ्त हो रही थी। उस दिन क़ब्रिस्तान की ज़मीन पर पण्डित जी के खर्चे से बड़ा धर्म कर्म हुआ। बड़े जशन रहे। और उसके चौथे पाँचवें ही रोज़ जब क़ब्रिस्तान में से शिव जी और बजरंगबली प्रकट हो गये तो पण्डित जी हिन्दू धर्म के नायक बन गये। सैकड़ों की भीड़ सारा दिन उन मूर्तियों को देखने आती रही। पण्डित जी ने इन्टेलेक्चुअल चर्चा फैलाया कि पहले यहाँ मन्दिर रहा होगा। फिर मुसलमानी काल में उसे तोड़कर क़ब्रिस्तान बना दिया गया था। मगर अब एक ओर स्वयं भूतेश्वर भगवान और दूसरी ओर 'भूत पिसाच निकट नहिं आवें' की महिमावाले महावीरजी काल गति से प्रकट होकर अपनी महिमा फैला रहे हैं। ज़मीन बड़ी शुभ है, यहाँ भूतेश्वर भगवान् का मन्दिर बनेगा।

मुंशी जी को लगा कि गज्जू साँड़ ने अपना दूसरा सींग भी उनके पेट में घुसेड़ दिया। अपनी पत्नी से बोले, ''गुनकली, नस्लों और जातियों की थ्योरी बकवास है, देखो न, गज्जू साँड़ जनम से पोंगा, मगर इस बखत हाथ दिखा गया कायथ खोपड़ीवाला।''

गुनकली बोली, ''अरे, पर असली कायस्थ असली ही होता है तुम मदकचीगंज का कैथाना क्यों नहीं खरीद लेते। दफ़्तरी चपरासी किसिम के गरीब लोग हैं। उन्हें फैलाओ, अपने भाई हैं, पैसा-दो-पैसा अधिक दे देना। वहाँ से गरीब-गुरबो की बस्ती उजाड़ो और अपना बजार फैला लो।''

मुंशी जी खुश हो गये, कहने लगे, ''ऐ है गुनकली, तुम तो असली डार्लिङ्ग हो।''

गुनकली खुश हो के बोली, ''अरे अभी कहाँ, जब मैं तुमसे अपने नाम का कोल्ड स्टोरेज खुलवा लूँगी तब कहना।''

मुंशी जी की आँखें चमक उठीं। कलेजा तर हो गया। पत्नी को झपटकर सीने से लगाया और कहा, ''अरे, तब तो तुम्हें मैं डबल असली डार्लिङ्ग कहूँगा प्यारी। ऐ है, क्या बनिया ब्रेन दिखाया है तुमने इस वक़्त कि जी खुश हो गया। भई, मानना पड़ता है कि आजकल हमारे समाज का हर आदमी हर छोटी-बड़ी जात के संस्कार अपने खून में समेटे घूमता है। अकबर साहब सच ही कह गये हैं, कौम हमारी रोटी और मजहब चूरन है।''

मदकचीगंज में कायस्थों, मुसलमानों और कुछ बढ़इयों की ग़रीब बस्ती थी। मुंशी जी ने उन्हें पटाना शुरू किया। जातिवाद के नाम पर पहले उन्होंने अपने ही ग़रीब बिरादरीवालों को फँसाया। मुंशी जी ने मदकचीगंज के एक सजातीय निवासी से कहा, ''सुनो, बिश्नू बाबू, जब तक जातिवाद का सहारा नहीं लिया जायेगा, तब तक हम लोगों का पिछड़ापन दूर नहीं हो सकता। देखो मैं प्रामिस करता हूँ कि अगर तुम सब कायस्थों की जमीनें मेरे हाथ बिकवा दो तो मैं यहाँ चित्रगुप्त इंडस्ट्रीज कायम करूँगा। जितनी फेमिलियों के घर यहाँ हैं, सब को उसका शेयर होल्डर बनाऊँगा और यहाँ जितने लोग बसे हुए हैं, उन सब को अपने हायर पर्चेज के फ्लैटों में बसा भी दूँगा। इस वक़्त जात की स्प्रिट से चलो बिश्नू बाबू, ये कायस्थों की उन्नति का मामला है। मैं प्रामिस करता हूँ कि सब को खुश कर दूँगा।''

बिश्नू बाबू ने भी अपना पिछड़ापन दूर करने के लिए जाति को बाँधा। रुपया बँटा, कलिया शराब चला और अपनी बिरादरीवालों की गर्दनें शहद लिपटी छुरी से काटकर मुंशी जी ने चित्रगुप्त इंडस्ट्रीज के लिए वह ज़मीन गुपचुप हथिया ली। कैथाने से लगे बढ़इयों के दस में पाँच घर भी इनके पास आ गये। लेकिन पण्डित जी तक़ हवा यों फैलायी गयी कि हाजी मुन्नू ये सारी ज़मीनें हड़प ले गये हैं। उन्होंने गजेन्द्रनाथ संड के पिलाये हुए दूध को आख़िर यों ज़हर बनाया है।

संड जी हुमक उठे। मुंशी जी मजा लेने लगे। उनकी चालों से मार्केट की स्कीम में हिस्सा लेनेवाले मुसलमान सेठिये सांप्रदायिक गैसों से फूलने लगे। पण्डित जी की स्कीम खटाई में नज़र आने लगी। मदकचीगंज के मुसलमान क़ब्रिस्तान की ज़मीन के लिए पण्डित जी के अन्याय के विरुद्ध आवाज़ें उठाने लगे। पण्डित जी ने चूक की, तैश में आ गये। उन्होंने मदकचीगंज में दंगा फसाद करा दिया। कई निरपराध घायल हुए, कई उजड़े। मुंशी जी हाजी मुन्नू और दस-पाँच प्रतिशत हिंदू मुसलमान नेताओं को ले के मौके पर पहुँच गये। शान्ति और मानवता के नायक बने। जले और उजड़े घरवालों को शरण दी। उनके खाने-पीने का ठिकाना किया और हाजी मुन्नू को ग़रीब मुसलमानों की वह उजड़ी बस्ती औने-पौने दिलवा के उनकी नज़रों में चढ़ गये। सौदा करा के उनसे कहा, "ये गज्जू साँड़ साला बड़ा कम्यूनल है। ऐसे लोगों की वजह से ही तो यू० पी० का पिछड़ापन दूर नहीं हो पा रहा है। यह काम हमारे आपके जैसे सिक्यूलर मिजाज के लोग ही कर सकते हैं।" हाजी साहब ने हामी भरी। दोनों महानुभाव मिल कर यू० पी० का पिछड़ापन दूर करने के नाम पर मरी हुई पब्लिक को शाह मदार बनकर मारने लगे।